探偵《たんてい》チームKZ《カッズ》事件《じけん》ノート

恋《こい》する図《と》書《しょ》館《かん》は知《し》っている

藤《ふじ》本《もと》ひとみ／原作
住《すみ》滝《たき》良《りょう》／文　駒《こま》形《がた》／絵

講談社 青い鳥文庫

おもな
登場人物《とうじょうじんぶつ》
立花《たちばな》 彩《あや》
この物語《ものがたり》の主人公《しゅじんこう》。中学《ちゅうがく》1年生《ねんせい》。高校《こうこう》3年生《ねんせい》の兄《あに》と小学《しょうがく》2年生《ねんせい》の妹《いもうと》がいる。「国語《こくご》のエキスパート」。
黒木《くろき》 貴和《たかかず》
背《せ》が高《たか》くて、大人《おとな》っぽい。女《おんな》の子《こ》に優《やさ》しい王子様《おうじさま》だが、ミステリアスな一面《いちめん》も。「対人関係《たいじんかんけい》のエキスパート」。
上杉《うえすぎ》 和典《かずのり》
知的《ちてき》でクール、ときには厳《きび》しい理論派《りろんは》。数学《すうがく》が得意《とくい》で「数《かず》の上杉《うえすぎ》」とよばれている。

小塚《こづか》 和彦《かずひこ》
おっとりした感《かん》じで優《やさ》しい。社会《しゃかい》と理科《りか》が得意《とくい》で「シャリ(社理《しゃり》)の小塚《こづか》」とよばれている。
若武《わかたけ》 和臣《かずおみ》
サッカーチームKZ《カッズ》のエースストライカーであり、探偵《たんてい》チームKZ《カッズ》のリーダー。目立《めだ》つのが大好《だいす》き。
七鬼《ななき》 忍《しのぶ》
彩《あや》の中学《ちゅうがく》の同級生《どうきゅうせい》。妖怪《ようかい》の血《ち》をひく一族《いちぞく》の末裔《まつえい》。IT《アイティー》の天才《てんさい》で、人工知能《じんこうちのう》の開発《かいはつ》を手《て》がける。
美門《みかど》 翼《たすく》
彩《あや》のクラスにやってきた美貌《びぼう》の転校生《てんこうせい》。鋭《するど》い嗅覚《きゅうかく》の持《も》ち主《ぬし》で、KZ《カッズ》のメンバーに加《くわ》わった。

1 恋《こい》する図書館《としょかん》

「おい立花《たちばな》、」

その日《ひ》のお昼時間《ひるじかん》、私《わたし》は、学校《がっこう》の芝生《しばふ》の中《なか》にあるベンチで、お弁当《べんとう》を食《た》べていた。

私《わたし》の学校《がっこう》は中高一貫《ちゅうこういっかん》の私立《しりつ》で、給食《きゅうしょく》じゃないんだ。

毎日《まいにち》、持《も》っていかなきゃならないし、ママとの約束《やくそく》でお弁当箱《べんとうばこ》は自分《じぶん》で洗《あら》うことになっているから、ちょっと面倒《めんどう》。

給食《きゅうしょく》に憧《あこが》れてる。

でも、うちの学校《がっこう》が給食《きゅうしょく》になることは、まずないと思《おも》うんだ、諦《あきら》めるしかなさそう。

私《わたし》の隣《となり》で一緒《いっしょ》に食《た》べているのは、佐田真理子《さたまりこ》。

以前《いぜん》はあまりうまくいっていなかった私《わたし》たちが親《した》しくなったのは、えっと、ホウレン草《そう》のせい、かな。

「新《あたら》しくできた市立図書館《しりつとしょかん》の噂《うわさ》、聞《き》いたか？」

佐田真理子《さたまりこ》とは最近《さいきん》、よく話《はな》す。

マリンって呼《よ》んでくれ、って言《い》われたから、そう呼《よ》んでるけど・・・あの、似合《にあ》ってない気《き》がする。

初《はじ》めの時《とき》、そう言《い》ったら、怒《おこ》られた。

本人《ほんにん》が気《き》に入《い》ってんだから、いいんだよって。

で、私《わたし》も、そう思《おも》うことにしたんだ。

「ほら先々月《せんせんげつ》、北野町《きたのちょう》の丘《おか》の上《うえ》にできたばっかのヤツだよ。」

そういえば、ママが話《はな》してたような気《き》がする、豪華《ごうか》な市立図書館《しりつとしょかん》ができたって。

「超《ちょう》、金《かね》かかってるって話《はなし》だ。本《ほん》も多《おお》いらしい。」

わっ、いいな！

私《わたし》・・・本当《ほんとう》は図書館《としょかん》で借《か》りるんじゃなくて、買《か》って読《よ》みたい派《は》。

自分《じぶん》だけの新《あたら》しい本《ほん》が好《す》きなんだ。

初《はじ》めてページを開《ひら》く時《とき》の、パリッていう感《かん》じや、かすかな音《おと》がたまらない。

それが、本《ほん》からのメッセージのように思《おも》えるから。

でも基本的《きほんてき》に本好《ほんず》きだから、それがいっぱいあるって話《はなし》を聞《き》くと心《こころ》を惹《ひ》かれてしまう。

行《い》ってみたいなぁ。

「閲覧室《えつらんしつ》の他《ほか》にも、視聴覚室《しちょうかくしつ》やAI《エーアイ》室《しつ》、学習支援室《がくしゅうしえんしつ》、受験室《じゅけんしつ》なんかがあるらしい。イベントも充実《じゅうじつ》してて都内《とない》の有名大学《ゆうめいだいがく》や、その付属《ふぞく》の中高一貫校《ちゅうこういっかんこう》の図書館研究会《としょかんけんきゅうかい》のメンバーが勉強《べんきょう》を教《おし》えに来《き》たり、進路《しんろ》の相談《そうだん》に乗《の》ってくれたりするんだって。」

すごく力《ちから》をこめて話《はな》すので、私《わたし》は思《おも》わず、マリンがそんなに熱心《ねっしん》になっているのはなぜなのかということの方《ほう》に興味《きょうみ》を持《も》った。

もしかして私《わたし》と同《おな》じで、蔵書《ぞうしょ》の多《おお》さに惹《ひ》かれてる、とか？

いや、ないな。

本《ほん》が好《す》きだって話《はなし》、今《いま》まで聞《き》いたことないもの。

じゃ、なんで？

「そんでさ、」

そう言《い》ってマリンは一瞬《いっしゅん》、あたりの様子《ようす》をうかがい、声《こえ》を潜《ひそ》めた。

「噂《うわさ》じゃ、『恋《こい》する図書館《としょかん》』って呼《よ》ばれてるらしい。」

へぇ、どうしてだろ。

「庭《にわ》があってさ、その中央《ちゅうおう》に燕《つばめ》のモニュメントが建《た》ってるんだ。」

そういえば、今《いま》の北野町《きたのちょう》のあたりは昔《むかし》、燕町《つばめちょう》っていう地名《ちめい》だったって小学校《しょうがっこう》の時《とき》に習《なら》ったことがある。

その名前《なまえ》にちなんで、きっと燕《つばめ》のモニュメントなんだね。

「で、2羽《わ》の燕《つばめ》が向《む》き合《あ》って、こう嘴《くちばし》をくっつけてる。通称《つうしょう》、恋《こい》する燕《つばめ》。」

マリンは、嘴《くちばし》の形《かたち》にした左右《さゆう》の手《て》をくっつけて見《み》せた。

私《わたし》は、燕《つばめ》がそうしている様子《ようす》を想像《そうぞう》し、ニッコリ。

とてもかわいく思《おも》えたから。

「その燕《つばめ》と燕《つばめ》の間《あいだ》がハート形《がた》の空間《くうかん》になっててさ、それを通《とお》して向《む》こうを見《み》た時《とき》、そこにいた相《あい》手《て》と運命《うんめい》の恋《こい》に落《お》ちるらしい。」

げ！

「おまえ・・・なんで蒼《あお》ざめてんの？」

だって向《む》こうにいたのが既婚者《きこんしゃ》のオジサンだったりしたら、すごく嫌《いや》だよ。

オバサンでも、嫌《いや》だけど。

犬《いぬ》とかだったら、どうすんの!?

「道《みち》ならぬ恋《こい》に落《お》ちたら、困《こま》るなって思《おも》って。」

私《わたし》がそう言《い》うと、マリンは目《め》を丸《まる》くした。

「おまえの考《かんが》えることって、いつも普通《ふつう》じゃないよな。さすが文芸部《ぶんげいぶ》。発想《はっそう》がユニークすぎ。」

え、そうかな。

「もっとロマンティックに考《かんが》えたら、どうよ。」

う〜ん、そもそも私《わたし》、恋愛《れんあい》にあまり興味《きょうみ》がないからなぁ。

想像《そうぞう》が、ちっとも羽《は》ばたかないんだ。

「それにさ、向《む》こうに見《み》えた相手《あいて》なら誰《だれ》でもってわけじゃない。こっちがドキンとしないと、運《うん》命《めい》の恋《こい》にならないんだ。」

あ、そうなの。

だったら間違《まちが》わないよね、よかった。

「私《わたし》はさぁ、こういう計画《けいかく》を立《た》ててんだよ。気《き》になってるヤツを誘《さそ》って、強引《ごういん》にそこまで連《つ》れていって、向《む》こうに立《た》たせて、こっちからのぞいてさ、ドキンとしてキメちまうんだよ。よくね？」

よくないでしょ。

そういう行為《こうい》は、だまし討《う》ちって呼《よ》ばれるものだから、やめてね。

「でも、私《わたし》もまだ行《い》ったことなくてさ、状況《じょうきょう》よくわかんないんだ。とりあえず今度《こんど》、一緒《いっしょ》に視察《しさつ》に行《い》かね？」

視察《しさつ》だけならいいよ、一度《いちど》行《い》ってみたいし。

「日曜《にちよう》でどう？　いいよな。」

マリンは、いつもちょっと強引《ごういん》。

初《はじ》めは気《き》になったけれど、今《いま》はもう慣《な》れた。

まぁ個性《こせい》の一部《いちぶ》かも、って思《おも》ってるんだ。

「日曜《にちよう》の昼間《ひるま》は、私《わたし》、秀明《しゅうめい》があるんだ。でもウィークデイより早《はや》く終《お》わるから、その後《あと》なら、大《だい》丈夫《じょうぶ》。」

そう言《い》うと、マリンは頷《うなず》いた。

「じゃ塾《じゅく》から帰《かえ》ってきたら電話《でんわ》くれよ。」

オッケイ。

「お、見《み》ろ、小谷《こたに》だ。」

マリンの視線《しせん》の方向《ほうこう》に目《め》をやれば、うちのクラスの小谷有沙《こたにありさ》さんが校舎《こうしゃ》のテラスから出《で》てくるところだった。

庭《にわ》を横切《よこぎ》り、目《め》の前《まえ》を歩《ある》いていく。

ベンチにいる私《わたし》たちに気《き》づかなかったみたいで、何《なに》も言《い》わずにすうっと通《とお》っていった。

「音楽堂《おんがくどう》に行《い》くんだ。小谷《こたに》は合唱部《がっしょうぶ》だからな。」

マリンは以前《いぜん》、大《おお》きな女子《じょし》グループのボスだった。

で、同《おな》じ学年《がくねん》の女子《じょし》については、とても詳《くわ》しいんだ。

「しっかし、あいつって空気《くうき》みたいだよな。まるっきり気配《けはい》がない。」

確《たし》かに、おとなしくて目立《めだ》たない人《ひと》だった。

「いてもいなくても、ほとんど変《か》わんないじゃん。存在感《そんざいかん》ナシっていうかさ。」

そりゃ存在感《そんざいかん》アリすぎのマリンに比《くら》べれば、誰《だれ》だって薄《うす》いから。

「あ、おまえ、なんだ、その目《め》!」

マリンは私《わたし》の頭《あたま》をコヅき、立《た》ち上《あ》がった。

「さてメシも食《く》ったし、教室《きょうしつ》に戻《もど》るか。おまえ、部活《ぶかつ》だろ。行《い》けよ。」

お弁当《べんとう》の入《はい》った袋《ふくろ》を持《も》ち上《あ》げ、教室《きょうしつ》に帰《かえ》っていこうとして振《ふ》り返《かえ》る。

「悠飛《ゆうひ》との騒《さわ》ぎ、収《おさ》まってよかったよな。」

悠飛《ゆうひ》というのは、学年《がくねん》1《いち》のモテ男《お》、片山悠飛《かたやまゆうひ》のこと。

すっごくきれいな顔《かお》をしてて、初《はじ》めて会《あ》った時《とき》には、私《わたし》、見惚《みと》れてしまった。

清潔《せいけつ》そうで凛々《りり》しくて、でも悪戯《いたずら》っ子《こ》みたいにヤンチャな感《かん》じで、私《わたし》の好《この》みだったんだ。

その時《とき》は、ちょっと言葉《ことば》を交《か》わしただけで通《とお》り過《す》ぎたんだけど、後《あと》になっていろいろとわかった。

野球部《やきゅうぶ》のエースだとか、文芸部《ぶんげいぶ》の特別顧問《とくべつこもん》を務《つと》めているとか。

あ、元不良《もとふりょう》って言《い》われてて、ちょっとワイルドでもある。

そこが、上級生女子《じょうきゅうせいじょし》までキャーキャー言《い》わせる理由《りゆう》らしい。

そんな悠飛《ゆうひ》と私《わたし》は、「ブラック教室《きょうしつ》は知《し》っている」の中《なか》で、付《つ》き合《あ》ってるんじゃないかって噂《うわさ》になったんだ。

私《わたし》はすごくあせって、それ以降《いこう》は悠飛《ゆうひ》を避《さ》けるようにしていた。

で、人《ひと》の噂《うわさ》も七十五日《しちじゅうごにち》の諺《ことわざ》通《どお》り、いつの間《ま》にか鎮静化《ちんせいか》していったんだ、ほっ。

「もっとも悠飛《ゆうひ》となら、私《わたし》、噂《うわさ》になってみたい気《き》がする。」

えっ、そんな楽《たの》しいもんじゃないよ。

すごぉく大変《たいへん》だったんだから、呪《のろ》い事件《じけん》も起《お》こったしさ。

「だって、あいつ超《ちょう》カッコいいじゃん。あいつがそばに来《き》ただけで、私《わたし》、もうゾクゾクする。」

え・・・そう？

そりゃ私《わたし》も、いいとは思《おも》うけど、そこまでじゃないなぁ。

「相手《あいて》があいつなら、私《わたし》かなりの犠牲《ぎせい》払《はら》ってもいい。噂《うわさ》なんかこれっぽっちも気《き》にせん。」

そう言《い》ったマリンは、いつになく女《おんな》の子《こ》っぽく見《み》えて、かわいかった。

へえ、そんなふうに思《おも》ってるんだ。

「じゃな。」

手《て》を振《ふ》るマリンに頷《うなず》いて、私《わたし》は文芸部室《ぶんげいぶしつ》に足《あし》を向《む》けた。

もしかしてマリンは、恋《こい》する図書館《としょかん》に悠飛《ゆうひ》を連《つ》れていきたいのかもしれないなって思《おも》いながら。

「立花彩《たちばなあや》です、入《はい》ります。」

部室《ぶしつ》をノックしてそう言《い》い、中《なか》からの返事《へんじ》を聞《き》いてドアを開《あ》ける。

中央《ちゅうおう》にある大《おお》きなテーブルに向《む》かっていた土屋恭介部長《つちやきょうすけぶちょう》と、内藤《ないとう》あゆみ副部長《ふくぶちょう》がこちらを見《み》た。

その隣《となり》に、いく人《にん》かの部員《ぶいん》が座《すわ》っていて、一番端《いちばんはし》に、今日《きょう》は悠飛《ゆうひ》がいる。

特別顧問《とくべつこもん》だから時々《ときどき》しか来《こ》ないんだ、野球部《やきゅうぶ》とのかけ持《も》ちで忙《いそが》しいし。

悠飛《ゆうひ》は1人《ひとり》だけ椅子《いす》に座《すわ》っていなくて、テーブルに斜《なな》めに腰《こし》かけていた。

窓《まど》を背《せ》にしていたので全身《ぜんしん》が黒《くろ》いシルエットになっていたんだけど、スタイルがいいから映画《えいが》のワンシーンみたいで、とてもカッコよかった。

ん〜、どんな時《とき》でも絵《え》になるんだ、すごいなぁ。

でも皆《みんな》の間《あいだ》には、なぜか、暗《くら》い雰囲気《ふんいき》が立《た》ちこめていた。

「何《なに》かあったんですか？」

私《わたし》が聞《き》くと、悠飛《ゆうひ》は、腰《こし》かけていたテーブルに片手《かたて》を突《つ》いた。

そこに体重《たいじゅう》をかけ、空中《くうちゅう》に体《からだ》を放《ほう》り出《だ》すようにして飛《と》び降《お》りる。

「トウナン。」

へ？　東南《とうなん》!?

土屋部長《つちやぶちょう》が溜《た》め息《いき》をついた。

「学校《がっこう》とか公立図書館《こうりつとしょかん》の図書《としょ》が盗《ぬす》まれてるんだよ、このところ頻繁《ひんぱん》に。」

ああ盗難《とうなん》ね。

「じゃ俺《おれ》、野球部《やきゅうぶ》行《い》くから。」

そう言《い》った悠飛《ゆうひ》に、副部長《ふくぶちょう》がクスッと笑《わら》った。

「もうちょっとゆっくりしてけば？　せっかく立花《たちばな》さんが来《き》たんだからさ。」

悠飛《ゆうひ》は、ちらっと私《わたし》を見《み》る。

「俺《おれ》、こいつのことは、見捨《みす》てることにした。」

へっ？

「こいつ、センスなくって最低《さいてい》。」

ムッ！

「男心《おとこごころ》わからなすぎ。」

ムカッ！

「こんなヤツと関《かか》わってると、今《いま》にどんな火傷《やけど》させられるかわからん。」

ムカムカッ！

「で、キッパリ手《て》を引《ひ》くつもり。以上《いじょう》。じゃあな。」

出《で》ていこうとする悠飛《ゆうひ》の腕《うで》を、私《わたし》は捕《つか》まえた。

抗議《こうぎ》しようと思《おも》ったんだ。

だってセンスないとか最低《さいてい》とかって、私《わたし》がいったい何《なに》したって言《い》うのよ。

男心《おとこごころ》だって、ソコソコわかってるから。

何《なに》しろＫＺ《カッズ》には６人《にん》もの男子《だんし》がいて、私《わたし》は始終《しじゅう》、彼《かれ》らと一緒《いっしょ》なんだからね。

あ、KZ《カッズ》っていうのは、私《わたし》の入《はい》っている探偵《たんてい》チームのこと。

塾《じゅく》の仲間《なかま》で作《つく》ったんだ。

リーダー若武《わかたけ》を中心《ちゅうしん》にして、謎《なぞ》を解《と》いたり、事件《じけん》を解決《かいけつ》したり、時《とき》には近況《きんきょう》の報告《ほうこく》をし合《あ》っている。

男子《だんし》6人《にん》は皆《みな》、成績《せいせき》のいいエリートだけど、すっごく個性《こせい》が強《つよ》いんだ。

時《とき》には我《わ》が儘《まま》だったり、信《しん》じられないようなことを平気《へいき》で言《い》ったり、やったりする。

彼《かれ》らを見《み》ていると、男子《だんし》ってものの生態《せいたい》がわかるような気分《きぶん》になるよ、うん。

「ああ立花《たちばな》さん、悠飛《ゆうひ》、解放《かいほう》してやって。」

部長《ぶちょう》がそう言《い》った。

「野球部《やきゅうぶ》の部長《ぶちょう》から言《い》われてるんだ、片山《かたやま》がいないと練習《れんしゅう》にならないから、できるだけ早《はや》くグラウンドに来《こ》させてよって。」

まぁ、野球部《やきゅうぶ》の大事《だいじ》な戦力《せんりょく》だからな。

「それよりさっきの話《はなし》の続《つづ》きをするから、座《すわ》ってくれないか。」

私《わたし》はしかたなく悠飛《ゆうひ》を放《はな》し、空《あ》いていた椅子《いす》に腰《こし》をかけた。

「うちの学校《がっこう》ではまだ被害《ひがい》が出《で》てないけどね、そのうちやられるかもしれないって図書部《としょぶ》が戦々《せんせん》恐々《きょうきょう》としてるんだ。」

副部長《ふくぶちょう》も、憂鬱《ゆううつ》そうに口《くち》を開《ひら》く。

「そんで盗難防止《とうなんぼうし》に協力《きょうりょく》してくださいって連絡《れんらく》が来《き》たの。でも協力《きょうりょく》ったってねぇ、どうすりゃいいのよ。」

おお、これは事件《じけん》だっ！

私《わたし》は思《おも》わず、目《め》がキラキラッ。

だって日常生活《にちじょうせいかつ》って、ありふれたことばかりで平々凡々《へいへいぼんぼん》なんだもの。

事件《じけん》なんて、めったに起《お》こらない。

だから探偵《たんてい》チームＫＺ《カッズ》は、いつも事件《じけん》を見《み》つけるのに苦労《くろう》してるんだ。

それがこんな所《ところ》に転《ころ》がっているなんて、ラッキィ！

若武《わかたけ》に報告《ほうこく》したら、すごく喜《よろこ》ぶぞ。

私《わたし》は、いつもカッコをつけて宣言《せんげん》する若武《わかたけ》の顔《かお》を思《おも》い浮《う》かべた。

きっと、こう言《い》うに違《ちが》いない。

「今度《こんど》の事件《じけん》は、図書盗難《としょとうなん》だ。捜《さが》し出《だ》すぞ！」

よし、ＫＺ会議《カッズかいぎ》で提案《ていあん》しよっと。

それには、まず基本的《きほんてき》な情報《じょうほう》を把握《はあく》しておかないと。

私《わたし》は胸《むね》ポケットに差《さ》していたシャープペンを取《と》り出《だ》し、もう一方《いっぽう》の手《て》でテーブルの上《うえ》に置《お》かれたメモパッドを摑《つか》み寄《よ》せた。

「その盗難《とうなん》って、いつ頃《ごろ》から始《はじ》まったんですか。今《いま》まで被害《ひがい》にあった図書館《としょかん》は、どこ？　何冊《なんさつ》ぐらい盗《ぬす》まれたんですか？」

副部長《ふくぶちょう》が、目《め》を丸《まる》くする。

「なんか生《い》き生《い》きしてるけど、なんで？」

うふっ、秘密《ひみつ》。

2　盗《ぬす》んだ目的《もくてき》

「最初《さいしょ》は、確《たし》か今月《こんげつ》の第《だい》一月曜《げつよう》だと思《おも》ったな。」

部長《ぶちょう》が腕《うで》を組《く》み、思《おも》い出《だ》すように天井《てんじょう》を仰《あお》いだ。

「北中《きたちゅう》の図書館《としょかん》で、まだラベリングしてない新《あたら》しい本《ほん》が60冊《さつ》くらい消《き》えたんだ。で、次《つぎ》は西中《にしちゅう》で、やっぱり入《はい》ったばかりの本《ほん》が40冊《さつ》どっかにいった。これが第《だい》二月曜《げつよう》。この時点《じてん》で、最初《さいしょ》の北《きた》中《ちゅう》の事件《じけん》との関連性《かんれんせい》が疑《うたが》われて、連続盗難《れんぞくとうなん》じゃないかってことになったんだ。それから1週間《しゅうかん》して市立羽場図書館《しりつはばとしょかん》で、新刊《しんかん》が100冊《さつ》やられた。これが第《だい》三月曜《げつよう》。月曜《げつよう》ばっかだよ。どこも火曜《かよう》日《び》の朝《あさ》、出勤《しゅっきん》してきた職員《しょくいん》が発見《はっけん》したんだ。」

私《わたし》は、壁《かべ》のカレンダーを見上《みあ》げた。

じゃ来週《らいしゅう》の月曜日《げつようび》も、どこかが狙《ねら》われるかも。

若武《わかたけ》にそう言《い》ったら、きっとあのきれいな目《め》をキラキラさせるだろうな。

そういう時《とき》の若武《わかたけ》は、もうすごくカッコいいんだ、ひと目惚《めぼ》れしそうなほどね、きゃっ！

「盗《ぬす》まれるのは、新《あたら》しい本《ほん》ばっかなのよね。」

副部長《ふくぶちょう》の声《こえ》に、私《わたし》はふっと思《おも》った、もしかして犯人《はんにん》は、きれい好《ず》き？

自分《じぶん》の本棚《ほんだな》に並《なら》べるのに、きれいな本《ほん》でないと嫌《いや》だとか⁉

そう思《おも》ったとたん、まだドアのそばにいた悠飛《ゆうひ》と目《め》が合《あ》った。

「おまえ、犯人《はんにん》はきれい好《ず》きかも、とか思《おも》ってるだろ。」

ん、思《おも》ってる。

「犯人《はんにん》は、本棚《ほんだな》に盗《ぬす》んだ本《ほん》を並《なら》べてるとか。」

ん、よくわかるね。

「馬《ば》〜鹿《か》。」

むっ！

「図書館《としょかん》の本《ほん》にはラベルを貼《は》るし、図書館名《としょかんめい》の印鑑《いんかん》を押《お》す。犯人《はんにん》は、その作業《さぎょう》がまだ行《おこな》われてない、入《はい》ったばかりの本《ほん》を狙《ねら》ったんだ。なぜって、」

そう言《い》いながら、ニヤッと笑《わら》った。

「ラベルが貼《は》ってあったり印《いん》が押《お》してあったりすると、すぐ図書館《としょかん》の本《ほん》だってわかって、どこの古本屋《ふるほんや》でも買《か》ってくれないからさ。」

ちょっと悪《ワル》っぽい感《かん》じのするその微笑《ほほえ》みの、まぁカッコよかったこと、素敵《すてき》だったこと！

私《わたし》は、うっとり!!

いい、すごくいい、この笑顔《えがお》、くやしいけど最高《さいこう》。

「つまり、売《う》り飛《と》ばすのが目的《もくてき》で盗《ぬす》んでるのか。」

部長《ぶちょう》がそう言《い》い、副部長《ふくぶちょう》がほっとしたような息《いき》をついた。

「じゃ盗難防止《とうなんぼうし》は簡単《かんたん》だよね。新《あたら》しい本《ほん》が入《はい》ってきたら、その場《ば》ですぐ図書館《としょかん》の印鑑《いんかん》を押《お》しちゃえばいいんだもの。」

あ、事件《じけん》、終《お》わった・・・。

私《わたし》がうっとりしている間《あいだ》に、素早《すばや》く解決《かいけつ》。

まだKZ会議《カッズかいぎ》にもかけてないのに、早《はや》すぎる。

「すぐ図書部《としょぶ》の部長《ぶちょう》に、そう言《い》ってやろっと。これでもう被害《ひがい》も出《で》ないよね。」

私《わたし》はガックリと項垂《うなだ》れ、シャープペンを握《にぎ》りしめた。

若武《わかたけ》を喜《よろこ》ばせられると思《おも》ったのになぁ。

過去《かこ》の3件《けん》の盗難《とうなん》だけで、これ以上《いじょう》の被害《ひがい》は出《で》ないとなったら地味《じみ》すぎる。

若武《わかたけ》は絶対《ぜったい》、洟《はな》も引《ひ》っかけないだろう。

「じゃ私《わたし》、図書部《としょぶ》に行《い》ってくるから。」

出《で》ていこうとする副部長《ふくぶちょう》に、部長《ぶちょう》が声《こえ》をかける。

「もし作業《さぎょう》に人手《ひとで》が必要《ひつよう》だってことになったら、いつでも文芸部《ぶんげいぶ》が協力《きょうりょく》するって言《い》っておいて。」

副部長《ふくぶちょう》は頷《うなず》いて出《で》ていこうとし、そこに立《た》っていた悠飛《ゆうひ》を見《み》た。

「ところでさ、何《なん》でさっきからここでウロウロしてんの？」

悠飛《ゆうひ》はくやしそうに私《わたし》の方《ほう》に目《め》を向《む》ける。

「行《い》こうとしてたら、あいつがすごくいい顔《かお》するからさ。キラキラした表情《ひょうじょう》につい見惚《みと》れて、足《あし》が止《と》まっちまったんだよ、くそっ！」

吐《は》き捨《す》てるように言《い》った悠飛《ゆうひ》の背中《せなか》を、副部長《ふくぶちょう》が叩《たた》いた。

「揺《ゆ》れる男心《おとこごころ》ね。青春《せいしゅん》してるじゃん。あのねぇ悠飛《ゆうひ》、はっきり結論《けつろん》出《だ》したいんだろうけど、それは小説《しょうせつ》の中《なか》だけにしといて、現実《げんじつ》の方《ほう》は引《ひ》きずってけば？　それよりしょうがないじゃん。諦《あきら》めなよ。」

悠飛《ゆうひ》は肩《かた》を落《お》とし、副部長《ふくぶちょう》に慰《なぐさ》められながら出《で》ていった。

皆《みんな》が、私《わたし》を見《み》てクスクス笑《わら》う。

私《わたし》は何《なん》だか恥《は》ずかしくなり、そして急《きゅう》に腹《はら》が立《た》った。

だってさっきはセンスないだの最低《さいてい》だのって、思《おも》いっきりコキ下《お》ろしておきながら、今度《こんど》はいい顔《かお》だのキラキラした表情《ひょうじょう》だのって、煽《おだ》てて持《も》ち上《あ》げて、いったい何《なん》のつもりよ。

そりゃ私《わたし》だって、悠飛《ゆうひ》の顔《かお》とか、他《ほか》の男子《だんし》の、たとえば翼《たすく》の顔《かお》とか、若武《わかたけ》の目《め》とかに見惚《みと》れたりはするよ。

それはしかたないじゃない、きれいなものや素敵《すてき》なものに心《こころ》が動《うご》くのは自然《しぜん》なことだもの。

でも、その場《ば》だけの反応《はんのう》だから、口《くち》には出《だ》さない。

口《くち》に出《だ》すってことは、心《こころ》が固《かた》まって、その発言《はつげん》に責任《せきにん》を持《も》てるようになってからじゃないといけないと思《おも》ってるから。

前《まえ》に、その場《ば》の気分《きぶん》でつい告白《こくはく》してしまって、すごく後悔《こうかい》したから、そういう結論《けつろん》にたどり着《つ》いたんだ。

「片山君《かたやまくん》って、言《い》いたい放題《ほうだい》ですよね。」

私《わたし》は、部長《ぶちょう》に向《む》き直《なお》った。

「特別顧問《とくべつこもん》だからって、ワガママすぎませんか。」

部長《ぶちょう》は、困《こま》ったような笑《え》みを浮《う》かべる。

「まぁ許《ゆる》してやってよ。あいつは、立花《たちばな》さんが好《す》きなんだからさ。」

部員《ぶいん》たちが皆《みんな》、いっせいに頷《うなず》いた。

それで私《わたし》は、いっそう頭《あたま》に血《ち》が上《のぼ》ってしまったのだった。

「私《わたし》、そんなこと聞《き》いてませんから。」

好《す》きなら好《す》きで、直接《ちょくせつ》はっきり言《い》ったらどうなのよ。

そしたら私《わたし》だって、返事《へんじ》ができる。

何《なに》も言《い》われなかったら、対応《たいおう》しようがないもの。

「言《い》えないんだよ、思春期男子《ししゅんきだんし》だから。」

だったらせめて、もう少《すこ》し優《やさ》しくしたらどうなの。

そうすれば、私《わたし》だってちょっとは・・・そこまで考《かんが》えて、はっとした。

あ、ダメだ、私《わたし》、もう告白《こくはく》してるんだった、砂原《すなはら》に。

何《なに》しろ離《はな》れてるから、あんまり実感《じっかん》がなくて時々忘《ときどきわす》れてしまうんだ、ごめんね砂原《すなはら》。

でも、そのことって、確《たし》か悠飛《ゆうひ》に話《はな》したはず。

その時《とき》、悠飛《ゆうひ》は、そんな不自然《ふしぜん》な関係《かんけい》は長《なが》く続《つづ》かない、今《いま》に私《わたし》が心変《こころが》わりするって断言《だんげん》したんだ。

俺《おれ》が、それを証明《しょうめい》してやるって。

あ、もしかして、悠飛《ゆうひ》は自分《じぶん》の言葉《ことば》を現実《げんじつ》にしようとしてるのかも。

私《わたし》と砂原《すなはら》の関係《かんけい》を終《お》わらせ、そらみろ、俺《おれ》の言《い》った通《とお》りだろって言《い》いたいために、いろいろとカラんできてるのかもしれない。

きっとそうだ。

ううっ、さらに腹《はら》が立《た》ってきた、怒《いか》り心頭《しんとう》っ！

私《わたし》は両手《りょうて》をテーブルに突《つ》き、すっくと立《た》ち上《あ》がった。

「私《わたし》には、もう告白《こくはく》した人《ひと》がいて、片山君《かたやまくん》もそれを知《し》っています。興味本位《きょうみほんい》でいろいろ言《い》われるのは迷惑《めいわく》だからやめてくださいって伝《つた》えてください。私《わたし》に関《かか》わらないでって。」

どうやら私《わたし》の迫力《はくりょく》がすごかったらしく、皆《みな》は唖然《あぜん》、呆然《ぼうぜん》、沈黙絶句《ちんもくぜっく》。

言《い》いすぎたかなって思《おも》ったんだけど、どう言《い》い直《なお》していいのかわからなくって、そのまま息《いき》を呑《の》んでいると、お昼休《ひるやす》み終了《しゅうりょう》10分前《ぷんまえ》のチャイムが鳴《な》り始《はじ》めた。

部長《ぶちょう》が、はっと我《われ》に返《かえ》った様子《ようす》で立《た》ち上《あ》がる。

「じゃ、解散《かいさん》ね。」

それで皆《みんな》、ソソクサと部室《ぶしつ》を出《で》ていったんだ。

1人残《ひとりのこ》った私《わたし》も、反省《はんせい》しながら教室《きょうしつ》に向《む》かう。

もしかして、性格《せいかく》きつい子《こ》だって思《おも》われたかもなぁ。

ああ、もっと言葉《ことば》を選《えら》べばよかった。

「あ、アーヤ、」

名前《なまえ》を呼《よ》ばれて目《め》を向《む》ければ、体育館《たいいくかん》に通《つう》じる渡《わた》り廊下《ろうか》から、翼《たすく》が、こっちに歩《ある》いてくるところだった。

「今《いま》、捜《さが》しに行《い》こうと思《おも》ってたんだ。」

あたりには、体育館《たいいくかん》に向《む》かう生徒《せいと》たちがいて、

「わっ、翼《ツバサ》だっ！」

「きゃっ会《あ》えた、今日《きょう》ラッキィ！」

「やっぱ近《ちか》くで見《み》ると、超《ちょう》かわいっ！」

「髪《かみ》サラサラ、睫《まつげ》クルッ、笑顔《えがお》キュートで、もう天使《てんし》だぁ。」

なんて言《い》いながら、足《あし》を止《と》めて見《み》つめている。

その中《なか》を、ごく自然《しぜん》にこっちに歩《ある》いてくるんだ。

私《わたし》は、感心《かんしん》！

注目《ちゅうもく》に慣《な》れてるって、すごいなぁ。

私《わたし》だったら、きっと動《うご》きがギクシャクしてしまう。

「さっき小塚《こづか》からLINE《ライン》きてさ、」

ユニフォームの肩《かた》から羽織《はお》ったスタジャンのポケットに手《て》を入《い》れ、スマートフォンを出《だ》す。

「若武《わかたけ》が今日《きょう》、秀明《しゅうめい》の休《やす》み時間《じかん》にKZ《カッズ》会議《かいぎ》開《ひら》くって言《い》ってきたって。」

その画面《がめん》を開《あ》けて、私《わたし》に見《み》せた。

「場所《ばしょ》は、カフェテリアね。」

すぐそばに立《た》つと、翼《たすく》の背《せ》は、私《わたし》よりわずかに高《たか》いくらい。

バスケット部《ぶ》はノッポぞろいだから、その中《なか》では埋《う》もれてしまうけれど、動《うご》きの速《はや》さと判断力《はんだんりょく》の切《き》れはバツグン、1年生《ねんせい》でただ1人《ひとり》のレギュラーなんだ。

「何《なに》か、事件《じけん》？」

私《わたし》が聞《き》くと、翼《たすく》は、癖《くせ》のない髪《かみ》をサラッと乱《みだ》して首《くび》を横《よこ》に振《ふ》った。

「いや、この文面《ぶんめん》だと、そういう雰囲気《ふんいき》じゃないよ。近況《きんきょう》を報告《ほうこく》し合《あ》おうってことだろ。」

そっか、やっぱり事件《じけん》って、やたらには起《お》こらないものね。

そう思《おも》うにつけても、さっきの図書盗難事件《としょとうなんじけん》が解決《かいけつ》してしまってもったいないと感《かん》じてしまう私《わたし》は、いけない子《こ》？

「でも近況《きんきょう》って、俺《おれ》、ナンもないよ。最近《さいきん》、部活《ぶかつ》とハイスペックの往復《おうふく》、HS《ハッズ》の練習《れんしゅう》や試合《しあい》、毎《まい》日《にち》それだけで終《お》わりだもん。」

忙《いそが》しそ。

「気《き》になってるニュースもないしさ。」

私《わたし》は、以前《いぜん》のKZ《カッズ》会議《かいぎ》を思《おも》い出《だ》しながら言《い》った。

「確《たし》かそういう時《とき》には、自分《じぶん》の得意分野《とくいぶんや》について話《はな》してもよかったんじゃない？　それが皆《みんな》の知《ち》識《しき》になって、KZ《カッズ》全体《ぜんたい》の知的《ちてき》レベルが上《あ》がるから。親睦《しんぼく》にもなってチームがまとまるし。」

翼《たすく》は、ふっと溜《た》め息《いき》をついた。

「アーヤはいいよね。国語《こくご》が得意《とくい》だから、驚《おどろ》きの四字熟語《よじじゅくご》とか、誰《だれ》も知《し》らないような漢字《かんじ》とか、皆《みんな》が興味《きょうみ》を持《も》つような知識《ちしき》を提供《ていきょう》できるでしょ。でも俺《おれ》の得意分野《とくいぶんや》って、」

そう言《い》いながら片手《かたて》の親指《おやゆび》で鼻《はな》の頭《あたま》をつつく。

「これだもん。俺《おれ》だけの感覚《かんかく》だから共感《きょうかん》してもらえないし、誰《だれ》の知識《ちしき》にもならないしさ。」

翼《たすく》が悲観的《ひかんてき》になってるのは、珍《めずら》しいことだった。

「なんか憂鬱《ゆううつ》そうだね。」

そう言《い》うと、あっさり頷《うなず》いた。

「最近《さいきん》、毎日《まいにち》が漫然《まんぜん》と過《す》ぎてく感《かん》じなんだ。ハイスペックも、期待《きたい》してたほど刺激的《しげきてき》じゃないし。」

翼《たすく》は以前《いぜん》、私《わたし》たちと同《おな》じ進学塾《しんがくじゅく》、秀明《しゅうめい》ゼミナールにいた。

でも自分《じぶん》の可能性《かのうせい》を広《ひろ》げたくて、最近《さいきん》この街《まち》に進出《しんしゅつ》してきた大手《おおて》の塾《じゅく》、ハイスペック精鋭《せいえい》ゼミナールに移《うつ》ったんだ。

学校《がっこう》の実力《じつりょく》テストでは、いつも学年《がくねん》ベスト5《ファイブ》に入《はい》っているし、体育大会《たいいくたいかい》の時《とき》にはどんな競技《きょうぎ》を任《まか》されても活躍《かつやく》して皆《みんな》の注目《ちゅうもく》を集《あつ》める、女子《じょし》はもちろん男子《だんし》にとっても憧《あこが》れの存在《そんざい》なのに、本《ほん》人《にん》はちっとも満足《まんぞく》してないんだ。

翼《たすく》がこう言《い》ったのを、私《わたし》は覚《おぼ》えている。

「俺《おれ》の成績《せいせき》って、特出《とくしゅつ》したものがないんだ。数学《すうがく》でも国語《こくご》でも理社《りしゃ》でも英語《えいご》でも、いつも誰《だれ》かに負《ま》けている。総合《そうごう》なら、そこそこ取《と》れるけど、そういう取《と》り方《かた》って、もう古《ふる》いよ。これからは総《そう》合力《ごうりょく》の時代《じだい》じゃないと思《おも》う。自分《じぶん》の未来《みらい》のために、自分《じぶん》らしい特出《とくしゅつ》したものを構築《こうちく》しておきたいんだ。自分《じぶん》を開発《かいはつ》して、それを身《み》につけておきたい。でもそれが具体的《ぐたいてき》に何《なん》なのか、全然《ぜんぜん》摑《つか》めないんだ。」

考《かんが》え方《かた》もしっかりしてるし、人生《じんせい》に対《たい》しても前向《まえむ》きで、ほんとにすごい子《こ》だなぁって、その時《とき》思《おも》った。

「時間《じかん》だけは過《す》ぎていくのに、ちっとも自分《じぶん》の進歩《しんぽ》を感《かん》じられなくて、イライラする。」

繊細《せんさい》な感《かん》じの眉根《まゆね》を寄《よ》せたその顔《かお》は、そりゃぁもう切《せつ》なげで、美《うつく》しかった。

でも見惚《みと》れてる場合《ばあい》じゃないと思《おも》って、自重《じちょう》したんだ。

友《とも》だちなんだから、ここは何《なん》とか、いいアドバイスをしないと。

「出口《でぐち》のないトンネルに入《はい》ってる感《かん》じだよ、くっそ。」

私《わたし》は一生懸命《いっしょうけんめい》に考《かんが》え、自分《じぶん》なりの結論《けつろん》を口《くち》にした。

「翼《たすく》は、歴史《れきし》に詳《くわ》しいよね。たぶん好《す》きだからだと思《おも》うけど。」

翼《たすく》が頷《うなず》くのを確認《かくにん》し、ほっとしながら先《さき》を続《つづ》ける。

「そういう好《す》きな分野《ぶんや》に、もっと突《つ》っこんでいってみたら？　そこから何《なに》か引《ひ》き出《だ》せるかもしれない。KZ会議《カッズかいぎ》も、そこからの話題《わだい》でいいと思《おも》うし。」

翼《たすく》は、ふっと微笑《ほほえ》んだ。

「それならいくつもある。ありがと。」

その微笑《ほほえ》みは完璧《かんぺき》に美《うつく》しくて、私《わたし》は今度《こんど》こそ手放《てばな》しで、しっかり見惚《みと》れてしまった、うっとり！

「じゃ着替《きか》えてくるから。」

そう言《い》って翼《たすく》は、部室《ぶしつ》の方《ほう》に駆《か》けていった。

私《わたし》は、翼《たすく》がうまく出口《でぐち》を見《み》つけられるといいなと思《おも》いながら、はっとした。

自分《じぶん》にも、皆《みんな》に報告《ほうこく》できるような近況《きんきょう》がまるでないことに気《き》が付《つ》いたんだ。

毎日《まいにち》、学校《がっこう》と秀明《しゅうめい》、授業《じゅぎょう》と部活《ぶかつ》と塾《じゅく》を行《い》ったり来《き》たりしているだけで、塾《じゅく》でもサッカーチームに入《はい》って活躍《かつやく》してる翼《たすく》より、やってることがずっと少《すく》ない。

大変《たいへん》だ、急《いそ》いで何《なに》か考《かんが》えないとっ！

3　太《ふと》ったと感《かん》じたら

私《わたし》は必死《ひっし》に考《かんが》え、翼《たすく》の言《い》っていた四字熟語《よじじゅくご》のアイディアを思《おも》い出《だ》してそれを採用《さいよう》することにした。

数字《すうじ》を使《つか》った四字熟語《よじじゅくご》を並《なら》べたら、おもしろいかなって思《おも》ったんだ。

たとえば、一を使《つか》った四字熟語《よじじゅくご》には一生懸命《いっしょうけんめい》とか、一触即発《いっしょくそくはつ》とか、一騎当千《いっきとうせん》とか、一意専心《いちいせんしん》、一進一退《いっしんいったい》、一瀉千里《いっしゃせんり》がある。

二は二人三脚《ににんさんきゃく》とか、二転三転《にてんさんてん》、無二無三《むにむさん》。

三は、朝三暮四《ちょうさんぼし》。

一番多《いちばんおお》いのは百で、百戦錬磨《ひゃくせんれんま》とか、百花繚乱《ひゃっかりょうらん》とか、百人百様《ひゃくにんひゃくよう》とか、百発百中《ひゃっぱつひゃくちゅう》、百川帰海《ひゃくせんきかい》、えっともっとあるな、百鬼夜行《ひゃっきやこう》、百依百順《ひゃくいひゃくじゅん》、百下百全《ひゃっかひゃくぜん》、百家争鳴《ひゃっかそうめい》、あ、百点満点《ひゃくてんまんてん》もそうかも。

おお結構《けっこう》いけそう、これにしよっと。

それでKZ会議《カッズかいぎ》が始《はじ》まる時間《じかん》まで、数字《すうじ》の入《はい》っている四字熟語《よじじゅくご》を思《おも》いつく限《かぎ》り並《なら》べて、書《か》き出《だ》していたんだ。

十一とか、二十三とかの半端《はんぱ》な数《かず》はダメだったけれど、切《き》りのいい五十や、千《せん》や万《まん》も結構《けっこう》あった。

で、時間《じかん》になると、カフェテリアに駆《か》け上《あ》がっていったんだ。

ドアを開《あ》けると、いつものように隅《すみ》の方《ほう》の目立《めだ》たないテーブルに、皆《みんな》が顔《かお》をそろえていた。

でも忍《しのぶ》だけが、いない。

「お、アーヤが来《き》た。」

私《わたし》は近寄《ちかよ》っていき、空《あ》いている椅子《いす》に座《すわ》った。

「忍《しのぶ》は？」

私《わたし》の隣《となり》にいた小塚君《こづかくん》が答《こた》えようとし、口《くち》を開《ひら》きかける。

とたん若武《わかたけ》が、ドンとテーブルを叩《たた》いた。

「黙《だま》れ小塚《こづか》。それはリーダーの俺《おれ》が発表《はっぴょう》する。」

小塚君《こづかくん》は、出《で》しゃばってゴメンと言《い》わんばかりに目《め》を伏《ふ》せた。

私《わたし》は、ちょっと若武《わかたけ》をにらむ。

そんなにカッコつけることないじゃないのよ、いばりんぼ。

若武《わかたけ》は、それに気《き》づいたみたいだったけれど、まるで無視《むし》して皆《みんな》を見回《みまわ》した。

「ではＫＺ《カッズ》会議《かいぎ》を始《はじ》める。今回《こんかい》は、近況報告《きんきょうほうこく》の会《かい》だ。」

翼《たすく》が、やっぱりねと言《い》ったように私《わたし》に目《め》くばせする。

「まず俺《おれ》から。ホットニュースだぞ。サッカーチームＫＺ《カッズ》は、今度《こんど》ユニフォームを一新《いっしん》することになった。」

え、替《か》えちゃうんだ。

シルバーのユニフォーム、カッコよかったのに。

「今度《こんど》のユニフォームは、絶対勝《ぜったいか》てるヤツだ。ベースカラーは黒《くろ》に近《ちか》い紺色《こんいろ》。そこに流星《りゅうせい》をイメージした銀色《ぎんいろ》が、斜《なな》めに入《はい》る。」

小塚君《こづかくん》が目《め》を丸《まる》くした。

「え・・・なんで、それで勝《か》てるの？」

若武《わかたけ》はニヤッと笑《わら》った。

「勝《か》てるさ。この紺色《こんいろ》は、昔《むかし》、戦《たたか》いの際《さい》に鎧《よろい》の下《した》に着《き》た着物《きもの》の色《いろ》と同《おな》じなんだ。」

へぇ。

「ああ、それなら、正確《せいかく》にはカチ色《いろ》っていうんだよ。」

そう言《い》ったのは、翼《たすく》だった。

「同《おな》じ紺色《こんいろ》でも、鉄紺《てつこん》とか紺青《こんじょう》とかいろんな種類《しゅるい》があって、鎧《よろい》の下《した》によく着《き》た紺色《こんいろ》なら、カチ色《いろ》。褐色《かっしょく》の《褐《かつ》》に《色《いろ》》を付《つ》けて、カチイロって読《よ》むんだけど、縁起《えんぎ》をかついで《勝色《かちいろ》》って言《い》われてるんだ。10世紀後半《せいきこうはん》に書《か》かれた宇津保物語《うつほものがたり》や、13世紀前半《せいきぜんはん》の平家物語《へいけものがたり》なんかの戦闘《せんとう》シーンによく出《で》てくる色《いろ》だよ。」

すごい、詳《くわ》しいっ！

感心《かんしん》したのは、私《わたし》だけじゃなかった。

「美門《みかど》すげぇ。小塚《こづか》より歴史《れきし》知《し》ってんじゃん。」

「ほんと！　僕《ぼく》、そこまで知《し》らなかったよ。」

翼《たすく》が、歴史《れきし》に関《かか》わる知識《ちしき》を堂々《どうどう》と披露《ひろう》したのは、これが初《はじ》めてだった。

前《まえ》に、桃太郎伝説《ももたろうでんせつ》について話《はな》したことがあったけれど、その時《とき》はほんのちょこっとだけだったから。

「小塚《こづか》のジャンル、広《ひろ》すぎるからなぁ。」

ん、理科《りか》と社会全般《しゃかいぜんぱん》だものね。

生物《せいぶつ》、化学《かがく》、物理《ぶつり》、地学《ちがく》、天文学《てんもんがく》、地理《ちり》、政治《せいじ》、経済《けいざい》、それに歴史《れきし》、しかも日本史《にほんし》と世界史《せかいし》の両方《りょうほう》だから、確《たし》かに広《ひろ》すぎる。

「今度《こんど》から歴史《れきし》分野《ぶんや》担当《たんとう》は、美門《みかど》にすれば？」

黒木君《くろきくん》の言葉《ことば》を受《う》けて、若武《わかたけ》が頷《うなず》いた。

「よし、歴史《れきし》は小塚《こづか》の社理《しゃり》から分離《ぶんり》させて、美門《みかど》の担当《たんとう》とする。」

そう言《い》ってから、満足《まんぞく》げに微笑《ほほえ》んだ。

「勝色《かちいろ》かぁ。やっぱ勝《か》てるよな。勝色着《かちいろき》てたら、絶対《ぜったい》だ。」

上杉君《うえすぎくん》が、その目《め》に皮肉《ひにく》な光《ひかり》をきらめかせる。

「調子《ちょうし》に乗《の》ってんじゃねーよ。そんなふうに浮《うわ》ついてるから、先週《せんしゅう》の試合《しあい》みたいなことになるんだ。」

若武《わかたけ》は急《きゅう》に固《かた》まり、表情《ひょうじょう》を失《うしな》った。

え、何《なに》があったの？

私《わたし》が興味津々《きょうみしんしん》でいると、上杉君《うえすぎくん》は、まいったといったように首《くび》を横《よこ》に振《ふ》った。

「こいつ、オウンゴールしやがったんだぜ。」

はっ？

「それも、よりにもよって強烈《きょうれつ》なループシュートでさ。黒木《くろき》が横《よこ》っ飛《と》びにジャンプして、体《からだ》で阻止《そし》しようとしたんだけど間《ま》に合《あ》わなかった。」

黒木君《くろきくん》も、溜《た》め息《いき》をつく。

「結局《けっきょく》、あれで負《ま》けたんだよな。」

私《わたし》は、キョトン。

翼《たすく》が笑《わら》いながら教《おし》えてくれた。

「オウンゴールっていうのは、間違《まちが》って自分《じぶん》のチームのゴールにシュートしちまうこと。それも相手《あいて》の得点《とくてん》になるんだ。」

私《わたし》は、笑《わら》い出《だ》さずにいられなかった。

だって味方《みかた》のゴールにシュートして、相手《あいて》の得点《とくてん》を加算《かさん》するなんてマヌケすぎる。

「アーヤ、笑《わら》うな。」

若武《わかたけ》は、不貞腐《ふてくさ》れた顔《かお》でテーブルに頬杖《ほおづえ》を突《つ》いた。

「俺《おれ》、あん時《とき》、脳震盪状態《のうしんとうじょうたい》だったんだ。その前《まえ》に空中《くうちゅう》でボール取《と》り合《あ》って、相手《あいて》のＭＦ《ミッドフィルダー》と頭《あたま》ぶつけてさ、フラフラしてたんだ。で、カウンター食《く》らいそうになったから大急《おおいそ》ぎでボール奪《うば》いにいって、マルセイユルーレットで抜《ぬ》こうと思《おも》って反転《はんてん》したとたん、一瞬《いっしゅん》、記憶《きおく》が飛《と》んで、目《め》の前《まえ》に見《み》えたゴールを相手《あいて》のゴールと勘違《かんちが》いした。」

上杉君《うえすぎくん》が素早《すばや》く手《て》を伸《の》ばし、若武《わかたけ》の頭《あたま》を小突《こづ》く。

「言《い》い訳《わけ》をするな。オウンゴールなんてする奴《やつ》は、とにかく、ただのマヌケだ。」

若武《わかたけ》はムッとし、立《た》ち上《あ》がった。

「やったな。倍《ばい》にして返《かえ》すぞ。」

上杉君《うえすぎくん》も立《た》つ。

「おお、受《う》けてやらぁ。」

テーブルを離《はな》れていく2人《ふたり》を、黒木君《くろきくん》がしかたなさそうに見送《みおく》る。

「こっちはこっちで進《すす》めよう。」

そだね。

「次《つぎ》の近況報告《きんきょうほうこく》は、えっと小塚《こづか》、できる？」

名前《なまえ》を呼《よ》ばれて小塚君《こづかくん》は、片手《かたて》でお腹《なか》を撫《な》でた。

「僕《ぼく》、最近《さいきん》、また太《ふと》ったんだ。」

あら。

「どうしてもいろいろと食《た》べたくなってさ。」

そういう時《とき》ってあるよね、私《わたし》もそう。

「で、なんで食欲《しょくよく》ってあるんだろうって思《おも》って、仕組《しく》みを調《しら》べようとしていろんな科学誌《かがくし》を当《あ》たったんだ。」

私《わたし》は、すごく感心《かんしん》した。

だって、太《ふと》ったって感《かん》じた時《とき》、まず考《かんが》えるのは、ダイエットとかでしょ。

太《ふと》った根本原因《こんぽんげんいん》を究明《きゅうめい》しようなんて、普通《ふつう》は思《おも》わないもの。

やっぱり小塚君《こづかくん》は、学者《がくしゃ》タイプなんだね。

きっと将来《しょうらい》は、お父《とう》さんみたいな研究者《けんきゅうしゃ》になるんだろうなぁ。

「イギリスの科学誌《かがくし》に研究《けんきゅう》が載《の》ってた。でもそれって、日本《にっぽん》の基礎生物学研究所《きそせいぶつがくけんきゅうじょ》が発表《はっぴょう》した論文《ろんぶん》だったよ。」

へぇ日本《にっぽん》の研究所《けんきゅうじょ》がイギリスの科学誌《かがくし》に発表《はっぴょう》するんだ、なんか不思議《ふしぎ》。

「それによると、食欲《しょくよく》が抑《おさ》えられなくなるのは、ある種《しゅ》のホルモンの働《はたら》きが弱《よわ》くなるからだって。その結果《けっか》、脳細胞内《のうさいぼうない》にＰＴＰＲＪ《ピーティーピーアールジェー》っていう酵素《こうそ》が増《ふ》えるらしいんだ。これがそのホルモンの働《はたら》きを抑《おさ》えてしまう。」

じゃ、その酵素《こうそ》を増《ふ》やさないようにすればいいんだよ。

「今後《こんご》は、どうすればＰＴＰＲＪ《ピーティーピーアールジェー》が増《ふ》えないようにできるかを研究《けんきゅう》するんだと思《おも》うな。それが完《かん》成《せい》すれば、肥満《ひまん》に悩《なや》む世《よ》の中《なか》の多《おお》くの人間《にんげん》が救《すく》われるよ。もちろん僕《ぼく》もね。」

早《はや》くできるといいよねぇ。

「小塚《こづか》って、よく読《よ》んでるよね、科学誌《かがくし》。」

翼《たすく》は、敬服《けいふく》するといったような口調《くちょう》だった。

「科学論文《かがくろんぶん》って、かなり英語力《えいごりょく》ないと読《よ》めないだろ。」

え？　日本《にっぽん》の論文《ろんぶん》は、日本語《にほんご》じゃないの？

「俺《おれ》も時々《ときどき》読《よ》むけど、途中《とちゅう》で挫折《ざせつ》すること多《おお》いもん。」

「僕《ぼく》だって、辞書《じしょ》を引《ひ》きながらだよ。」

2人《ふたり》の会話《かいわ》に、私《わたし》が目《め》をパチパチしていると、黒木君《くろきくん》がクスッと笑《わら》った。

「論文《ろんぶん》って、ほとんど英語《えいご》で書《か》かれてるんだ。」

そうなのっ!?

じゃ今《いま》まで、上杉君《うえすぎくん》とかもよく話《はな》に出《だ》してたけど、あれ全部《ぜんぶ》、英語《えいご》だったんだ。

それ読《よ》んでたんだね、すごっ！

私《わたし》は、若武《わかたけ》と摑《つか》み合《あ》っている上杉君《うえすぎくん》に目《め》を向《む》けた。

尊敬《そんけい》するかも。

すると上杉君《うえすぎくん》はそれを感《かん》じたらしく、ふっと動《うご》きを止《と》め、しばし固《かた》まっていた。

やがて手《て》を離《はな》し、こちらに戻《もど》ってくる。

「おい何《なん》だよ、逃《に》げるのか。」

不満《ふまん》そうに声《こえ》を上《あ》げた若武《わかたけ》に向《む》かって、アカンベエ。

「おまえの相手《あいて》をしていると、自分《じぶん》のレベルが下《さ》がることに気《き》が付《つ》いた。今後《こんご》は、二度《にど》と付《つ》き合《あ》わんから、そのつもりで。」

若武《わかたけ》は、いかにもくやしそうに顔《かお》を歪《ゆが》め、でもたった1人《ひとり》でそこに立《た》っていてもしかたがないと思《おも》ったらしく、間《ま》もなく引《ひ》きかえしてきてテーブルについた。

「じゃ続《つづ》き。美門《みかど》、おまえの近況《きんきょう》は？」

私《わたし》は、話題《わだい》に困《こま》っていた翼《たすく》が何《なに》を話《はな》すのか、ちょっと心配《しんぱい》しながら耳《みみ》を傾《かたむ》けた。

「えっと、第《だい》二次《じ》世界大戦《せかいたいせん》に興味《きょうみ》持《も》ってる。」

う・・・確《たし》かに歴史《れきし》だけど、あまりにも近《ちか》すぎて、意外《いがい》だ。

「今《いま》、調《しら》べてるのは、真珠湾攻撃《しんじゅわんこうげき》。」

真珠湾《しんじゅわん》って、確《たし》かハワイだよね。

そこにアメリカの海軍基地《かいぐんきち》があって、それを日本《にっぽん》がいきなり攻撃《こうげき》して、太平洋戦争《たいへいようせんそう》が始《はじ》まったんだ。

「真珠湾攻撃《しんじゅわんこうげき》は、日本《にっぽん》の奇襲《きしゅう》って言《い》われてて、今《いま》でもアメリカ人《じん》から激《はげ》しい非難《ひなん》を浴《あ》びてるでしょ。」

翼《たすく》がそう言《い》うと、上杉君《うえすぎくん》が大《おお》きな溜《た》め息《いき》をついた。

「俺《おれ》、ハワイ行《い》った時《とき》、真珠湾《しんじゅわん》を見学《けんがく》したんだ。そしたら階段《かいだん》の手摺《てす》りに、Remember《リメンバー》 Pearl《パール》 Harbor《ハーバー》 Forever《フォーエバー》、って刻《きざ》んであった。Remember《リメンバー》は和訳《わやく》すると、《思《おも》い出《だ》せ》だけど、この場合《ばあい》、《覚《おぼ》えてろよ》って方《ほう》がピッタリくる。《真珠湾《しんじゅわん》を永遠《えいえん》に覚《おぼ》えてろ》って意味《いみ》なんだ。すげぇ強《つよ》い憎悪《ぞうお》、感《かん》じたよ。」

翼《たすく》はちょっと笑《わら》う。

「最近知《さいきんし》ったんだけどさ、アメリカ軍《ぐん》は、事前《じぜん》に日本軍《にほんぐん》の動《うご》きを察知《さっち》してて、わざと攻撃《こうげき》させたって説《せつ》があるんだ。」

わざと？

「この説《せつ》によると、アメリカ軍《ぐん》は、日本《にっぽん》の暗号《あんごう》を解読《かいどく》していて、真珠湾《しんじゅわん》が攻撃《こうげき》される可能性《かのうせい》が高《たか》いとわかっていた。かつオーストラリアから、日本《にっぽん》の空母《くうぼ》が真珠湾《しんじゅわん》に向《む》かっているという連絡《れんらく》も受《う》けていたんだ。そして事前《じぜん》に書《か》かれていたアメリカ軍長官《ぐんちょうかん》の日記《にっき》には、日本側《にっぽんがわ》に先《さき》に攻撃《こうげき》させるにはどうすればいいかという会議《かいぎ》をしたとの記述《きじゅつ》がある。」

へぇ！

「当時《とうじ》のアメリカの大統領《だいとうりょう》はルーズベルト。彼《かれ》は経済政策《けいざいせいさく》に失敗《しっぱい》し、行《ゆ》き詰《づ》まっていたんだ。それで戦争《せんそう》を起《お》こせば、それを解決《かいけつ》できると考《かんが》えていた。戦争《せんそう》が始《はじ》まると、武器《ぶき》や軍事用品《ぐんじようひん》が必要《ひつよう》になって経済《けいざい》が活性化《かっせいか》するからね。」

そうなの、知《し》らなかった！

「初《はじ》めはナチスドイツにアメリカを攻撃《こうげき》させようとしたんだけど、ナチスはそれに乗《の》らなかった。それでターゲットを日本《にっぽん》に替《か》えたんだ。事前《じぜん》に真珠湾攻撃《しんじゅわんこうげき》の情報《じょうほう》を入手《にゅうしゅ》したにもかかわらず、ハワイにいた自軍《じぐん》に伝《つた》えず、先《さき》に手《て》を出《だ》したのは日本《にっぽん》だという口実《こうじつ》を作《つく》って戦争《せんそう》に乗《の》り出《だ》したって説《せつ》。アメリカの歴史学者《れきしがくしゃ》が、著作《ちょさく》の中《なか》でそう書《か》いてる。俺《おれ》としては、実際《じっさい》の資料《しりょう》なんかも調《しら》べて本当《ほんとう》のことを知《し》りたいと思《おも》ってるんだ。太平洋戦争《たいへいようせんそう》は、日本《にっぽん》に大《おお》きな影響《えいきょう》を与《あた》えた。その始《はじ》まりとなった真珠湾攻撃《しんじゅわんこうげき》の真実《しんじつ》は、知《し》っておくべきだろ。」

その通《とお》り、すごい！

感心《かんしん》しながら私《わたし》は、自分《じぶん》が用意《ようい》してきた四字熟語《よじじゅくご》の話《はなし》を心細《こころぼそ》く思《おも》った。

だって、あんまりにも軽《かる》すぎるんだもの。

どこが軽《かる》いって・・・若武《わかたけ》も小塚君《こづかくん》も翼《たすく》も、ちゃんと自分《じぶん》の気持《きも》ちや感情《かんじょう》から生《う》まれてきた話《はなし》をしている。

でも私《わたし》のは、自分《じぶん》の心《こころ》と結《むす》びついてなくて、ただの知識《ちしき》にすぎないんだもの。自分《じぶん》の心《こころ》に根付《ねづ》いてないから、私《わたし》じゃなくても誰《だれ》でも話《はな》せるし、上滑《うわすべ》りしてて貧弱《ひんじゃく》な感《かん》じがする。

時間《じかん》かけて用意《ようい》したけど、あれ、ダメかも。

どうしよう!?

4　ぼっち、じゃ楽《たの》しくない？

「じゃ次《つぎ》。黒木《くろき》、おまえの近況《きんきょう》。」

黒木君《くろきくん》は、片腕《かたうで》をテーブルに置《お》き、斜《なな》めになって皆《みんな》を見《み》た。

「俺《おれ》の学校《がっこう》では、最近《さいきん》、音楽《おんがく》の時間《じかん》にピアノレッスンが始《はじ》まった。」

え、開生《かいせい》って、そんなことしてるの。

「1人《ひとり》に1台電子《だいでんし》ピアノがあって、いろんな曲《きょく》を弾《ひ》けるようにならないと音楽《おんがく》の単位《たんい》をもらえない。そのレッスンが憂鬱《ゆううつ》でさ。」

上杉君《うえすぎくん》が目《め》を丸《まる》くする。

「おまえ、今《いま》までピアノ習《なら》ってなかったの？」

若武《わかたけ》も身《み》を乗《の》り出《だ》した。

「ありえねー。普通《ふつう》、習《なら》うだろ、ピアノとスイミングって幼稚園《ようちえん》からの必須《ひっす》じゃん。」

ありえなくないよ、私《わたし》、習《なら》ってないもの。

そう思《おも》いながら私《わたし》は、ちょっと肩《かた》に力《ちから》を入《い》れた。

「小塚君《こづかくん》がピアノを弾《ひ》くのは知《し》ってるけど、他《ほか》の人《ひと》は、ピアノじゃなかったんじゃない？」

私《わたし》が聞《き》くと、全員《ぜんいん》がいっせいに手《て》を上《あ》げた。

「ピアノやってた、フルート始《はじ》める前《まえ》。」

「俺《おれ》も、ヴァイオリンの前《まえ》に。」

「ん、基本《きほん》でしょ。」

「俺《おれ》も、いちお、習《なら》ってたけどね。」

やってなかったのは・・・私《わたし》だけだった。

「脳科学的《のうかがくてき》に言《い》うと、ピアノは、HQ《エイチキュー》もIQ《アイキュー》も上《あ》げることが証明《しょうめい》されてるんだ。」

えっとHQ《エイチキュー》って、人間性知能《にんげんせいちのう》のことだよね、IQ《アイキュー》は知能指数《ちのうしすう》。

ピアノを習《なら》うとそれらが上《あ》がるってことは、早《はや》く言《い》えば、頭《あたま》がよくなるってこと？

「左右《さゆう》の手《て》の譜面《ふめん》を同時《どうじ》に見《み》ながら、両手《りょうて》で違《ちが》う動《うご》きをすることで、脳《のう》の構造《こうぞう》が進化《しんか》するって説《せつ》が有力《ゆうりょく》。現役東大生《げんえきとうだいせい》の47パーセントがピアノを習《なら》ってたってデータもあるんだ。」

へぇえ、私《わたし》も習《なら》おうかなぁ。

そう思《おも》いながら、ふっと思《おも》い出《だ》した。

まだ私《わたし》が小《ちい》さな頃《ころ》、確《たし》かパパが、ピアノを習《なら》わせようって言《い》ってたんだ。

でもママが反対《はんたい》して、ダメになった。

あの時《とき》やってれば、今頃《いまごろ》もっといい成績《せいせき》を取《と》れてたかもしれないのに。

ああママ、恨《うら》むからね！

「開生《かいせい》って、授業《じゅぎょう》でそこまでするんだ。」

翼《たすく》が感嘆《かんたん》の声《こえ》を上《あ》げると、開生組《かいせいぐみ》3人《にん》は顔《かお》を見合《みあ》わせた。

「うちの学校《がっこう》は、かなり先取《さきど》りしてるよね。」

「ん、ピアノ教育《きょういく》も、30年《ねん》以上前《いじょうまえ》からやってるみたいだし。」

「2020年度《ねんど》から始《はじ》まる大学入学共通《だいがくにゅうがくきょうつう》テストの改革《かいかく》も、もう十数年前《じゅうすうねんまえ》からその方向《ほうこう》だよ。」

若武《わかたけ》が、溜《た》め息《いき》をもらす。

「俺《おれ》、高校《こうこう》は開生《かいせい》に行《い》こうかなぁ。」

上杉君《うえすぎくん》が鼻《はな》で笑《わら》った。

「やめとけ。一度落《どお》ちただけじゃ足《た》りんのか。」

ああ、古傷《ふるきず》を抉《えぐ》るようなことを・・・。

若武《わかたけ》は、中学受験《ちゅうがくじゅけん》で上杉君《うえすぎくん》たちと一緒《いっしょ》に開生《かいせい》を受《う》けている。

でも落《お》ちたんだ。

「おまえの偏差値《へんさち》じゃ、とても足《た》りん。」

若武《わかたけ》は、椅子《いす》を鳴《な》らして突《つ》っ立《た》つ。

「絶対《ぜったい》、入《はい》ってやる！　実力《じつりょく》テストで、上杉《うえすぎ》、きさまを抜《ぬ》いてやるからな。」

「おっもしれ。やってみろよ。できるものならな。」

2人《ふたり》が一気《いっき》ににらみ合《あ》ったのを見《み》て、私《わたし》はゲンナリ。

さっきの、二度《にど》と付《つ》き合《あ》わん宣言《せんげん》は、どこやったのよぉ。

小塚君《こづかくん》が、あせった声《こえ》を上《あ》げる。

「あの、黒木《くろき》の話《はなし》の続《つづ》きは？」

そうだよ。

「黒木《くろき》も今《いま》、昔《むかし》ピアノ習《なら》ってたって言《い》ったよね。で、何《なに》が憂鬱《ゆううつ》なの？」

それでようやく若武《わかたけ》も上杉君《うえすぎくん》も戦闘《せんとう》モードを解除《かいじょ》、皆《みんな》で黒木君《くろきくん》の言葉《ことば》を待《ま》った。

「トラウマ、かな。」

そう言《い》いながら黒木君《くろきくん》は片手《かたて》を広《ひろ》げ、私《わたし》たちの前《まえ》に差《さ》し出《だ》す。

「親指《おやゆび》の付《つ》け根《ね》を切《き》ったことがあってさ、」

指《ゆび》の長《なが》いきれいなその手《て》には、確《たし》かに大《おお》きな傷《きず》が残《のこ》っていた。

「今《いま》も、動《うご》かすと、痛《いた》い気《き》がするんだ。」

かわいそう！

「その時《とき》のことを思《おも》い出《だ》すしね。で、嫌《いや》なわけ。」

私《わたし》たちは、シ〜ンとし、隣《となり》にいた上杉君《うえすぎくん》が腕《うで》を伸《の》ばして黒木君《くろきくん》の肩《かた》を叩《たた》いた。

「いつかゆっくり事情《じじょう》、聞《き》いてやるよ。」

黒木君《くろきくん》はちょっと笑《わら》い、上杉君《うえすぎくん》に頷《うなず》いてから、皆《みんな》に目《め》を配《くば》った。

「俺《おれ》からは、以上《いじょう》。次《つぎ》は？」

若武《わかたけ》が咳払《せきばら》いをし、話《はなし》を引《ひ》き取《と》る。

「じゃ、バカ杉《すぎ》、おまえだ。」

上杉君《うえすぎくん》はムッとしたように目《め》を光《ひか》らせながら、でも今度《こんど》は先《さき》ほどの宣言《せんげん》を思《おも》い出《だ》したらしく、若武《わかたけ》を相手《あいて》にせずに私《わたし》たちを見回《みまわ》した。

「このところ脳《のう》のシステムに興味《きょうみ》を持《も》ってて、それに関《かん》する研究論文《けんきゅうろんぶん》を読《よ》んでいる。」

ああ上杉君《うえすぎくん》は、前《まえ》から病理《びょうり》や心理学《しんりがく》が好《す》きだものね。

「今《いま》、気《き》になってるものの1つは睡眠《すいみん》、グリンパティックシステムっていう仮説《かせつ》があって、これは睡眠中《すいみんちゅう》に、脳《のう》の老廃物《ろうはいぶつ》が掃除《そうじ》されるっていう説《せつ》。」

へえ！

「睡眠中《すいみんちゅう》に脳《のう》の整理《せいり》が行《おこな》われ、最適化《さいてきか》されるって説《せつ》もあるんだ。」

じゃ眠《ねむ》らないと脳《のう》は劣化《れっか》していくってことだよね。

恐《こわ》っ、気《き》を付《つ》けよっと。

「それから先月《せんげつ》ロンドン大学《だいがく》が発表《はっぴょう》した扁桃体《へんとうたい》の活動《かつどう》。扁桃体《へんとうたい》っていうのは、脳《のう》のこのあたりに2つあって、」

上杉君《うえすぎくん》はテーブルに図《ず》を描《か》き、その中央《ちゅうおう》あたりの2か所《しょ》を指《さ》す。

「感情《かんじょう》と記憶《きおく》に関《かん》する働《はたら》きをしている神経細胞《しんけいさいぼう》の集合体《しゅうごうたい》だ。」

ふむ。

「ロンドン大《だい》では、人間《にんげん》を使《つか》って実験《じっけん》をして、繰《く》り返《かえ》し嘘《うそ》をつくと、扁桃体《へんとうたい》の活動《かつどう》が低下《ていか》していくことを確《たし》かめた。嘘《うそ》つきは泥棒《どろぼう》の始《はじ》まりって言葉《ことば》があるけれど、その通《とお》りで、小《ち》さな不正《ふせい》を重《かさ》ねているうちに、脳《のう》が罪《つみ》の意識《いしき》を感《かん》じなくなっていく過程《かてい》が明《あき》らかになったんだ。」

わぁ、諺通《ことわざどお》りなんだ。

「脳《のう》は、まだまだ未知《みち》の分野《ぶんや》だから、これからも追《お》っていくつもり、以上《いじょう》。」

その言《い》い方《かた》が、まるで本物《ほんもの》の科学者《かがくしゃ》みたいに立派《りっぱ》だったので、私《わたし》は心《こころ》でパチパチと拍手《はくしゅ》をしながら、同意《どうい》を求《もと》めて皆《みな》を見回《みまわ》した。

その時《とき》、翼《たすく》の顔《かお》が、いつもと違《ちが》うことに気《き》づいたんだ。

心《こころ》で何《なに》かを思《おも》いつめているような、密《ひそ》かに何《なに》かを決意《けつい》しているような、そんな表情《ひょうじょう》だった。

翼《たすく》は元々《もともと》、白《しろ》い炎《ほのお》で、さりげなく静《しず》かに燃《も》えながら、誰《だれ》も届《とど》かないような高《たか》い温度《おんど》まで自分《じぶん》を引《ひ》き上《あ》げていくタイプ。

私《わたし》は、翼《たすく》が現状《げんじょう》に不満《ふまん》を持《も》ち、イライラしていたことを思《おも》い出《だ》した。

何《なに》か、考《かんが》え付《つ》いたんだろうか。

「じゃ次《つぎ》、アーヤ。」

そう言《い》われて、はっと我《われ》に返《かえ》る。

私《わたし》・・・あの四字熟語《よじじゅくご》以外《いがい》に、何《なに》も用意《ようい》してない。

でも、皆《みんな》が自分《じぶん》の気持《きも》ちから生《う》まれた話《はなし》をしてる時《とき》に、知識《ちしき》だけを振《ふ》り回《まわ》すような話《はなし》は恥《は》ずかしいし、皆《みんな》の心《こころ》にも響《ひび》かないに違《ちが》いなかった。

自分《じぶん》の気持《きも》ちが動《うご》いた話《はなし》をしなくちゃダメなんだ。

えっと、最近《さいきん》、そんなことって何《なに》かあったかな。

夢中《むちゅう》で考《かんが》えていて、はっと思《おも》いついた。

「あの、北野町《きたのちょう》にできた新《あたら》しい図書館《としょかん》に興味《きょうみ》を持《も》っています。蔵書《ぞうしょ》が多《おお》いっていう話《はなし》なので、行《い》ってみたいと思《おも》ってるところ。何《なに》かおもしろいものを見《み》つけたら、また報告《ほうこく》します。」

黒木君《くろきくん》がちょっと笑《わら》った。

「そこって、恋《こい》する図書館《としょかん》って言《い》われてるとこだろ。」

知《し》ってるんだ、さすがKZ《カッズ》の情報源《じょうほうげん》！

黒木君《くろきくん》は、私《わたし》がマリンから聞《き》いていた燕《つばめ》のモニュメントや、それにまつわる話《はなし》を披露《ひろう》し、皆《みんな》は目《め》を点《てん》にして聞《き》いていたけれど、話《はなし》が終《お》わるや、いっせいに口《くち》を開《ひら》いた。

「運命《うんめい》の恋《こい》に落《お》ちるっていう、エビデンス《科学的根拠》は？」

「ねーだろ。」

「でも、何《なん》となくおもしろそうだよ。」

「まぁね。よじれた関係《かんけい》が生《う》まれそうな気《き》もするけど。」

最後《さいご》に若武《わかたけ》が、キッパリと言《い》った。

「アーヤ、おまえ、そのハート形《がた》の空間《くうかん》から誰《だれ》を見《み》たいんだ？」

え・・・特別《とくべつ》ないけど。

「はっきり言《い》え！」

まっすぐ見《み》すえられて、私《わたし》はしかたなく答《こた》えた。

「私《わたし》、恋《こい》にはあんまり興味《きょうみ》ない。恋《こい》しなくても友情《ゆうじょう》があれば、それで充分《じゅうぶん》だって思《おも》ってるから。」

瞬間《しゅんかん》、上杉君《うえすぎくん》が大《おお》きな息《いき》をつきながらつぶやいた。

「俺《おれ》も、最近《さいきん》そっちかな。なんか・・・疲《つか》れた。」

小塚君《こづかくん》が顔《かお》をしかめる。

「僕《ぼく》の友《とも》だちが彼女《かのじょ》作《つく》ったら、行動《こうどう》をスマホで監視《かんし》されて、すごく縛《しば》られるって嘆《なげ》いてたよ。彼《かの》女《じょ》とトラブったら、前《まえ》に送《おく》ったメールをSNS《エスエヌエス》で公開《こうかい》されたって子《こ》もいるし。僕《ぼく》もこの頃《ごろ》、彼女《かのじょ》はいらないかもって思《おも》ってる。危険《きけん》は回避《かいひ》したいもん。」

少《すこ》し遅《おく》れて、黒木君《くろきくん》も声《こえ》を上《あ》げた。

「俺《おれ》は元々《もともと》、恋《こい》しない派《は》だからね。」

そういえば黒木君《くろきくん》は、「バレンタインは知《し》っている」の中《なか》で、チョコレートは受《う》け取《と》らないって宣言《せんげん》してたんだっけ。

なんか事情《じじょう》があるのかなぁ。

「歴史的《れきしてき》に見《み》れば、」

翼《たすく》が、慎重《しんちょう》な表情《ひょうじょう》で言《い》った。

「日本人《にほんじん》の気質《きしつ》には、恋愛《れんあい》より愛情《あいじょう》とか友情《ゆうじょう》の方《ほう》が馴染《なじ》むんだよ。俺《おれ》も、どっちかというと、そっち派《は》。」

私《わたし》と男子《だんし》4人《にん》の意見《いけん》が一致《いっち》し、それを見《み》た若武《わかたけ》は唖然《あぜん》、呆《ぼ》～然《ぜん》っ！

「おまえら、ほんとに彼女《かのじょ》ほしくないのかっ!?　クリぼっちとか、バレンタインぼっちでいいのか!?」

4人《にん》は、顔《かお》を見合《みあ》わせる。

「ほしくないってことはないけど、積極的《せっきょくてき》に作《つく》ろうとは今《いま》は思《おも》ってない。自然《しぜん》に任《まか》せる感《かん》じ。」

「ん、彼女《かのじょ》いなくても、他《ほか》に楽《たの》しめることがたくさんあるしね。」

「現実的《げんじつてき》に考《かんが》えれば、付《つ》き合《あ》うのって面倒《めんどう》じゃね？　いろいろと時間取《じかんと》られるだろ。そうでなくたってクソ忙《いそが》しいのにさ。」

「俺《おれ》は、恋愛《れんあい》の必要性《ひつようせい》ってあんま感《かん》じてないね。」

そう言《い》ってから、皆《みな》でいっせいに口《くち》をそろえた。

「何《なに》が何《なん》でも恋愛《れんあい》、彼女《かのじょ》いなくちゃ楽《たの》しくない、と思《おも》ってる若武《わかたけ》、おまえの世界《せかい》は狭《せま》すぎる！　やたらに恋《こい》に憧《あこが》れるのは小学生《しょうがくせい》レベル。幼《おさな》すぎ！」

5　若武《わかたけ》は、生《い》き返《かえ》るか

それで若武《わかたけ》は、がぁ〜んとショックを受《う》け、テーブルにうつぶせて、ほとんど死《し》んでいた。

いつまで経《た》ってもそのままなので、黒木君《くろきくん》が苦笑《くしょう》して、こう言《い》ったんだ。

「では若武先生《わかたけせんせい》が起死回生《きしかいせい》する、とっておきの事件《じけん》を提供《ていきょう》しよう。」

え、そんなの、あるんだ。

「今月《こんげつ》の頭《あたま》から今週《こんしゅう》にかけて、図書館《としょかん》から本《ほん》が盗《ぬす》まれているらしい。」

ああ、それね。

私《わたし》は、ちょっと息《いき》をついた。

すごく地味《じみ》だし、もう二度《にど》と起《お》こりそうもないから、若武《わかたけ》、生《い》き返《かえ》らないと思《おも》うよ。

「今《いま》まで被害《ひがい》を出《だ》したのは、北中《きたちゅう》と西中《にしちゅう》と市立羽場図書館《しりつはばとしょかん》。盗《ぬす》まれたのは新《あたら》しい本《ほん》ばかり、合計《ごうけい》200冊《さつ》だ。」

若武《わかたけ》は、ムクッと頭《あたま》を上《あ》げる。

体《からだ》はそのままで、顔《かお》だけをこちらに向《む》けたんだ。

「アーヤ、メモ取れ。」

あ、ちょっとだけ、生き返ってる。

「犯人の目的って、何だろ。」

私は、部室で悠飛や副部長が言っていたことを伝えた。

「うちの部《ぶ》の結論《けつろん》では、たぶん売却《ばいきゃく》。それで、これから本《ほん》が入《はい》ってきたらすぐ、学校《がっこう》の印鑑《いんかん》を押《お》そうってことになったんだ。そしたら売《う》れないもの。どこでもそうすると思《おも》うから、今後《こんご》、被害《ひがい》は出《で》ないと思《おも》うよ。」

若武《わかたけ》はガックリ、再《ふたた》び項垂《うなだ》れる。

やっぱり死《し》んだ・・・。

上杉君《うえすぎくん》が、その目《め》に切《き》れるような光《ひかり》を瞬《またた》かせた。

「だけど、その犯人《はんにん》、見《み》つけといた方《ほう》がよくね？」

若武《わかたけ》は、またもムックリ頭《あたま》をもたげる。

「だって200冊《さつ》は、確実《かくじつ》に盗《ぬす》んでるんだしさ。野放《のばな》しってわけにゃいかんだろ。」

まぁそう言《い》われれば、そうだけど。

でも発展性《はってんせい》がないし、先《さき》が見《み》えてるよ。

若武《わかたけ》としてはイマイチだろうし、動《うご》かないんじゃないかな。

「よし！」

若武《わかたけ》が大《おお》きな声《こえ》を上《あ》げた。

「我《わ》が探偵《たんてい》チームKZ《カッズ》7《セブン》の次《つぎ》の事件《じけん》は、これだ！」

見《み》れば、すっかり起死回生《きしかいせい》、スックと背筋《せすじ》を伸《の》ばしている。

あ、なぜか完全復活《かんぜんふっかつ》だ！

「事件名《じけんめい》は、図書盗難事件《としょとうなんじけん》。すぐ現場《げんば》を調《しら》べよう！」

小塚君《こづかくん》が首《くび》を横《よこ》に振《ふ》った。

「時間《じかん》が経《た》ちすぎてるよ。犯行後《はんこうご》、生徒《せいと》や学校関係者《がっこうかんけいしゃ》が出入《でい》りしてるはずだから、現場《げんば》はもう踏《ふ》み荒《あ》らされてる。掃除《そうじ》もされてるだろうしね。何《なに》も出《で》てこないと思《おも》う。」

ん、直後《ちょくご》だったらよかったのにね。

でも不思議《ふしぎ》、若武《わかたけ》はこんな地味《じみ》な事件《じけん》のどこを気《き》に入《い》ったんだろ。

「若武《わかたけ》、KZ《カッズ》に、7《セブン》つけるのやめろ。超《ちょう》ウザい。」

にらむ上杉君《うえすぎくん》に向《む》かって、若武《わかたけ》はアカンベ。

その様子《ようす》が、ものすごく生《い》き生《い》きしていたので、翼《たすく》がからかうような声《こえ》をかけた。

「若武《わかたけ》、この事件《じけん》、派手《はで》にしようとしてるでしょ。」

はっ？

「もちろんだ。」

若武《わかたけ》は、ニヤッと笑《わら》う。

「現場《げんば》を調《しら》べるより、もっといい方法《ほうほう》を思《おも》いついた。さっき話題《わだい》になった恋《こい》する図書館《としょかん》、そこにかなりの蔵書《ぞうしょ》があるって話《はなし》だから、犯人《はんにん》にその情報《じょうほう》を流《なが》し、まだオープンしたばかりだから印鑑《いんかん》を押《お》してない本《ほん》もたくさんある、売《う》れる本《ほん》が盗《ぬす》めるとだまして誘《おび》き寄《よ》せ、盗《ぬす》ませる。」

はぁっ!?

「そこを、待《ま》ち伏《ぶ》せていた我《われ》らKZ《カッズ》7《セブン》が捕《つか》まえるんだ。」

げっ、自作自演《じさくじえん》だぁ！

「で、お手柄《てがら》KZ《カッズ》7《セブン》ということで、テレビの朝《あさ》のワイドショーに出演《しゅつえん》する。」

私《わたし》はその時《とき》、気《き》が付《つ》いた、若武《わかたけ》の詐欺師的才能《さぎしてきさいのう》をもってすれば、どんな地味《じみ》な事件《じけん》も、たちまち派手《はで》に盛《も》り上《あ》げられるんだってことに。

このペテン師《し》っ！

「でも、そういう罠《わな》をかけるって、社会常識的《しゃかいじょうしきてき》に、どうよ。」

問題《もんだい》があると言《い》わんばかりの翼《たすく》に、若武《わかたけ》は、しっかりと頷《うなず》いた。

「もちろん、いいに決《き》まっている。」

よくないでしょっ！

「相手《あいて》はどっちみち泥棒《どろぼう》なんだし、KZ7《カッズセブン》は、正義《せいぎ》のためなら手段《しゅだん》は選《えら》ばん。」

正確《せいかく》には、テレビに出《で》るためなら手段《しゅだん》は選《えら》ばん、だよね。

「おい、」

上杉君《うえすぎくん》がガックリとテーブルに顔《かお》を伏《ふ》せながら、弱々《よわよわ》しくつぶやく。

「7《セブン》の連呼《れんこ》、やめろ・・・」

ああ、瀕死《ひんし》。

「でもテレビでKZ7《カッズセブン》って発表《はっぴょう》してしまったら、もう定着《ていちゃく》するよね、7《セブン》で。」

小塚君《こづかくん》の言葉《ことば》に、黒木君《くろきくん》が同意《どうい》する。

「ん、テレビの影響力《えいきょうりょく》って強《つよ》いからね。いったんKZ7《カッズセブン》で広《ひろ》まったら、それ以降《いこう》はKZ《カッズ》って言《い》っても、ああ7《セブン》ねとか言《い》われることになるよ。」

上杉君《うえすぎくん》は、ビクッと背中《せなか》を震《ふる》わせ、静《しず》かになった。

死《し》んだ・・・。

「今週《こんしゅう》の土曜《どよう》、恋《こい》する図書館《としょかん》の下調《したしら》べに行《い》くぞ。」

若武《わかたけ》が、意気揚々《いきようよう》と宣言《せんげん》する。

「朝《あさ》8時《じ》25分《ふん》、図書館前《としょかんまえ》に集合《しゅうごう》だ。開館《かいかん》を待《ま》って入《はい》る。」

まぁ下調《したしら》べくらいは、いいかな。

今週《こんしゅう》の土曜日《どようび》は、学校休《がっこうやす》みだし。

あ、そういえば私《わたし》、日曜《にちよう》も行《い》くんだった。

土曜《どよう》にしっかり調《しら》べとけば、翌日《よくじつ》マリンを案内《あんない》できるかもね。

「じゃ今日《きょう》は、これで解散《かいさん》だ。」

上杉君《うえすぎくん》が急《きゅう》に体《からだ》を起《お》こし、若武《わかたけ》を見《み》る。

「おい、リーダーの俺《おれ》、」

それは若武《わかたけ》が会議《かいぎ》の最初《さいしょ》に、自分《じぶん》を指《さ》して言《い》った台詞《せりふ》だった。

上杉君《うえすぎくん》は皮肉屋《ひにくや》だから、たまに相手《あいて》の言葉《ことば》を取《と》り上《あ》げて、揶揄《やゆ》するような言《い》い方《かた》をするんだ。

「七鬼《なき》の話《はなし》が、途切《とぎ》れたままだぞ。」

あ、そうだよ。

「七鬼《なき》なら、しばらくKZ7《カッズセブン》戦線離脱《せんせんりだつ》だ。」

なんで？

「あいつ、ナショナルサイバートレーニングセンターの人材育成《じんざいいくせい》プログラムの受講者《じゅこうしゃ》に選《えら》ばれたんだ。」

へ・・・それは何《なに》？

「これは総務省《そうむしょう》の下《した》にある情報通信研究機構《じょうほうつうしんけんきゅうきこう》が、サイバー攻撃《こうげき》に対応《たいおう》できる若《わか》い人材《じんざい》を育成《いくせい》するために始《はじ》めた事業《じぎょう》だ。募集《ぼしゅう》をしたら、３５９人《にん》の応募《おうぼ》があって、テストでふるい落《お》とされて、47人《にん》が残《のこ》ったらしい。その中《なか》で一番若《いちばんわか》かったのは、10歳《さい》の小学生《しょうがくせい》。」

おお若《わか》いっ！

「七鬼《なぎ》は、その次《つぎ》だって。そんで研修《けんしゅう》とかがあって、忙《いそが》しいらしい。」

政府《せいふ》の養成《ようせい》プログラムに入《はい》れるなんて、すごいな。

頑張《がんば》って、この国《くに》を守《まも》ってよね。

「IT界《アイティーかい》の専門家《せんもんか》って、どんどん若《わか》くなってるよね。」

翼《たすく》がそう言《い》うと、黒木君《くろきくん》が頷《うなず》いた。

「アメリカにデロイトっていう世界的《せかいてき》な大手《おおて》コンサルティング会社《がいしゃ》があるんだけど、そこでサイバー対策《たいさく》の管理職《かんりしょく》になってるヤツは、まだ21歳《さい》だ。しかも日本人《にほんじん》。」

素晴《すば》らしい。

「ということで当分《とうぶん》、七鬼《ななき》は欠席《けっせき》だ。俺《おれ》らで頑張《がんば》ろう。」

若武《わかたけ》のその言葉《ことば》を聞《き》いたとたん、上杉君《うえすぎくん》がニヤッと笑《わら》った。

「七鬼《ななき》が抜《ぬ》ければ、俺《おれ》たちは6人《にん》だ。若武《わかたけ》、よく聞《き》けよ。KZ《カッズ》は当分《とうぶん》、7《セブン》じゃねーからな。今度《こんど》7《セブン》つけたら、張《は》っ倒《たお》す。」

この勝負《しょうぶ》、上杉君《うえすぎくん》の勝《か》ちかも。

6 大好《だいす》き！

その日《ひ》、家《いえ》に帰《かえ》って玄関《げんかん》ドアを開《あ》けると、パパが廊下《ろうか》の電話《でんわ》で話《はな》していた。

「全員《ぜんいん》にすぐ連絡取《れんらくと》って、会社《かいしゃ》に集《あつ》まるように言《い》ってくれ。顧問弁護士《こもんべんごし》の山本《やまもと》さんも呼《よ》んで。」

いつもスマートフォンなのに、珍《めずら》しいな。

そう思《おも》いながら靴《くつ》を脱《ぬ》いでいると、パパは電話《でんわ》を終《お》わり、こっちを向《む》いた。

「お帰《かえ》り、彩《あや》。」

直後《ちょくご》、電話《でんわ》が鳴《な》り始《はじ》める。

パパは即《そく》、それを取《と》り上《あ》げた。

「はい。ああ、わかってる。今《いま》もそれで指示出《しじだ》してたんだけど、」

そっか、さっきの電話《でんわ》、向《む》こうからかかってきたんだね。

「銀行《ぎんこう》の方《ほう》は、僕《ぼく》がこれから三田役員《みたやくいん》のとこに行《い》って交渉《こうしょう》して、すぐ手《て》を打《う》つから。それでね、」

あわただしく話《はな》すパパの声《こえ》を聞《き》きながら、私《わたし》は2階《かい》に上《のぼ》って自分《じぶん》の部屋《へや》に秀明《しゅうめい》バッグを置《お》き、手《て》を洗《あら》ってから降《お》りてきて、まだ話《はな》しているパパの後《うし》ろを通《とお》り、ダイニングに入《はい》った。

ママが、ワイングラスを片手《かたて》に溜《た》め息《いき》をつく。

「さっきからすごい騒《さわ》ぎなのよ。」

そう言《い》いながらテーブルの上《うえ》に開《ひら》いてある夕刊《ゆうかん》に視線《しせん》を流《なが》した。

「パパの部下《ぶか》の数人《すうにん》が、共同《きょうどう》で不動産投資《ふどうさんとうし》を始《はじ》めたんですって。それがうまくいかなくなって借金《しゃっきん》を抱《かか》えたみたい。それを返《かえ》すには、月《つき》に450万円《まんえん》も必要《ひつよう》らしいの。自分《じぶん》の給料《きゅうりょう》は60万《まん》くらいなのに。」

大変《たいへん》だ！

「投資《とうし》で儲《もう》けようなんて、甘《あま》いこと考《かんが》えるからよ。一流企業《いちりゅうきぎょう》のサラリーマンなんだから、自分《じぶん》の月給内《げっきゅうない》でおとなしく暮《く》らしてればいいのに。」

ママは不愉快《ふゆかい》そうに、グイッとワインを飲《の》んだ。

「パパもパパよ。投資《とうし》するって話《はなし》は前《まえ》から聞《き》いていたから何《なん》とかしてやらないとって言《い》ってるけど、個人《こじん》がプライベートでやったんだから、自己責任《じこせきにん》でしょ。いくら会社《かいしゃ》の上司《じょうし》だからって、面倒見《めんどうみ》てやることないじゃないの。」

私《わたし》は、テーブルの上《うえ》にあった新聞《しんぶん》を取《と》り上《あ》げた。

そこには、「安心投資《あんしんとうし》のはずが借金《しゃっきん》に！」というタイトルで、事件《じけん》の全貌《ぜんぼう》が掲載《けいさい》されていたんだ。

「知《し》らん振《ぷ》りしとけばいいんじゃないのかしらね。」

それは、不動産会社《ふどうさんがいしゃ》「金《きん》の流星《りゅうせい》」が募集《ぼしゅう》した投資《とうし》で、内容《ないよう》は、銀行《ぎんこう》からお金《かね》を借《か》りて土地《とち》を買《か》い、そこに賃貸《ちんたい》マンションを作《つく》って家主《やぬし》になれば、入《はい》ってくる家賃収入《やちんしゅうにゅう》で銀行《ぎんこう》から借《か》りた金《かね》も返《かえ》せるし利益《りえき》も出《で》る、すべての手続《てつづ》きは「金《きん》の流星《りゅうせい》」がするので手数《てすう》もかからない、というものだった。

一見《いっけん》、何《なん》の問題《もんだい》もなさそうなこの話《はなし》に乗《の》って、多《おお》くの人《ひと》たちが銀行《ぎんこう》からそれぞれ1億円程度《おくえんていど》のお金《かね》を借《か》り、賃貸《ちんたい》マンションを作《つく》って家主《やぬし》になった。月々《つきづき》の家賃収入《やちんしゅうにゅう》を得《え》て、その中《なか》から銀行《ぎんこう》の借金《しゃっきん》を払《はら》っていたのだった。

ところが先月《せんげつ》、突然《とつぜん》「金《きん》の流星《りゅうせい》」から連絡《れんらく》があり、入居者《にゅうきょしゃ》が少《すく》ないので家賃《やちん》はもう払《はら》えない、と通告《つうこく》された。購入《こうにゅう》していた土地《とち》やマンションを売《う》っても大《たい》した金額《きんがく》にならず、借金《しゃっきん》の半分《はんぶん》も返《かえ》せないとわかって、皆《みんな》が途方《とほう》に暮《く》れている、これは問題《もんだい》ではないのか、という記事《きじ》だった。

パパの部下《ぶか》が共同《きょうどう》で始《はじ》めた不動産投資《ふどうさんとうし》って、これだったんだ。

でもパパは、いったいどうするつもりなんだろう。

全部《ぜんぶ》で何億円《なんおくえん》になるかわからないほどの巨額《きょがく》なのに。

「放《ほう》っとけばって私《わたし》が言《い》ってるのに、聞《き》かないんだからもう！」

ママは、盛《さか》んに怒《いか》りの声《こえ》を上《あ》げる。

「せっかくのディナータイムが台無《だいな》しじゃないの。」

でもママ、困《こま》ってる部下《ぶか》を救《すく》おうって考《かんが》えているパパは偉《えら》いと思《おも》うよ、座《すわ》ってワイン飲《の》んで文《もん》句《く》言《い》ってる人《ひと》よりずっと。

「ああ、これからすぐ行《い》くから。」

パパの声《こえ》とともにガチャンと電話《でんわ》を切《き》る音《おと》がして、ダイニングのドアからパパが顔《かお》を出《だ》した。

「会社《かいしゃ》行《い》ってくる。タクシー呼《よ》んどいて。」

そう言《い》うなり引《ひ》っこんで、自分《じぶん》の部屋《へや》に戻《もど》っていく。

ママは、嫌《いや》そうに顔《かお》をしかめた。

「仕事《しごと》でもないのに動《うご》き回《まわ》ったって、お給料《きゅうりょう》が上《あ》がるわけじゃなし。」

ブツブツ言《い》いながらタクシー会社《がいしゃ》に電話《でんわ》をする。

ドアの向《む》こうでは、パパが部屋《へや》から出《で》てきてお風呂場《ふろば》に行《い》き、シャワーの音《おと》をさせていて、やがてまた部屋《へや》に戻《もど》っていった。

「タクシー、すぐ来《く》るって。」

ママがドアに向《む》かって声《こえ》を上《あ》げると、しばらくして通勤着《つうきんぎ》に着替《きか》えたパパが、首《くび》にネクタイをかけながら出《で》てきた。

「サンキュ。じゃ悪《わる》いけど行《い》くから。戸締《とじ》まりしっかりして、早《はや》く休《やす》みなさい。」

ママは不貞腐《ふてくさ》れた顔《かお》で、返事《へんじ》をしなかった。

それで私《わたし》が、代《か》わりに言《い》ったんだ。

「パパ、頑張《がんば》ってね！　でも、いったいどうするの？」

パパはニッコリした。

「こういう時《とき》に大事《だいじ》なのは、まず窮地《きゅうち》に立《た》っている人間《にんげん》を励《はげ》まして安心《あんしん》させてやること。でないと、思《おも》いつめてしまって、悪《わる》い方悪《ほうわる》い方《ほう》へと向《む》かっていってしまうからね。」

あぁよく、そういうドラマとか、あるよね。

「次《つぎ》に、銀行《ぎんこう》を押《お》さえること。」

銀行《ぎんこう》を押《お》さえる？

「銀行《ぎんこう》っていうのはシビアな所《ところ》で、貸《か》している金銭《きんせん》に対《たい》して毎日《まいにち》、利息《りそく》を取《と》る。放《ほう》っておくと、あっという間《ま》にそれが膨《ふく》らんでいくんだ。それで借金《しゃっきん》が増《ふ》えていく。それを払《はら》わないと、差《さ》し押《お》さえといって、本人《ほんにん》の家《いえ》や財産《ざいさん》、給与《きゅうよ》などを強制的《きょうせいてき》に取《と》り上《あ》げるんだ。」

わぁ結構《けっこう》、シビアなんだね。

「幸《さいわ》い、うちの会社《かいしゃ》には銀行《ぎんこう》に強《つよ》いコネを持《も》つ役員《やくいん》がいるから、そんなことにならないように銀《ぎん》行《こう》と交渉《こうしょう》してもらおうと思《おも》ってるとこ。そして被害者《ひがいしゃ》を救《すく》うために、弁護士《べんごし》に会《あ》わせて今後《こんご》の方《ほう》針《しん》について相談《そうだん》する。問題《もんだい》はどこにあるのかをはっきりさせて、その責任《せきにん》を追及《ついきゅう》するんだ。会社《かいしゃ》の法務担当役員《ほうむたんとうやくいん》にも事情《じじょう》を話《はな》して、救済措置《きゅうさいそち》を考《かんが》える。パパにできることは、そのくらいかな。」

そう言《い》いながら体《からだ》を屈《かが》め、私《わたし》の額《ひたい》にキスした。

「早《はや》く寝《ね》ろよ、お休《やす》み。」

うふっ、お休《やす》みパパ、大好《だいす》きだよ！

「気《き》を付《つ》けてね！」

手《て》を振《ふ》ると、パパは頷《うなず》き、ネクタイを締《し》めながら出《で》ていった。

ママが不満《ふまん》そうな溜《た》め息《いき》をつく。

「ああ私《わたし》は、消防士《しょうぼうし》の奥《おく》さんみたい。」

は？

「消防士《しょうぼうし》は、火事《かじ》とか地震《じしん》とか危険《きけん》な時《とき》に、市民《しみん》を守《まも》るために出動《しゅつどう》しなくちゃならないでしょ。つまりその家族《かぞく》は、全然守《ぜんぜんまも》ってもらえないわけ。」

今《いま》は危険《きけん》な時《とき》じゃないでしょ、ママは自分《じぶん》を悲劇化《ひげきか》しすぎ。
少《すこ》しは公徳心《こうとくしん》を持《も》って、自分《じぶん》の夫《おっと》を誇《ほこ》りに思《おも》うべきだよ。
パパは有能《ゆうのう》で、判断力《はんだんりょく》も決断力《けつだんりょく》もあって、そして人間《にんげん》としても素晴《すば》らしい人《ひと》なんだから！

7 死《し》の満月《まんげつ》ライダー

その土曜日《どようび》、私《わたし》はかなり早《はや》く家《いえ》を出《で》て、恋《こい》する図書館《としょかん》に向《む》かった。

北野町《きたのちょう》は、駅《えき》より北《きた》の一帯《いったい》を指《さ》す地名《ちめい》で、図書館《としょかん》はその最《もっと》も北部《ほくぶ》の丘《おか》の上《うえ》にある。

すぐ近《ちか》くに大《おお》きな鉄塔《てっとう》も立《た》っていて、いかにも郊外《こうがい》って感《かん》じだった。

「ああアーヤ、おはよう。」

門《もん》の前《まえ》に小塚君《こづかくん》が待《ま》っていて、私《わたし》を見《み》て微笑《ほほえ》んだ。

「まだ誰《だれ》も来《き》てないよ。KZ《カッズ》メンバーも、一般利用者《いっぱんりようしゃ》もね。」

そう言《い》っている間《あいだ》に、若武《わかたけ》と上杉君《うえすぎくん》が、まるで競走《きょうそう》でもするかのように並《なら》んで自転車《じてんしゃ》を走《はし》らせてきて、上杉君《うえすぎくん》がわずかに早《はや》くブレーキ音《おん》を上《あ》げ、私《わたし》たちの前《まえ》に停《と》まった。

脚《あし》を回《まわ》して飛《と》び降《お》り、スタンドを下《お》ろす。

若武《わかたけ》はそのまま突《つ》っこんできて、塀《へい》にぶつかる寸前《すんぜん》で飛《と》び降《お》りた。

自転車《じてんしゃ》は壁《かべ》にぶつかり、横倒《よこだお》し。

それでも、まったく気《き》にするふうもなく、私《わたし》たちの方《ほう》に歩《ある》いてきた。

「よっ、おはよ。」

考《かん》えてみれば、これまでも若武《わかたけ》は自転車《じてんしゃ》のスタンドを下《お》ろさず、どこかに突《つ》っこんで横倒《よこだお》しにすることが多《おお》かった気《き》がする、せっかちだからなぁ。

「ちゃんと駐輪場《ちゅうりんじょう》に停《と》めろよ。」

嫌《いや》な顔《かお》をした上杉君《うえすぎくん》に怒《おこ》られ、若武《わかたけ》はしかたなさそうに自転車《じてんしゃ》を起《お》こし、片付《かたづ》け始《はじ》める。

その間《あいだ》に黒木君《くろきくん》と翼《たすく》がやってきた。

「そろったな。ちょうど開館時間《かいかんじかん》だ。行《い》くぞ。」

若武《わかたけ》を先頭《せんとう》にして、私《わたし》たちは出入《でい》り口《ぐち》の自動《じどう》ドアに向《む》かう。

その時《とき》そこから、スラッとしてスタイルのいい男《おとこ》の人《ひと》が出《で》てきたんだ。

あれ、もう出《で》てくるなんて、図書館《としょかん》の人《ひと》なのかな。

そう思《おも》ったけれど、オートバイのヘルメットをかぶりながら歩《ある》いてきたし、それがフルメットだったものだから顔《かお》が全然《ぜんぜん》見《み》えず、私《わたし》はそのまますれ違《ちが》った。

足《あし》を止《と》めたのは、翼《たすく》だった。

一瞬《いっしゅん》、鼻《はな》をヒクつかせ、男《おとこ》の人《ひと》を振《ふ》り返《かえ》る。

「あの、高宮《たかみや》さんじゃありませんか？」

驚《おどろ》いて私《わたし》たちは、足《あし》を止《と》めた。

高宮《たかみや》って、クールボーイの?

まさかぁ、こんなとこにいないと思《おも》うよ、トップアイドルだもの。

「高宮《たかみや》さんですよね!?」

翼《たすく》が念《ねん》を押《お》すと、その人《ひと》は、顎《あご》の下《した》にあるヘルメットの尾錠《バックル》に指《ゆび》をかけながらあたりを見回《みまわ》し、私《わたし》たち以外《いがい》に誰《だれ》もいないことを確《たし》かめてから小声《こごえ》で言《い》った。

「やぁ、」

あ、この声《こえ》は!

そう思《おも》っている私《わたし》の前《まえ》で、ヘルメットを取《と》り、首《くび》を横《よこ》に振《ふ》って頰《ほお》にまつわっている髪《かみ》を払《はら》う。

「久《ひさ》しぶり!」

現《あらわ》れたのは、KAITO《カイト》王子《おうじ》の輝《かがや》く美貌《びぼう》っ!

心《こころ》が洗《あら》われるみたいにさわやかで、気品《きひん》を感《かん》じさせる顔立《かおだ》ちだった。

「皆《みんな》、元気《げんき》?」

浮《う》かべた笑《え》みは、アイドルそのもの!

やっぱり最高《さいこう》にカッコいい!!

「なんでここに？」

黒木君《くろきくん》が聞《き》くと、高宮《たかみや》さんはクスッと笑《わら》った。

「今日《きょう》、この近《ちか》くの高速道路《こうそくどうろ》沿《ぞ》いの貸《か》しスタで、雑誌《ざっし》の撮影《さつえい》なんだ。」

へぇ、あるんだ、こんなとこにスタジオ。

「高校《こうこう》のクラスメイトがこの図書館《としょかん》で受験指導《じゅけんしどう》のバイトしてるって聞《き》いてたから、激励《げきれい》しようと思《おも》って寄《よ》ったとこ。来館者《らいかんしゃ》が多《おお》くなる前《まえ》に帰《かえ》ろうと思《おも》って、急《いそ》いで出《で》てきたんだ。」

そういえばマリンが、この図書館《としょかん》では都内《とない》の有名大学《ゆうめいだいがく》や、その付属《ふぞく》の中高一貫校《ちゅうこういっかんこう》の図書館研究会《としょかんけんきゅうかい》のメンバーが勉強《べんきょう》を教《おし》えたり、進路《しんろ》の相談《そうだん》に乗《の》ってくれたりするって言《い》ってたっけ。

「忙《いそが》しいですか？」

小塚君《こづかくん》の質問《しつもん》に、高宮《たかみや》さんは苦笑《にがわら》い。

「まぁね。」

若武《わかたけ》が、肘《ひじ》でドンと小塚君《こづかくん》をつついた。

「忙《いそが》しいに決《き》まってっだろ。ミリオンセラーのアイドルなんだぞ。」

小塚君《こづかくん》が申《もう》し訳《わけ》なさそうにするのを見《み》て、高宮《たかみや》さんはあわてて片手《かたて》を振《ふ》る。

「別《べつ》にいいって。あ、この間《あいだ》、大学入学共通《だいがくにゅうがくきょうつう》テストの試行調査《プレテスト》受けたよ。」

わぁ、ちゃんと高校生《こうこうせい》もやってるんだ。

「新《しん》テストって、」

そう言《い》いながら上杉君《うえすぎくん》や翼《たすく》が身《み》を乗《の》り出《だ》す。

「どんな感《かん》じでしたか？」

「センター試験《しけん》との違《ちが》いは？」

大学入学共通《だいがくにゅうがくきょうつう》テストというのは、２０２０年度《ねんど》から始《はじ》まる制度《せいど》で、今《いま》までの大学入試《だいがくにゅうし》センター試験《しけん》に代《か》わるもの。

それに備《そな》えて、今《いま》、試行調査《しこうちょうさ》が行《おこな》われているんだ。

私《わたし》たちの大学受験《だいがくじゅけん》はまだ先《さき》だけれど、中高一貫校《ちゅうこういっかんこう》は高校受験《こうこうじゅけん》がないから、目指《めざ》すところはどうしても大学受験《だいがくじゅけん》ってことになる。

先生《せんせい》たちもよく話《はなし》に出《だ》すし、すごく身近《みぢか》なんだ。

それに上杉君《うえすぎくん》たちが通《かよ》っている開生《かいせい》は、東大合格者数《とうだいごうかくしゃすう》では35年間連続《ねんかんれんぞく》トップを誇《ほこ》る名門校《めいもんこう》だから、生徒《せいと》も皆《みんな》、高《たか》い意識《いしき》を持《も》ってて気《き》にしてるんだろうな。

「ひと言《こと》で言《い》えば、センター試験《しけん》の過去問《かこもん》のテクニックは通《つう》じない、ってとこかな。」

上杉君《うえすぎくん》たちの表情《ひょうじょう》が厳《きび》しくなった。

「記述式部分《きじゅつしきぶぶん》は、それほどみっちりって感《かん》じじゃなかったけど、とにかく問題《もんだい》が長《なが》いし、表《ひょう》とかの資料《しりょう》がいくつも入《はい》っていて読《よ》み取《と》るのに時間《じかん》がかかる。問題《もんだい》に関係《かんけい》ない部分《ぶぶん》もあるし。あれは要領《ようりょう》よく読《よ》んでかないとダメだね。国語《こくご》なんかは、表現力《ひょうげんりょく》や情報発信力《じょうほうはっしんりょく》が重要視《じゅうようし》されてる感《かん》じ。」

そうなんだ。

「暗記系《あんきけい》の勉強《べんきょう》は、もう役《やく》に立《た》たないと思《おも》った方《ほう》がいいよ。でも君《きみ》たちは、」

そう言《い》いながら全員《ぜんいん》を見回《みまわ》した。

「チームを組《く》んで、始終《しじゅう》、会議《かいぎ》をしてるだろ。それは社会《しゃかい》から情報《じょうほう》を察知《さっち》したり、それを自分《じぶん》の言葉《ことば》で表現《ひょうげん》したり、吸収《きゅうしゅう》したりする訓練《くんれん》になる。きっと新《しん》テストにうまく適応《てきおう》できるよ。」

皆《みな》の顔《かお》が、パッと明《あか》るくなった。

もちろん私《わたし》も！

「それじゃ、またね。」

そう言《い》ってヘルメットをかぶり直《なお》す高宮《たかみや》さんに、小塚君《こづかくん》が聞《き》いた。

「バイクなんですか？」

高宮《たかみや》さんはクスッと笑《わら》う。

「タンデムの後《うし》ろだけどね。」

用語《ようご》がわからなくて、私《わたし》は黒木君《くろきくん》に目《め》を向《む》けた。

「2人乗《ふたりの》りのこと。」

へぇ。

高宮《たかみや》さんが頷《うなず》き、口《くち》を開《ひら》く。

「撮影《さつえい》が終《お》わったら、急《いそ》いで都内《とない》まで戻《もど》らなきゃならないんだ。高速《こうそく》が渋滞《じゅうたい》してても、単車《たんしゃ》だったら問題《もんだい》ないからね。」

大変《たいへん》だなぁ。

「今日《きょう》は、満月《まんげつ》です。」

小塚君《こづかくん》がスマートフォンを出《だ》し、情報《じょうほう》を確認《かくにん》しながら言《い》った。

「夜《よる》になったら運転《うんてん》に気《き》を付《つ》けるように、ハンドルを握《にぎ》る人《ひと》に伝《つた》えてください。」

高宮《たかみや》さんは尾錠《バックル》を締《し》め、片手《かたて》の親指《おやゆび》を立《た》てた。

「満月《まんげつ》ライダー伝説《でんせつ》だね。わかった。気《き》を付《つ》けるように言《い》うよ。じゃ。」

出入《でい》り口《ぐち》から入《はい》ってくる一般利用者《いっぱんりようしゃ》の間《あいだ》を縫《ぬ》って、さりげなく出《で》ていく。

その後《うし》ろ姿《すがた》を見送《みおく》っていると、若武《わかたけ》が言《い》った。

「小塚《こづか》、満月《まんげつ》ライダーってなんだ?」

ん、私《わたし》も聞《き》きたい。

「満月《まんげつ》の夜《よる》って、バイクの死亡事故《しぼうじこ》が多《おお》いんだよ。」

そうなのっ!?

「月《つき》が地球《ちきゅう》に近《ちか》づいて大《おお》きく見《み》えるスーパームーンの時《とき》なんかは、普通《ふつう》の満月《まんげつ》の夜《よる》の１・２５倍《ばい》も死亡事故《しぼうじこ》が起《お》きてるんだ。」

ひえっ!

「わかった!」

若武《わかたけ》がパチンと指《ゆび》を鳴《な》らした。

「バイクライダーは全員《ぜんいん》、狼男《おおかみおとこ》の素質《そしつ》を持《も》ってるんだ。で、満月《まんげつ》の光《ひかり》を浴《あ》びて走《はし》ってると、変《へん》身《しん》し始《はじ》めて、」

上杉君《うえすぎくん》が、パシンと若武《わかたけ》の頭《あたま》を叩《たた》く。

「んなはず、あるか。」

黒木君《くろきくん》が笑《わら》いながら、そのあでやかな目《め》を小塚君《こづかくん》に向《む》け、説明《せつめい》を求《もと》めた。

「原因《げんいん》はね、走《はし》りながら満月《まんげつ》にうっとりして、不注意《ふちゅうい》になったりスピードを出《だ》しすぎたりするから、らしいよ。」

そうなんだ。

「バイクで走《はし》ってると、自分《じぶん》がバイクと一体化《いったいか》した感《かん》じになり、1匹《いっぴき》の獣《けもの》になったみたいな感覚《かんかく》に囚《とら》われるんだって。」

あ、それは、わかる気《き》がする。

私《わたし》も自転車《じてんしゃ》を飛《と》ばしてる時《とき》、自分《じぶん》が人間《にんげん》じゃないものになった気《き》がするもん。

「そういう野性的《やせいてき》な気分《きぶん》と、満月《まんげつ》の怪《あや》しい美《うつく》しさの相乗効果《そうじょうこうか》で、つい集中力《しゅうちゅうりょく》が途切《とぎ》れたり、アクセルを全開《ぜんかい》にしがちになるんじゃないのかな。」

若武《わかたけ》が、叩《たた》かれた頭《あたま》を忌々《いまいま》しそうに撫《な》でながらつぶやく。

「やっぱ狼男《おおかみおとこ》じゃん。」

で、またも上杉君《うえすぎくん》にぶたれた。

「違《ちが》いがわからんのか、このトウヘンボクっ！」

にらみ合《あ》う2人《ふたり》を、翼《たすく》がまったく無視《むし》し、突《つ》き当《あ》たりのカウンターの脇《わき》に掲示《けいじ》されている館内《かんない》図《ず》を指《さ》した。

「あそこに内部図《ないぶず》が出《で》てるから、あれを見《み》ながら役割分担《やくわりぶんたん》しよっか。」

そうだね、さっさと行《い》こっ！

8　緊急事態《きんきゅうじたい》、発生《はっせい》!

壁《かべ》に掲示《けいじ》されていた図書館内部図《としょかんないぶず》によると、この建物《たてもの》は、3階建《がいだ》て。

ほぼ真四角《ましかく》で、中央部《ちゅうおうぶ》には、1階《かい》から3階《がい》までを貫《つらぬ》く吹《ふ》き抜《ぬ》けがある。

その空間《くうかん》を取《と》り囲《かこ》むように、いろいろな部屋《へや》が配置《はいち》されていた。

1階《かい》には、ずらっと本《ほん》の並《なら》んだ書架《しょか》や閲覧室《えつらんしつ》、マイクロ資料室《しりょうしつ》、視聴覚室《しちょうかくしつ》なんかがあり、2階《かい》には事務室《じむしつ》、新聞《しんぶん》・雑誌閲覧室《ざっしえつらんしつ》、AI室《エーアイしつ》、学習支援室《がくしゅうしえんしつ》、受験室《じゅけんしつ》などいくつもの小《ちい》さな部屋《へや》が並《なら》んでいる。

3階《がい》は、食堂《しょくどう》と売店《ばいてん》。

そして北側《きたがわ》に庭園《ていえん》があり、その向《む》こうに倉庫《そうこ》があって、渡《わた》り廊下《ろうか》でつながっていた。

「恋《こい》する燕《つばめ》のモニュメントがあるのは、この庭《にわ》だな。」

真《ま》っ先《さき》にそう言《い》った若武《わかたけ》は、チラッと白《しろ》い目《め》で見《み》られ、

「食堂《しょくどう》って、何《なに》食《た》べられるんだろう。」

そう言《い》った小塚君《こづかくん》は、溜《た》め息《いき》をつかれた。

「じゃ役割《やくわり》を分担《ぶんたん》する。」

リーダーとしての尊厳《そんげん》を取《と》り戻《もど》そうとした若武《わかたけ》が、目《め》いっぱいカッコをつけて言《い》った。

「上杉《うえすぎ》と美門《みかど》は、1階《かい》を回《まわ》れ。忍《しの》びこめそうな出入《でい》り口《ぐち》、潜《ひそ》んでいられそうな場所《ばしょ》、セキュリティの甘《あま》い所《ところ》をピックアップするんだ。上階《じょうかい》に通《つう》じる階段《かいだん》も要《よう》チェックな。2階《かい》は小塚《こづか》と俺《おれ》でやる。3階《がい》は、1、2階《かい》より狭《せま》くてほぼ半分《はんぶん》のスペースだから、アーヤ1人《ひとり》で。」

了解《りょうかい》！

「黒木《くろき》は、係員《かかりいん》に接触《せっしょく》。親《した》しくなって、この図書館《としょかん》にラベリングしてない本《ほん》がどのくらいあるのか、それはどこにあるのかを聞《き》き出《だ》すんだ、以上《いじょう》。終《お》わったらここに戻《もど》れ。各自《かくじ》、奮闘努力《ふんとうどりょく》せよ。かかれっ！」

若武《わかたけ》の号令《ごうれい》を受《う》け、全員《ぜんいん》がいっせいに自分《じぶん》に割《わ》り振《ふ》られた場所《ばしょ》に向《む》かった。

私《わたし》は階段《かいだん》を駆《か》け上《あ》がって、3階《がい》へ。

四角《しかく》な吹《ふ》き抜《ぬ》けの周《まわ》りについている螺旋階段《らせんかいだん》を上《のぼ》り切《き》ると、すぐ左手《ひだりて》に、料理《りょうり》サンプルの並《なら》んだウィンドウがあり、その奥《おく》がレストランだった。

内部《ないぶ》を確《たし》かめたかったけれど、ドアに準備中《じゅんびちゅう》の札《ふだ》がかかっていたし、もし開店《かいてん》していたとしても、注文《ちゅうもん》もしないで見《み》るだけで入《はい》っていったら、きっと迷惑《めいわく》がられ、また不審《ふしん》にも思《おも》われるに違《ちが》いない。

それでもやるだけの価値《かち》があるのかどうか、後《あと》で若武《わかたけ》と相談《そうだん》しよう。

レストランの隣《となり》はトイレ、さらに隣《となり》が売店《ばいてん》だった。

シャープペンや消《け》しゴムなど文房具類《ぶんぼうぐるい》や、レターセットの他《ほか》にUSB《ユーエスビー》メモリー、チャームなんかも置《お》いてある。

向《む》かい合《あ》った燕《つばめ》のマークの入《はい》ったファイルやペナント、チョコレートもあった。

2羽《わ》の燕《つばめ》は、きっとこの図書館《としょかん》のシンボルなんだね。

お客《きゃく》さんは、まだ誰《だれ》もおらず、暇《ひま》そうな係員《かかりいん》が、こちらをじっと見《み》るので、怪《あや》しまれるといけないと思《おも》い、さりげなく通《とお》り過《す》ぎた。

その隣《となり》にはSTAFF《スタッフ》 ONLY《オンリー》と書《か》かれたドアがあり、それで3階《がい》は全部《ぜんぶ》だった。

私《わたし》は廊下《ろうか》のベンチに腰《こし》かけ、忘《わす》れないうちにそれらをメモした。

よし、これで任務《にんむ》は完了《かんりょう》だ。

集合場所《しゅうごうばしょ》に戻《もど》ろうとして階段《かいだん》を降《お》りる。

2階《かい》あたりまで来《き》た時《とき》、女性《じょせい》の声《こえ》が耳《みみ》に飛《と》びこんできた。

「今《いま》の絶対《ぜったい》、KAITO《カイト》王子《おうじ》だったわよ。」

あ、誰《だれ》かが高宮《たかみや》さんに気《き》づいてる。

私《わたし》は興味《きょうみ》を持《も》って、声《こえ》の聞《き》こえてくる方向《ほうこう》に身《み》を乗《の》り出《だ》した。

「ファンクラブに入《はい》ってる私《わたし》の目《め》は、ごまかせない！」

声《こえ》は、階段《かいだん》に通《つう》じている廊下《ろうか》の奥《おく》から聞《き》こえてくる。

「あのスタイルのよさ、颯爽《さっそう》とした雰囲気《ふんいき》、加《くわ》えて体中《からだじゅう》から漂《ただよ》い出《で》るあのさわやかさは、KAITO《カイト》王子《おうじ》以外《いがい》にありえないっ！」

そっと歩《あゆ》み寄《よ》っていくと、突《つ》き当《あ》たりに職員用給湯室《しょくいんようきゅうとうしつ》と掲示《けいじ》された部屋《へや》があり、そのドアが開《ひら》いていた。

「またまたぁ！」

「佐竹館長《さたけかんちょう》は、すぐそれなんだから。」

さっきの声《こえ》より、かなり若《わか》い女性《じょせい》たちの笑《わら》いが響《ひび》く。

「クールボーイに入《い》れこみすぎなんですよ。」

「もう40代《だい》に突入《とつにゅう》したんですから、歳《とし》を考《かんが》えてくださいね。」

近寄《ちかよ》って見《み》れば、給湯室《きゅうとうしつ》の中《なか》には、事務服《じむふく》を着《き》た3人《にん》の女性《じょせい》がいた。

2人《ふたり》は20代《だい》くらいで、調理台《ちょうりだい》に積《つ》み上《あ》げたきれいなパッケージの箱《はこ》を次々《つぎつぎ》に開《あ》け、中《なか》から取《と》り出《だ》した個包装《こほうそう》の小菓子《こがし》をトレーに並《なら》べている。

「これ、すごく美味《おい》しいんですよね、蒲郡《がまごおり》の名物《めいぶつ》。」

私《わたし》も、その包装紙《ほうそうし》に見覚《みおぼ》えがあった。

確《たし》か、パパが出張《しゅっちょう》のお土産《みやげ》に買《か》ってきてくれたんだ。

どこに出張《しゅっちょう》だったの、って聞《き》いたら愛知県《あいちけん》の蒲郡《がまごおり》だって。

いいな、いいな、食《た》べたいな。

「神立《かんだつ》さん、よくこれ買《か》ってきてくれますよね。」

「実家《じっか》が蒲郡《がまごおり》だから、帰《かえ》ってたんじゃないの。」

そう言《い》ったのは、2人《ふたり》の隣《となり》にいた中年《ちゅうねん》の女性《じょせい》だった。

「次《つぎ》に帰《かえ》った時《とき》も、これでいいからねってずっと前《まえ》に言《い》っといたのよ。」

蓋《ふた》を開《あ》けた魔法瓶《まほうびん》の中《なか》に、ティーバッグを放《ほう》りこみながら話《はな》す。

「いろいろ気《き》を遣《つか》わなくても、これで充分《じゅうぶん》だからって。」

若《わか》い2人《ふたり》は、顔《かお》を見合《みあ》わせた。

「それって、暗《あん》に請求《せいきゅう》してますよね。」

「佐竹館長《さたけかんちょう》ってキツいなって思《おも》われてますよ。」

中年女性《ちゅうねんじょせい》は、それがどうした、といわんばかりの顔《かお》で魔法瓶《まほうびん》の蓋《ふた》を閉《し》める。

「さ、今日《きょう》の分《ぶん》、できたっと。」

若《わか》い女性《じょせい》たちは苦笑《くしょう》した。

「佐竹館長《さたけかんちょう》、毎朝《まいあさ》それやるの、面倒《めんどう》じゃないですか。皆《みんな》と同《おな》じに給茶機《きゅうちゃき》ですませればいいのに。」

「そうですよ。だいたいその魔法瓶《まほうびん》は、来館者《らいかんしゃ》が会議《かいぎ》をする時《とき》なんかに使《つか》うための物《もの》なんだし。」

中年女性《ちゅうねんじょせい》は、平然《へいぜん》とした顔《かお》で2人《ふたり》を見《み》る。

「一番端《いちばんはし》に置《お》いてあるのを、いつも遠慮《えんりょ》がちに借《か》りてるだけよ。それに私《わたし》だって毎日《まいにち》この図書館《としょかん》に来《き》てるんですからね。つまり来館《らいかん》してるわけよ、来館者《らいかんしゃ》でしょ。」

若《わか》い2人《ふたり》は顔《かお》を見合《みあ》わせた。

「出《で》た、強弁《きょうべん》。」

「オバさんのコジつけにしか聞《き》こえないですよぉ。」

中年女性《ちゅうねんじょせい》は笑《わら》いながら魔法瓶《まほうびん》を持《も》ち上《あ》げる。

「給茶機《きゅうちゃき》って、私《わたし》の席《せき》から遠《とお》いじゃない。私《わたし》、大量《たいりょう》に飲《の》むからね。いちいち汲《く》みに行《い》くの面倒《めんどう》なのよ。あ、そっち、終《お》わった？　じゃ行《い》こか。」

3人《にん》が出《で》てきそうだったので、私《わたし》は急《いそ》いでそばの壁《かべ》の窪《くぼ》みに隠《かく》れた。

「でも絶対《ぜったい》、あれはKAITO《カイト》王子《おうじ》だったわよ。」

「まだ言《い》ってるし。」

まずトレーを持《も》った女性2人《じょせいふたり》が姿《すがた》を見《み》せ、その後《うし》ろから中年女性《ちゅうねんじょせい》が魔法瓶《まほうびん》を提《さ》げて現《あらわ》れる。

3人《にん》で、廊下《ろうか》の途中《とちゅう》の、事務室《じむしつ》と表示《ひょうじ》された部屋《へや》に入《はい》っていった。

それを見届《みとど》けて、私《わたし》は、あたりを観察《かんさつ》。

職員用給湯室《しょくいんようきゅうとうしつ》の隣《となり》に、来館者用給湯室《らいかんしゃようきゅうとうしつ》と書《か》かれたドアがあるのを見《み》つけた。

開《あ》けてみると、内部《ないぶ》の造《つく》りは、職員用給湯室《しょくいんようきゅうとうしつ》と同《おな》じ。

調理台《ちょうりだい》の上《うえ》には、さっき中年女性《ちゅうねんじょせい》が持《も》っていったような魔法瓶《まほうびん》が数個《すうこ》並《なら》んでいて、隣《となり》にたくさんの茶碗《ちゃわん》を載《の》せたトレーと、緑茶《りょくちゃ》や紅茶《こうちゃ》、コーヒーなどのティーバッグが置《お》かれていた。

壁《かべ》には、自由《じゆう》にお使《つか》いくださいと書《か》いた紙《かみ》が貼《は》ってある。

私《わたし》はメモ帳《ちょう》を出《だ》しながら廊下《ろうか》に出《で》て、自分《じぶん》が今《いま》、入手《にゅうしゅ》した情報《じょうほう》を書《か》き留《と》めた。

恋《こい》する図書館《としょかん》の館長《かんちょう》の名前《なまえ》は、佐竹《さたけ》。

年齢《ねんれい》は40代《だい》、クールボーイのファン。

性格《せいかく》は、ちょっと軽《かる》めで強気《つよき》。

でも若《わか》い2人《ふたり》との会話《かいわ》は和《なご》やかだったから、きっと好《す》かれているんじゃないかな。

書《か》きながら窓《まど》から下《した》を見《み》ると、庭園《ていえん》の脇《わき》にワゴン車《しゃ》が停《と》まっていて、作業服《さぎょうふく》を着《き》た男《おとこ》の人《ひと》たちが車《くるま》から同《おな》じサイズの段《だん》ボール箱《ばこ》をいくつも運《はこ》び出《だ》しているところだった。

庭《にわ》の北側《きたがわ》にある倉庫《そうこ》の方《ほう》に持《も》っていく。

その作業服《さぎょうふく》に、私《わたし》は見覚《みおぼ》えがあった。

うちの学校《がっこう》にもよく出入《でい》りしている業者《ぎょうしゃ》で、名前《なまえ》は確《たし》か、大久保商会《おおくぼしょうかい》。

文具《ぶんぐ》から家具《かぐ》、水《みず》や食料品《しょくりょうひん》、電気製品《でんきせいひん》まで扱《あつか》っていて、学校《がっこう》の注文《ちゅうもん》に応《おう》じて届《とど》けてくれる大手《おおて》の会社《かいしゃ》なんだ。

段《だん》ボール箱《ばこ》の外側《そとがわ》には、電機《でんき》メーカーの名前《なまえ》が書《か》いてある。

あれ、本《ほん》じゃないよね、電気製品《でんきせいひん》だ、何《なん》だろ。

そう思《おも》いながら見《み》ていると、やがて図書館《としょかん》の中《なか》から中年《ちゅうねん》の男性《だんせい》が出《で》てきて、大久保商会《おおくぼしょうかい》の人《ひと》たちと談笑《だんしょう》し始《はじ》めた。

手《て》には印鑑《いんかん》を持《も》っていて、話《はな》しながら大久保商会《おおくぼしょうかい》の人《ひと》が差《さ》し出《だ》す伝票《でんぴょう》に押《お》している。

ははん、図書館《としょかん》が注文《ちゅうもん》したものを、大久保商会《おおくぼしょうかい》が納入《のうにゅう》しているところなんだと私《わたし》は思《おも》った。

それにしてもたくさんだよね、何《なん》だろ。

そう思《おも》いながらメモを書《か》き終《お》え、階段《かいだん》まで戻《もど》って集合場所《しゅうごうばしょ》に向《む》かった。

でも、まだ誰《だれ》も来《き》ていなかったんだ。

私《わたし》の調《しら》べた3階《がい》は、若武《わかたけ》も言《い》っていた通《とお》りスペースが狭《せま》かったから、早《はや》く終《お》わったみたい。

それで皆《みんな》を待《ま》ってたんだけど、よく見《み》ると、すぐ近《ちか》くにあるハンバーガーの自動販売機《じどうはんばいき》の前《まえ》に小塚君《こづかくん》が立《た》っていた。

「あれ、どうしたの？」

小塚君《こづかくん》は、ものすごぉく真剣《しんけん》な顔《かお》でこちらを見《み》た。

「えっとカニチーズバーガーと、エビマヨネーズバーガーと、どっちの方《ほう》がいいかなと思《おも》って、さっきから悩《なや》んでて結論《けつろん》が出《で》ないんだ。」

やれやれ。

「アーヤがもう終《お》わったんだったら、若武《わかたけ》が2階《かい》の学習支援室《がくしゅうしえんしつ》にいるから、合流《ごうりゅう》してて。」

私《わたし》は頷《うなず》き、もう一度《いちど》、階段《かいだん》を上《のぼ》った。

2階《かい》まで行《い》き、その壁《かべ》に嵌《は》めこまれているフロア図《ず》で、学習支援室《がくしゅうしえんしつ》を捜《さが》す。

それは、四角《しかく》な建物《たてもの》の西《にし》の部分《ぶぶん》で、合計《ごうけい》3室《しつ》あった。

そのうちのどこにいるのかわからなかったけれど、とりあえず近《ちか》くまで行《い》ってみようと思《おも》って歩《ある》き出《だ》す。

廊下《ろうか》に沿《そ》って並《なら》んだ3つのドアには、それぞれ学習支援室《がくしゅうしえんしつ》1、学習支援室《がくしゅうしえんしつ》2、学習支援室《がくしゅうしえんしつ》3と書《か》かれていた。

さて、1つずつノックしていこうかな。

そう考《かんが》えて、私《わたし》が一番端《いちばんはし》の部屋《へや》に近寄《ちかよ》った時《とき》だった。

中《なか》から、ガッシャンと何《なに》かが壊《こわ》れるような音《おと》がしたんだ。

それに続《つづ》いて、ドタッという音《おと》や、バタンという音《おと》が上《あ》がる。

びっくりしていると、今度《こんど》は、うめき声《ごえ》が聞《き》こえた。

え・・・何《なに》っ!?

私《わたし》は、すっかり固《かた》まってしまった。

中《なか》で何《なに》かが起《お》こっているらしいとわかったけれど、恐《こわ》くてドアを開《あ》けられなかったんだ。

どうしよう!?

「立花《たちばな》、何《なに》してんの？」

振《ふ》り向《む》くと、上杉君《うえすぎくん》と翼《たすく》がこちらにやってくるところだった。

「中《なか》で、何《なに》かが起《お》こってるみたい。」

私《わたし》の説明《せつめい》を聞《き》き、上杉君《うえすぎくん》は、キリッと顳顬《こめかみ》を動《うご》かした。

「美門《みかど》、隣《となり》の部屋《へや》、見《み》て。」

翼《たすく》がそっと隣《となり》の部屋《へや》を開《あ》け、中《なか》の様子《ようす》をうかがう。

「誰《だれ》もいない。」

上杉君《うえすぎくん》は、冷《ひ》ややかな光《ひかり》を浮《う》かべたその目《め》で翼《たすく》を促《うなが》した。

「この部分《ぶぶん》の外《そと》はバルコニーだ。窓《まど》から出《で》て部屋《へや》の中《なか》、のぞいて見《み》ろ。」

翼《たすく》は即《そく》、入《はい》っていき、間《ま》もなく上杉君《うえすぎくん》のスマートフォンが鳴《な》った。

「そっか、オッケ。戻《もど》って。」

スマートフォンを切《き》り、私《わたし》を見《み》る。

「ブラインドが降《お》りてて、中《なか》は見《み》えないって。」

ああ残念《ざんねん》。

「ここから入《はい》るしかないな。」

そう言《い》いながら上杉君《うえすぎくん》は、手《て》に持《も》っていたスマートフォンを私《わたし》に差《さ》し出《だ》した。

「俺《おれ》、突入《とつにゅう》するから持《も》ってて。」

そこに、翼《たすく》が戻《もど》ってくる。

「ドア開《あ》けると、部屋《へや》から何《なに》か出《で》る可能性《かのうせい》があるから、立花《たちばな》を頼《たの》む。」

上杉君《うえすぎくん》はメガネを外《はず》し、胸《むね》ポケットに押《お》しこむとドアの前《まえ》に立《た》ち、ノブに手《て》をかけた。

「開《あ》けるぞ、いいか？」

翼《たすく》が私《わたし》の前《まえ》に立《た》ち塞《ふさ》がるのを確認《かくにん》し、一気《いっき》にドアを開《ひら》いて飛《と》びこんでいく。

えっと・・・こんな時《とき》になんだけど・・・カッコいい、ものすごくカッコいい！

上杉君《うえすぎくん》って、素敵《すてき》だ!!

思《おも》わず憧《あこが》れそうになっている私《わたし》の耳《みみ》に、その時届《ときとど》いたのは、緊迫《きんぱく》した声《こえ》。

「若武《わかたけ》っ、どーしたっ!?」

翼《たすく》が即《そく》、中《なか》に駆《か》けこみ、私《わたし》もあわててそれに続《つづ》く。

部屋《へや》の中《なか》は、茶碗《ちゃわん》が転《ころ》がり、椅子《いす》が倒《たお》れ、魔法瓶《まほうびん》が横倒《よこだお》しになっていた。

その真《ま》ん中《なか》に、苦《くる》しげに顔《かお》をしかめた若武《わかたけ》が横《よこ》たわっていたんだ。

きゃあぁあっ！

上杉君《うえすぎくん》が抱《だ》き起《お》こすと、若武《わかたけ》は体《からだ》をよじり、うめき声《ごえ》を上《あ》げる。

その顔《かお》はもう真《ま》っ青《さお》で、今《いま》にも死《し》んでしまいそうだった。

上杉君《うえすぎくん》が、若武《わかたけ》の唇《くちびる》に耳《みみ》を近《ちか》づけて何《なに》やら聞《き》き取《と》り、大声《おおごえ》で叫《さけ》ぶ。

「吐《は》け、早《はや》くっ！　できないのか？　よし俺《おれ》がやってやる！」

若武《わかたけ》の体《からだ》を支《ささ》えながらこちらを振《ふ》り向《む》いたその目《め》は、よく切《き》れるナイフのように冷《つめ》たく、鋭《するど》かった。

「美門《みかど》、小塚《こづか》呼《よ》べ。立花《たちばな》、図書館《としょかん》の職員《しょくいん》に連絡《れんらく》して救急車《きゅうきゅうしゃ》を。」

わかった!

＊

私《わたし》は事務室《じむしつ》に駆《か》けこんでいき、事情《じじょう》を話《はな》してすぐ救急車《きゅうきゅうしゃ》を呼《よ》んでくれるように頼《たの》んだ。

それで事務室内《じむしつない》は、騒然《そうぜん》っ!

「どこで倒《たお》れてるのっ!?」

叫《さけ》んだ佐竹館長《さたけかんちょう》に、私《わたし》が答《こた》えると、館長《かんちょう》は私《わたし》を押《お》しのけて飛《と》び出《だ》していった。

えっと、この後《あと》どうすればいいんだろう。

戸惑《とまど》っていると、やがて佐竹館長《さたけかんちょう》が戻《もど》ってきた。

その後《うし》ろから翼《たすく》もついてくる。

「消防署《しょうぼうしょ》に連絡《れんらく》したら、救急車《きゅうきゅうしゃ》2、3分《ぷん》で来《く》るって。」

間《ま》もなくサイレンを鳴《な》らした救急車《きゅうきゅうしゃ》がやってきて若武《わかたけ》を収容《しゅうよう》、上杉君《うえすぎくん》が付《つ》き添《そ》って病院《びょういん》に向《む》かった。

佐竹館長《さたけかんちょう》の指示《しじ》で、図書館《としょかん》の職員《しょくいん》があわてて車《くるま》に乗《の》り、その救急車《きゅうきゅうしゃ》の後《あと》を追《お》いかける。

図書館《としょかん》にいた人々《ひとびと》が全員《ぜんいん》、職員《しょくいん》も来館者《らいかんしゃ》も残《のこ》らず玄関《げんかん》に出《で》てきて、丘《おか》を下《お》りていく2台《だい》の車《くるま》を見送《みおく》った。

その人集《ひとだか》りをかき分《わ》けて、黒木君《くろきくん》がやってくる。

「何《なに》があった!?」

でも私《わたし》にも翼《たすく》にも、はっきりしたことはわからなかったんだ。

「若武《わかたけ》と直接《ちょくせつ》、話《はなし》ができたのは上杉《うえすぎ》だけだ。俺《おれ》は、小塚《こづか》呼《よ》んでこいって言《い》われて、呼《よ》びに行《い》ってた。で、呼《よ》んできたら今度《こんど》は、図書館《としょかん》の職員《しょくいん》が部屋《へや》に入《はい》らないように止《と》めとけって言《い》われて、ドアの外《そと》で攻防戦《こうぼうせん》を繰《く》り広《ひろ》げてたんだ。」

職員《しょくいん》を止《と》める？

「1分《ぷん》でいいから、何《なん》とかごまかして時間《じかん》を稼《かせ》いどけって。たぶん小塚《こづか》に、何《なに》かさせたかったんだ。」

翼《たすく》の説明《せつめい》を聞《き》いた黒木君《くろきくん》は、すぐスマートフォンを出《だ》し、上杉君《うえすぎくん》と連絡《れんらく》を取《と》り始《はじ》める。

それを見《み》ながら私《わたし》は、心配《しんぱい》でならなかった。

ああ若武《わかたけ》は、いったいどうしてしまったんだろう!?

大丈夫《だいじょうぶ》なんだろうか!?

「ちょっと君《きみ》たち、あの子《こ》と一緒《いっしょ》に来《き》たんだよね?」

声《こえ》をかけてきたのは、佐竹館長《さたけかんちょう》だった。

「事情《じじょう》を話《はな》してもらえるかな?」

え、それは、あまり正々堂々《せいせいどうどう》と言《い》えないんだけど・・・。

あせっている私《わたし》の隣《となり》で、翼《たすく》が素早《すばや》く、さりげなく答《こた》えた。

「僕《ぼく》たち、学校《がっこう》の課題《かだい》を調《しら》べに来《き》たんです。若武《わかたけ》から、終《お》わったら学習支援室《がくしゅうしえんしつ》に集《あつ》まれって言《い》われたので行《い》ってみたら、彼《かれ》が倒《たお》れていて・・・何《なに》が起《お》こったのか、僕《ぼく》にもよくわかりません。だからさっきも廊下《ろうか》でアタフタしてしまって。邪魔《じゃま》をしてすみませんでした。」

電話《でんわ》を切《き》った黒木君《くろきくん》が、すかさず口《くち》を開《ひら》く。

「今《いま》、救急車《きゅうきゅうしゃ》の中《なか》の付《つ》き添《そ》い者《しゃ》と連絡《れんらく》を取《と》ったら、どうも昨日《きのう》の夜《よる》、食《た》べすぎたみたいで、今朝《けさ》から調子《ちょうし》が悪《わる》かったということです。ご迷惑《めいわく》おかけして申《もう》し訳《わけ》ないです。」

佐竹館長《さたけかんちょう》は、ほっとしたような息《いき》をつき、救急車《きゅうきゅうしゃ》の出《で》ていった門《もん》の方《ほう》に目《め》をやった。

「大《たい》したことないといいけどね。」

そこに小塚君《こづかくん》が、いつも持《も》っている黒《くろ》いナップザックを肩《かた》にかけて出《で》てきたんだ。

黒木君《くろきくん》のそばに寄《よ》り、何《なに》やらささやく。

黒木君《くろきくん》は、その目《め》に強《つよ》い光《ひかり》をきらめかせながら頷《うなず》いた。

「じゃ急《いそ》ぐから。」

小塚君《こづかくん》は、さっさと帰《かえ》っていく。

それを見送《みおく》って黒木君《くろきくん》は、私《わたし》と翼《たすく》を人目《ひとめ》のない所《ところ》まで連《つ》れていった。

「倒《たお》れた時《とき》に若武本人《わかたけほんにん》が言《い》ってたのは、紅茶《こうちゃ》を飲《の》んでいたら指《ゆび》がしびれて、呼吸《こきゅう》が苦《くる》しくなったってことだ。それで椅子《いす》に座《すわ》っていられなくなって、転《ころ》げ落《お》ちたんだって。」

ああ、その時《とき》に一緒《いっしょ》に、茶碗《ちゃわん》や魔法瓶《まほうびん》が落《お》ちたんだね。

「上杉《うえすぎ》が見《み》たところでは、意識《いしき》ははっきりしてたけど舌《した》がもつれ始《はじ》めていて、しゃべりにくそうだったって。」

う・・・心配《しんぱい》！

「でも若武本人《わかたけほんにん》が、このことは誰《だれ》にも絶対話《ぜったいはな》すな、ただの食《た》べすぎってことにしとけ、って言《い》い張《は》るものだから、しかたなく小塚《こづか》を呼《よ》んで、部屋《へや》にあった茶碗《ちゃわん》と魔法瓶《まほうびん》の内容物《ないようぶつ》や、若武《わかたけ》の嘔吐《おうと》物《ぶつ》を回収《かいしゅう》して、分析《ぶんせき》するように指示《しじ》を出《だ》したんだって。」

私《わたし》は、コクンと息《いき》を呑《の》んだ。

原因《げんいん》は、紅茶《こうちゃ》だよね。

紅茶《こうちゃ》を飲《の》むのには、魔法瓶《まほうびん》のお湯《ゆ》、ティーバッグ、茶碗《ちゃわん》を使《つか》う。

その中《なか》のどれかに、きっと何《なに》かが入《はい》ってたんだ。

「で、小塚《こづか》がその作業《さぎょう》をしている間《あいだ》、職員《しょくいん》が中《なか》に入《はい》ってきて邪魔《じゃま》しないように、美門《みかど》をドアの外《そと》に立《た》たせて入室《にゅうしつ》を阻止《そし》したらしい。」

そうだったんだ。

「こんなことが起《お》きるなんて、思《おも》ってもみなかったよね。」

翼《たすく》が心配《しんぱい》そうに眉根《まゆね》を寄《よ》せると、黒木君《くろきくん》も大《おお》きな息《いき》をついた。

「とりあえず今日《きょう》はこれで解散《かいさん》しよう。このままここにいてもしかたがないし。俺《おれ》は病院《びょういん》行《い》って、若武《わかたけ》を見《み》てくるよ。様子《ようす》がわかったらすぐ連絡《れんらく》するから。じゃね。」

9　テロか？

私《わたし》は、そのまままっすぐ家《いえ》に帰《かえ》り、今日《きょう》のことを事件《じけん》ノートに記録《きろく》した。

図書盗難事件《としょとうなんじけん》の中《なか》に、不慮《ふりょ》の事態《じたい》という項目《こうもく》を作《つく》り、そこに入《い》れこんだんだ。

でも紅茶《こうちゃ》が原因《げんいん》だとしたら、誰《だれ》かが若武《わかたけ》を狙《ねら》ったってこと？

どうして!?

若武《わかたけ》には、狙《ねら》われるような何《なに》かがあったの!?

それともＫＺ《カッズ》が図書盗難事件《としょとうなんじけん》の究明《きゅうめい》に乗《の》り出《だ》していることを知《し》った犯人《はんにん》が、リーダーの若武《わかたけ》をターゲットにしたとか？

でも私《わたし》たちの調査《ちょうさ》について知《し》ってるのは、ＫＺ《カッズ》メンバーだけだよね。

ひょっとして私《わたし》たちの中《なか》に、犯人側《はんにんがわ》のスパイがいるとか？

う〜ん、そんなはずないか。

わからないなぁ。

私《わたし》が頭《あたま》を捻《ひね》っていると、下《した》からママの声《こえ》がした。

「彩《あや》、電話《でんわ》よ。」

あ、きっと黒木君《くろきくん》だ！

私《わたし》は、急《いそ》いで階段《かいだん》を駆《か》け降《お》りていった。

若武《わかたけ》、どんな様子《ようす》なんだろ、少《すこ》しでも回復《かいふく》してるといいけれど。

そう思《おも》いながら受話器《じゅわき》を取《と》り上《あ》げ、耳《みみ》に当《あ》てた。

「はい、替《か》わりました。」

瞬間《しゅんかん》、

「ああアーヤか。」

聞《き》こえてきた声《こえ》に、びっくりっ！

だってそれは・・・若武本人《わかたけほんにん》の声《こえ》だったんだもの。

「今日《きょう》、秀明《しゅうめい》の授業《じゅぎょう》が始《はじ》まる前《まえ》、カフェテリアに集合《しゅうごう》だ。わかったなっ！」

怒《おこ》ったようにそう言《い》うなり、電話《でんわ》をブツッ！

私《わたし》は、すっかり混乱《こんらん》してしまった。

若武《わかたけ》、さっき救急車《きゅうきゅうしゃ》で病院《びょういん》行《い》ったよね。

死《し》にそうな顔《かお》をしてたはず。

それが、何《なに》、この勢《いきお》い・・・。

どうなってるの!?

＊

気《き》になってたまらなかったので、その日《ひ》、私《わたし》は早目《はやめ》に秀明《しゅうめい》に向《む》かった。

着《つ》くなり、まっすぐカフェテリアへ。

早目《はやめ》だったはずなのに、そこにはもう若武《わかたけ》と上杉君《うえすぎくん》、黒木君《くろきくん》、それに翼《たすく》が来《き》ていた。

小塚君《こづかくん》だけがいない。

「小塚《こづか》は今《いま》、分析作業中《ぶんせきさぎょうちゅう》だ。」

そう言《い》った若武《わかたけ》は、いつもよりずっと蒼《あお》ざめて見《み》えた。

きれいなその目《め》は怒《いか》りに満《み》ち、底《そこ》からキラキラ光《ひか》っている。

「時間《じかん》の問題《もんだい》で来《く》るはずだから、先《さき》に始《はじ》めるぞ。」

とたん、上杉君《うえすぎくん》が手《て》を伸《の》ばして若武《わかたけ》の頭《あたま》をコヅいた。

「おまえなぁっ！」

そう言《い》ってから、大《おお》きな溜《た》め息《いき》をつき、テーブルの上《うえ》に顔《かお》を伏《ふ》せる。

「俺《おれ》の心配《しんぱい》、返《かえ》せ・・・」

黒木君《くろきくん》が笑《わら》い出《だ》し、隣《となり》の席《せき》から上杉君《うえすぎくん》の肩《かた》を抱《だ》く。

「まぁまぁ、無事《ぶじ》でよかったってことで。」

不貞腐《ふてくさ》れる上杉君《うえすぎくん》を宥《なだ》めながら、黒木君《くろきくん》は私《わたし》たちを見回《みまわ》した。

「救急車《きゅうきゅうしゃ》が病院《びょういん》に着《つ》く頃《ころ》までに、若武先生《わかたけせんせい》はすっかり回復《かいふく》したんだ。」

すごい！

ほとんど瀕死《ひんし》だったのに。驚異《きょうい》の回復力《かいふくりょく》だぁ。

「でも一応《いちおう》、病院《びょういん》で精密検査《せいみつけんさ》を受《う》けた。倒《たお》れた直後《ちょくご》だったから、数値《すうち》に多少《たしょう》の問題《もんだい》はあったものの、まぁ正常《せいじょう》の範囲内《はんいない》ということで、体力回復《たいりょくかいふく》のためにビタミン剤《ざい》をもらって、水分補給《すいぶんほきゅう》を充分《じゅうぶん》にするようにと注意《ちゅうい》された後《あと》、もう帰《かえ》っていいと言《い》われたんだ。ついでに、やたらに救急車《きゅうきゅうしゃ》を呼《よ》ぶんじゃないと言《い》わんばかりの白《しろ》い目《め》で見《み》られた、らしい。」

でも、あの時《とき》は、本当《ほんとう》に死《し》にそうだったんだよ。

私《わたし》たちだけじゃなくて図書館《としょかん》の職員《しょくいん》もそう判断《はんだん》したからこそ、救急車《きゅうきゅうしゃ》を呼《よ》んだんだから。

「そんな簡単《かんたん》に治《なお》るなんて、原因《げんいん》はいったい何《なん》だったの？」

私《わたし》が聞《き》くと、若武《わかたけ》は両手《りょうて》を拳《こぶし》にし、ドンとテーブルを叩《たた》いた。

「決《き》まってる、紅茶《こうちゃ》の中《なか》に毒物《どくぶつ》が入《はい》ってたんだ。あれ飲《の》んで急《きゅう》にそうなったんだから。」

でも毒物《どくぶつ》だったら、そんなに簡単《かんたん》に治《なお》る？

「毒物《どくぶつ》って、具体的《ぐたいてき》には？」

若武《わかたけ》は、自信《じしん》たっぷりな笑《え》みを浮《う》かべた。

「それは小塚《こづか》が分析中《ぶんせきちゅう》だ。きっと猛毒《もうどく》だぞ。生還《せいかん》できたのは、俺《おれ》がヒーロー体質《たいしつ》だからだ。他《ほか》の人間《にんげん》だったら、きっと死《し》んでいた。」

上杉君《うえすぎくん》が、ウエッという顔《かお》をする。

若武《わかたけ》はそれをにらんでから、その目《め》をギンと空中《くうちゅう》に据《す》えた。

「俺《おれ》は猛烈《もうれつ》に怒《おこ》ってる。たぶん今年中《ことしじゅう》で一番《いちばん》の怒《おこ》り方《かた》だ。いったい誰《だれ》なんだ、俺《おれ》に一服盛《いっぷくも》った奴《やつ》。くっそ許《ゆる》さんっ！」

翼《たすく》が首《くび》を傾《かし》げた。

「病院《びょういん》では、なんて診断《しんだん》されたの？」

若武《わかたけ》は、忌々《いまいま》しそうに大《おお》きな息《いき》を吐《は》く。

「胃腸炎《いちょうえん》だ。」

は？

「俺《おれ》が、症状《しょうじょう》は吐《は》き気《け》と腹痛《ふくつう》で、昨日《きのう》食《た》べすぎたって説明《せつめい》したし、病院《びょういん》に着《つ》いた時《とき》にはほぼ回復《かいふく》してたし、精密検査《せいみつけんさ》の数値《すうち》にも取《と》り立《た》てて変《か》わったところがなく、ウィルスも細菌《さいきん》も検出《けんしゅつ》されなかった。まあ急性《きゅうせい》の胃腸炎《いちょうえん》だろうってことになったんだ。本当《ほんとう》のことを言《い》わなかったのは、この俺《おれ》の手《て》で犯人《はんにん》をはっきりさせるためだ！　床《ゆか》に転《ころ》がり落《お》ちた時《とき》から、そう決《き》めてたんだ!!」

ああ燃《も》えてる。

「まず、」

黒木君《くろききくん》が苦笑《くしょう》しながら言《い》った。

「状況《じょうきょう》を詳《くわ》しく説明《せつめい》してくれよ。」

若武《わかたけ》は、苛立《いらだ》たしげな目《め》で空《あ》いている椅子《いす》をにらんだ。

「そもそも小塚《こづか》が悪《わる》いんだ。」

へ？

「俺《おれ》が小塚《こづか》と一緒《いっしょ》に2階《かい》に上《のぼ》ってったら、あいつ、今朝《けさ》何《なに》も食《た》べてこなかったって言《い》うんだ。腹《はら》減《へ》ってるって。」

それであの時《とき》、食堂《しょくどう》で何《なに》を食《た》べられるか気《き》にしてたんだね。

「これから調査《ちょうさ》だってのに何《なに》言《い》ってんだって思《おも》ったけどさ、どうにも元気《げんき》なさそうだから、俺《おれ》も仏心《ほとけごころ》を出《だ》して、自販機《じはんき》で食《く》うもん買《か》ってこいって言《い》ってやったんだ。」

鬼《おに》の目《め》にも涙《なみだ》、かぁ。

「2階《かい》のフロア図《ず》を見《み》たら、飲食可《いんしょくか》って書《か》いてあったのは学習支援室《がくしゅうしえんしつ》だけだった。それで、そこで待《ま》ってるからって言《い》ったんだ。で、小塚《こづか》は1階《かい》の自販機《じはんき》に向《む》かい、俺《おれ》は学習支援室《がくしゅうしえんしつ》に向《む》かった。その途中《とちゅう》で、来館者用給湯室《らいかんしゃようきゅうとうしつ》って表示《ひょうじ》を見《み》かけてさ、」

あ、それって、私《わたし》が見《み》たとこだ。

「のぞいたら、お湯《ゆ》の入《はい》った魔法瓶《まほうびん》とティーバッグがあったんだ。ちょうどいいと思《おも》って、それを学習支援室《がくしゅうしえんしつ》に持《も》ってったんだよ。ところが小塚《こづか》が、ちっとも帰《かえ》ってこない。」

悩《なや》んでたんだよぉ、カニチーズバーガーと、エビマヨネーズバーガーの間《あいだ》で。

「1人《ひとり》で紅茶《こうちゃ》いれて飲《の》んでたら、舌《した》や指先《ゆびさき》がしびれ始《はじ》めて、どんどん強《つよ》くなっていって、座《すわ》ってられなくなって床《ゆか》に落下《らっか》したんだ。そこに上杉《うえすぎ》が来《き》た。」

上杉君《うえすぎくん》は腕《うで》を組《く》み、天井《てんじょう》を見上《みあ》げた。

「行《い》かなきゃよかった・・・」

まぁまぁ。

「それならさ、」

翼《たすく》が、慎重《しんちょう》な光《ひかり》を浮《う》かべた目《め》で皆《みな》を見回《みまわ》す。

「もし小塚《こづか》が朝《あさ》、飯食《めしく》ってきてたら、そういう展開《てんかい》にはならなかったわけでしょ。」

そだね。

「つまり若武《わかたけ》が、学習支援室《がくしゅうしえんしつ》で紅茶《こうちゃ》を飲《の》んだのは偶然《ぐうぜん》で、誰《だれ》にも予測《よそく》できなかったってことになる。ということは、犯人《はんにん》は若武《わかたけ》を狙《ねら》ったんじゃないよ。」

そうなるかぁ。

「その来館者用給湯室《らいかんしゃようきゅうとうしつ》は、誰《だれ》でも利用《りよう》できるんでしょ。だったら不特定多数《ふとくていたすう》を対象《たいしょう》にしたテロかもしれない。」

私《わたし》は、ゾクッとした。

確《たし》かにあの場所《ばしょ》だったら、誰《だれ》でも魔法瓶《まほうびん》に何《なに》かを入《い》れることができるし、茶碗《ちゃわん》やティーバッグに細工《さいく》をすることもできる。

「はっきりとした目的《もくてき》がなくても、人《ひと》を騒《さわ》がせるのがおもしろいって動機《どうき》で犯罪《はんざい》に手《て》を出《だ》す奴《やつ》もいるよ。愉快犯《ゆかいはん》って呼《よ》ばれる連中《れんちゅう》だ。今回《こんかい》、失敗《しっぱい》したわけだから、またやるかもしれない。」

げっ！

「早《はや》く犯人《はんにん》を挙《あ》げるしかないな。」

上杉君《うえすぎくん》が腕組《うでぐ》みを解《と》き、開《ひら》いた片手《かたて》でメガネの中央《ちゅうおう》を押《お》し上《あ》げた。

「若武狙《わかたけねら》いなら、被害者《ひがいしゃ》は1人《ひとり》ですむが、不特定多数《ふとくていたすう》を狙《ねら》ったとなると、被害《ひがい》は甚大《じんだい》だ。」

若武《わかたけ》は、聞《き》き逃《のが》せないと言《い》ったように咳払《せきばら》いをする。

「俺《おれ》は1人《ひとり》でも、無限大《むげんだい》の価値《かち》を持《も》つ男《おとこ》なんだぞ。」

ああ根拠《こんきょ》のない自信《じしん》・・・。

「とにかく犯人《はんにん》は、あの時《とき》、館内《かんない》にいた誰《だれ》かだ。来館者《らいかんしゃ》か、職員《しょくいん》か。」

お、絞《しぼ》れた！

「まだ朝早《あさはや》い時間《じかん》だったから来館者《らいかんしゃ》も少《すく》なかったはずだし、出入《でい》り口《ぐち》の防犯《ぼうはん》カメラの映像《えいぞう》を見《み》れば、犯人《はんにん》の特定《とくてい》につながる。」

若武《わかたけ》がそう言《い》ったとたん、黒木君《くろきくん》が、軽《かる》く首《くび》を横《よこ》に振《ふ》った。

「いや、仕《し》かけたのは昨日《きのう》かもしれない。」

ああダメだ、絞《しぼ》れない。

「整理《せいり》しよう。アーヤ、メモ。」

私《わたし》は、あわてて事件《じけん》ノートを出《だ》した。

「事件名《じけんめい》は、ヒーロー若武和臣暗殺未遂事件《わかたけかずおみあんさつみすいじけん》だ。」

う・・・センス悪《わる》っ！

そう思《おも》ったのは、私《わたし》だけではなかったらしい。

黒木君《くろきくん》は皮肉《ひにく》な笑《え》みを浮《う》かべたし、上杉君《うえすぎくん》なんか、あからさまに嫌《いや》な顔《かお》をした。

でも若武《わかたけ》は気《き》にも留《と》めず、興奮《こうふん》した口調《くちょう》で捲《まく》し立《た》てたんだ。

「毒物《どくぶつ》は何《なに》か、いつ、どこに仕《し》かけられたのか、犯人《はんにん》は誰《だれ》か。何《なん》のために誰《だれ》を狙《ねら》ったのか。」

機関銃《きかんじゅう》のように飛《と》び出《だ》してくる言葉《ことば》を、私《わたし》が必死《ひっし》で書《か》き留《と》めていると、誰《だれ》かのスマートフォンが鳴《な》り出《だ》した。

「お、小塚《こづか》からだ。」

若武《わかたけ》が電話《でんわ》に出《で》て、しばらく話《はな》した後《あと》でそれを切《き》り、私《わたし》たちを見回《みまわ》す。

「分析《ぶんせき》には、明日《あした》までかかるらしい。明日《あした》の休《やす》み時間《じかん》、ここに集合《しゅうごう》だ。今日《きょう》はこれで解散《かいさん》するが、各自《かくじ》できることはやっとけ。特《とく》に黒木《くろき》、周辺情報《しゅうへんじょうほう》を聞《き》きこんで怪《あや》しそうな人物《じんぶつ》の見当《けんとう》を付《つ》けとけよ。じゃ解散《かいさん》っ！」

10 初《はじ》めての告白《こくはく》

その日《ひ》、秀明《しゅうめい》の授業《じゅぎょう》が終《お》わったのは、夜《よる》の9時半過《じはんす》ぎ。

私《わたし》は、いつも通《どお》り急《いそ》いで家《いえ》に向《む》かった。

それなのに駅前《えきまえ》のコンビニの所《ところ》まで来《き》た時《とき》、そこから私《わたし》の目《め》の前《まえ》に、10人《にん》くらいの中学生《ちゅうがくせい》の集団《しゅうだん》が出《で》てきたんだ。

「まだ早《は》ぇえよ。ゲーセン、行《い》こうぜ。」

「あ、おまえ、また俺《おれ》からパクろうと思《おも》ってるだろ。」

「おまえが弱《よわ》いからじゃんよ。」

髪《かみ》が金髪《きんぱつ》で、ピアスしてる子《こ》もいて、大声《おおごえ》で話《はな》している様子《ようす》がどう見《み》ても不良集団《ふりょうしゅうだん》だったので、私《わたし》は立《た》ち止《ど》まり、彼《かれ》らが行《い》ってしまうのを待《ま》った。

関《かか》わりたくなかったんだ。

ああ時間《じかん》がもったいない。

早《はや》く行《い》ってよ。

そう思《おも》いながら見《み》ていて、その中《なか》に、悠飛《ゆうひ》の姿《すがた》を見《み》つけた。

他《ほか》の子《こ》たちと楽《たの》しそうに話《はな》したり、笑《わら》ったりしている。

私《わたし》は思《おも》い出《だ》した、悠飛《ゆうひ》が元《もと》ヤンキーだったたってこと。

卒業《そつぎょう》したって聞《き》いてたのに・・・戻《もど》っちゃったのっ!?

大変《たいへん》だ！

一瞬《いっしゅん》、ボーゼンとし、それからすぐ考《かんが》えた。

それはマズいよ、止《と》めなきゃ!!

それで、ツカツカと彼《かれ》らに歩《あゆ》み寄《よ》ったんだ。

夢中《むちゅう》だったから、恐《こわ》くもなんともなかった。

「悠飛《ゆうひ》、ちょっと。」

不良《ふりょう》たちは振《ふ》り返《かえ》り、ジロッと私《わたし》を見《み》た。

「おまえ、何様《なにさま》？」

「悠飛《ゆうひ》を呼《よ》び捨《す》てにすんの、100年早《ねんはえ》ぇだろうが。」

「イチャモンつけてんのかよ。いい度胸《どきょう》だな、オラァ！」

にらまれて、私《わたし》は反射的《はんしゃてき》に固《かた》まってしまい、ゴクンと息《いき》を呑《の》んだ。

でも悠飛《ゆうひ》を連《つ》れ出《だ》さないと！

そう思《おも》いながら、固《かた》まったままでいた。

「ああ、」

彼《かれ》らの間《あいだ》で、悠飛《ゆうひ》が声《こえ》を上《あ》げる。

「それ、俺《おれ》のダチだから。」

ゆっくりと集団《しゅうだん》から離《はな》れ、こっちにやってきて私《わたし》の肩《かた》に手《て》を置《お》いた。

「そういえば約束《やくそく》してたっけ。忘《わす》れてた、ごめん。」

私《わたし》に向《む》かってそう言《い》ってから、彼《かれ》らに向《む》き直《なお》る。

「悪《わり》ぃけど、こんで。」

肩《かた》にかけた手《て》に力《ちから》をこめ、クルッと私《わたし》の体《からだ》を回《まわ》した。

「いいからまっすぐ歩《ある》け。」

耳元《みみもと》でささやかれ、私《わたし》は硬直《こうちょく》したまま、なんとか前《まえ》に進《すす》んだ。

しばらく歩《ある》いて、悠飛《ゆうひ》はチラッと後方《こうほう》に視線《しせん》を投《な》げる。

彼《かれ》らがいないのを確《たし》かめると、大《おお》きな息《いき》をつきながら足《あし》を止《と》めた。

「おまえさぁ、あんな状況《じょうきょう》で声《こえ》かけんじゃねーよ。あいつらがアブなそうなの、見《み》てわかんなかったわけ？」

わかったから、かけたんだよぉ・・・。

「目《め》ぇつけられたらどうすんだ。いつも俺《おれ》が庇《かば》えるとは限《かぎ》んないんだぜ。」

怒《おこ》られて、私《わたし》はちょっとムクれた。

「悠飛《ゆうひ》が、ああいう連中《れんちゅう》と付《つ》き合《あ》ってると思《おも》わなかった。心配《しんぱい》だったから、止《と》めようとしただけだよ。」

悠飛《ゆうひ》は黙《だま》ったまま、私《わたし》を見《み》つめた。

私《わたし》が照《て》れてしまいそうなほど長《なが》く、じいっと見《み》つめながら口《くち》を開《ひら》く。

「あそこ通《とお》りかかって、たまたま出会《であ》ったんだ。無視《むし》すると逆《ぎゃく》に面倒《めんどう》なことになるから、軽《かる》く話《はな》してただけ。今《いま》はもう付《つ》き合《あ》ってないって。」

ほんと？

「俺《おれ》、小説書《しょうせつか》いてるだろ？」

ん。

「以前《いぜん》は、心《こころ》に抱《かか》えたものを吐《は》き出《だ》すとこがなかった。だから荒《あ》れたりもしたんだ。だけど書《か》き始《はじ》めてからは、心《こころ》にあるものを言葉《ことば》に置《お》き換《か》えることができるようになった。それで、すごく楽《らく》になったんだ。」

ああ、そうか。

「もう元《もと》に戻《もど》ることはねーよ。」

書《か》くってことは、悠飛《ゆうひ》にとって、すごく重《おも》い意味《いみ》を持《も》ってるんだね。

なんか・・・感動《かんどう》。

「今《いま》は、言葉《ことば》を通《とお》して自分《じぶん》や自分《じぶん》の環境《かんきょう》を見《み》つめることができるし、それが楽《たの》しいって感《かん》じてるから。」

私《わたし》、悠飛《ゆうひ》をわかってなかったみたい。

「誤解《ごかい》して・・・ごめんね。」

そう言《い》うと、悠飛《ゆうひ》は片目《かため》をわずかに細《ほそ》めた。

「俺《おれ》、おまえのこと、好《す》きだよ。」

私《わたし》は、目《め》が真《ま》ん丸《まる》。

え・・・！

言《い》われた、初《はじ》めて、悠飛《ゆうひ》から！

「おまえが、砂原《すなはら》を好《す》きでもいい。っていうか、しかたない。」

まっすぐにこっちを見る悠飛《ゆうひ》の目《め》は、すごく真剣《しんけん》で、きれいだった。

「でも俺《おれ》も、おまえのこと好《す》きだから。これもしかたないよな。」

私《わたし》は、言葉《ことば》が出《で》てこなかった。

すごく胸《むね》を打《う》たれていたから。

口《くち》を開《ひら》いたら、こう言《い》ってしまいそうだった。

私《わたし》も、悠飛《ゆうひ》のこと好《す》きだよって。

でもその時《とき》、はっと気《き》が付《つ》いたんだ。

こういうシーン、前《まえ》にもあった気《き》がする。

えっと・・・ああそうだ、「コンビニ仮面《かめん》は知《し》っている」の中《なか》で、砂原《すなはら》に告白《こくはく》した時《とき》だ。

あの時《とき》は、砂原《すなはら》の生《い》き方《かた》に感動《かんどう》して、そんなこと言《い》う予定《よてい》じゃなかったのに、思《おも》わず言《い》ってしまったんだ。

深《ふか》く考《かんが》えもせず、心《こころ》の盛《も》り上《あ》がりに任《まか》せて。

その後《ご》、深《ふか》く反省《はんせい》したはずなのに、今《いま》また同《おな》じ。

つらい思《おも》いをしてきた悠飛《ゆうひ》が小説《しょうせつ》にたどり着《つ》いたことに感動《かんどう》して、好《す》きだって言《い》われてよけいにポウッとなって、言《い》いそうになっている。

あの時《とき》は、砂原《すなはら》に喜《よろこ》んでもらえてうれしかったし、もう言《い》ってしまったことだから、今《いま》さらどうしようもないけど、2度目《どめ》はナシだよ、慎重《しんちょう》になろう！

「家《いえ》まで送《おく》ろうか？」

そう言《い》われて、私《わたし》は首《くび》を横《よこ》に振《ふ》った。

「1人《ひとり》で帰《かえ》れるから。」

悠飛《ゆうひ》と一緒《いっしょ》にいる時間《じかん》が長《なが》くなると、なんだか本当《ほんとう》に好《す》きになってしまいそうで恐《こわ》かったんだ。

それは、砂原《すなはら》を裏切《うらぎ》ることだから。

「気《き》を付《つ》けて帰《かえ》れよ。」

悠飛《ゆうひ》は片手《かたて》を上《あ》げ、わずかに笑《わら》った。

優《やさ》しくて、でも心《こころ》に沁《し》みるような哀《かな》しげな微笑《ほほえ》みだった。

「またな。」

私《わたし》は何《なに》も言《い》わず、逃《に》げるように顔《かお》を背《そむ》けて歩《ある》き出《だ》した。

胸《むね》がドキドキして、頬《ほお》が熱《あつ》くて、自分《じぶん》の気持《きも》ちがはっきりわからなくて、すごくつらかった。

ああもう、こういうのは、やっぱり苦手《にがて》だ。

私《わたし》の体質《たいしつ》に合《あ》ってないんだ、きっと。

考《かんが》えるのは、やめとこう。

そう思《おも》いながら家《いえ》までたどり着《つ》いて、その時《とき》ようやく思《おも》い出《だ》した、悠飛《ゆうひ》が自分《じぶん》の言葉《ことば》を証明《しょうめい》しようとしているってことを！

私《わたし》と砂原《すなはら》の関係《かんけい》を終《お》わらせて、そらみろ、俺《おれ》の言《い》った通《とお》りだろって言《い》おうとしているんだ!!

私《わたし》を好《す》きだって言《い》ったのも、きっと作戦《さくせん》の1つだ。

気持《きも》ちを揺《ゆ》さぶろうとしてるんだ。

私《わたし》は、怒《いか》りのあまり体中《からだじゅう》が燃《も》え上《あ》がりそうになった。

う、う、ううう・・・やり方《かた》が汚《きたな》い！

あっさり乗《の》った自分《じぶん》が情《なさ》けないっ!!

もう悠飛《ゆうひ》とは絶対《ぜったい》、口《くち》きかない、絶対《ぜったい》だっ!!

11　もらったキスは、返《かえ》せるか

その日《ひ》、寝《ね》るまで、私《わたし》は激怒《げきど》していた。

半分《はんぶん》は悠飛《ゆうひ》に、そして半分《はんぶん》は自分自身《じぶんじしん》に。

えーい、もうっ！

若武《わかたけ》たちみたいに、ちきしょう！　と叫《さけ》びたいくらいだった。

明《あ》くる朝《あさ》、起《お》きた時《とき》には、少《すこ》しはましになっていたけれど、それでも気持《きも》ちは晴《は》れず、ウツウツとした気分《きぶん》で秀明《しゅうめい》に出《で》かけた。

休《やす》み時間《じかん》を待《ま》ちかねて、カフェテリアに向《む》かう。

ああ、KZ《カッズ》活動《かつどう》していて、本当《ほんとう》によかった！

そうでなかったら、きっと精神地獄状態《せいしんじごくじょうたい》から抜《ぬ》け出《で》られなかったと思《おも》うもの。

カフェテリアにたどり着《つ》き、ドアを開《あ》けると、いつものように目立《めだ》たない席《せき》に、忍《しのぶ》を除《のぞ》く全員《ぜんいん》が集《あつ》まっていた。

今日《きょう》はちゃんと小塚君《こづかくん》も来《き》ていて、しかも自信《じしん》ありげな様子《ようす》だった。

きっと分析《ぶんせき》に成功《せいこう》したんだ！

「アーヤ、来《き》たな。じゃヒーロー若武和臣暗殺未遂事件《わかたけかずおみあんさつみすいじけん》についての会議《かいぎ》を始《はじ》める。」

若武《わかたけ》が口《くち》を切《き》ると、小塚君《こづかくん》が私《わたし》を見《み》た。

「暗殺《あんさつ》って、おかしくない？　事件《じけん》が起《お》こったのは朝《あさ》だよね。もう明《あか》るくなってからだから、暗《あん》殺《さつ》っていうより、明殺《めいさつ》とか？」

もっともな疑問《ぎもん》かも。

私《わたし》は、説明《せつめい》の仕方《しかた》を考《かんが》え、その具体例《ぐたいれい》についてあれこれと準備《じゅんび》してから言《い》った。

「あのね、暗殺《あんさつ》の《暗《あん》》には、暗《くら》いっていう意味《いみ》の他《ほか》に、密《ひそ》かにとか、隠《かく》れてっていう意味《いみ》があるんだ。海《うみ》の中《なか》に隠《かく》れていて見《み》えない岩《いわ》のことを暗礁《あんしょう》っていうし、密《ひそ》かに陰《かげ》で争《あらそ》うことは暗闘《あんとう》、人《ひと》に隠《かく》れて流《なが》す涙《なみだ》は暗涙《あんるい》っていうの。それらと同《おな》じで、正体《しょうたい》を隠《かく》した人物《じんぶつ》が相手《あいて》の不意《ふい》を襲《おそ》って殺《ころ》したら、朝《あさ》でも昼《ひる》でも暗殺《あんさつ》って言葉《ことば》を使《つか》ってオッケイなんだ。」

小塚君《こづかくん》は、納得《なっとく》したらしかった。

「じゃ小塚《こづか》、分析《ぶんせき》の結果《けっか》を発表《はっぴょう》してくれ。」

若武《わかたけ》に言《い》われてナップザックの中《なか》からファイルを出《だ》し、テーブルに置《お》きながら上杉君《うえすぎくん》に目《め》を向《む》ける。

「上杉《うえすぎ》、現場《げんば》で若武《わかたけ》を吐《は》かせた後《あと》、人工呼吸《じんこうこきゅう》した？」

上杉君《うえすぎくん》は、ガックリと項垂《うなだ》れた。

「した・・・すげぇ苦《くる》しそうだったから、マウスツーマウスでやったんだ。あんなにすぐよくなるんだったら、することぁなかった・・・」

そう言《い》いながら、上目遣《うわめづか》いに若武《わかたけ》をにらんだ。

「俺《おれ》のキス、返《かえ》せ。」

ああ昨日《きのう》から、返《かえ》してほしいものばっかりだね、お気《き》の毒《どく》。

「嘔吐《おうと》させてから人工呼吸《じんこうこきゅう》したのは、あの場合《ばあい》のベスト処置《しょち》だったよ。」

小塚君《こづかくん》は、感嘆《かんたん》した様子《ようす》だった。

「それで若武《わかたけ》は、驚異的《きょういてき》に回復《かいふく》したんだ。やってなかったら今頃《いまごろ》、きっと死《し》んでたと思《おも》う。」

若武《わかたけ》が、すうっと蒼《あお》ざめる。

「いったい何《なに》が入《はい》ってたんだ!?」

私《わたし》たちは息《いき》を呑《の》み、小塚君《こづかくん》の答《こた》えを待《ま》った。

「検出《けんしゅつ》したのは、」

そう言《い》いながら小塚君《こづかくん》は、ファイルを開《ひら》く。

「微量《びりょう》だけど、テトロドトキシンだ。」

若武《わかたけ》は、ギョッとしたような顔《かお》になった。

上杉君《うえすぎくん》も、まいったといったようにつぶやく。

「そりゃ死《し》ぬよな。」

そんなすごい毒《どく》なんだ。

私《わたし》は、それを記録《きろく》したけれど、正直《しょうじき》、わかってなかった。

テトロドトキシンって、何《なに》!?

答《こた》えを求《もと》めて皆《みな》を見回《みまわ》すものの、誰《だれ》もが即座《そくざ》にわかってその恐《おそ》ろしさに圧倒《あっとう》され、静《しず》まり返《かえ》っていた。

「量《りょう》がわずかだったし、すぐ吐《は》かせたから体《からだ》に回《まわ》るのを防《ふせ》ぐことができ、神経伝達機能《しんけいでんたつきのう》の回復《かいふく》も早《はや》かったんだ。人工呼吸《じんこうこきゅう》で酸素《さんそ》が補《おぎな》われていたしね。」

わーん、誰《だれ》か教《おし》えてっ!

「テトロドトキシンには、特効薬《とっこうやく》や治療法《ちりょうほう》がないだろ。だからプロの医者《いしゃ》でも、上杉《うえすぎ》がしたのと同《おな》じ方法《ほうほう》を取《と》りながら様子《ようす》を見《み》るしかないんだ。」

シクシクシク・・・しかたがない、後《あと》で調《しら》べよう。

「テトロドトキシンってことを知《し》らなかったのに、的確《てきかく》な応急処置《おうきゅうしょち》をした上杉《うえすぎ》はすごいよ。その直観力《ちょっかんりょく》、やっぱ数《かず》の上杉《うえすぎ》だけのことはあるね。」

若武《わかたけ》が、ガタッと椅子《いす》を鳴《な》らして立《た》ち上《あ》がり、上杉君《うえすぎくん》に向《む》き直《なお》る。

いつになく真面目《まじめ》な表情《ひょうじょう》だった。

「ありがとう、上杉《うえすぎ》。」

あ、素直《すなお》に感謝《かんしゃ》してる。

「おまえが助《たす》けてくれなかったら、KZ《カッズ》は永遠《えいえん》にKZ7《カッズセブン》を名乗《なの》れないところだった。」

そっちか・・・。

「礼《れい》と言《い》っちゃなんだが、さっき、おまえ、キスを返《かえ》せと言《い》ってたよな。返《かえ》そう。もう一度《いちど》、俺《おれ》からキスするんでいいか？」

上杉君《うえすぎくん》はギョッとしたように、椅子《いす》から飛《と》びのいた。

「いらん、寄《よ》るな、寄《よ》るんじゃねー！」

「遠慮《えんりょ》をするな。」

2人《ふたり》が摑《つか》み合《あ》いを始《はじ》めたので、翼《たすく》が言《い》った。

「俺《おれ》たちだけで進行《しんこう》しよう。」

そだね。

「アーヤ、昨日《きのう》、問題点《もんだいてん》が出《で》てたでしょ。あれ、も1回読《かいよ》んで。」

翼《たすく》に言《い》われて、私《わたし》はノートをめくり、それを読《よ》み上《あ》げた。

「昨日時点《きのうじてん》で上《あ》がっていた問題点《もんだいてん》は、謎《なぞ》1毒物《どくぶつ》は何《なに》か、謎《なぞ》2いつ、どこに仕《し》かけられたのか、謎《なぞ》3犯人《はんにん》は誰《だれ》か、謎《なぞ》4何《なん》のために、誰《だれ》を狙《ねら》ったのか、の合計《ごうけい》4つでしたが、謎《なぞ》2には2つの謎《なぞ》、《いつ》と、《どこに》が入《はい》っているし、謎《なぞ》4には、《何《なん》のために》と《誰《だれ》》が入《はい》っています。これらはそれぞれ2つに分《わ》けた方《ほう》がわかりやすいと思《おも》うので、そこを整理《せいり》すると、謎《なぞ》1、毒物《どくぶつ》は何《なに》か、謎《なぞ》2、いつ仕《し》かけたのか、謎《なぞ》3、どこに仕《し》かけられたのか、謎《なぞ》4、犯人《はんにん》は誰《だれ》か、謎《なぞ》5、犯行《はんこう》の目的《もくてき》は何《なに》か、謎《なぞ》6、誰《だれ》を狙《ねら》ったのか、です。」

小塚君《こづかくん》が、思《おも》い出《だ》したようにファイルをめくった。

「謎《なぞ》3の、どこに仕《し》かけたのかは、わかってるよ。茶碗《ちゃわん》とティーバッグと魔法瓶《まほうびん》、全部《ぜんぶ》から反応《はんのう》が出《で》た。」

でもそれじゃ、そのうちのどこなのか、特定《とくてい》できなくない？

「お茶《ちゃ》をいれる順番《じゅんばん》から考《かんが》えると、お湯《ゆ》を魔法瓶《まほうびん》に入《い》れて、そこから茶碗《ちゃわん》に注《そそ》ぎ、ティーバッグを入《い》れるだろ。もしくは茶碗《ちゃわん》にティーバッグを入《い》れてから湯《ゆ》を注《そそ》ぐとか。」

ん。

「だからテトロドトキシンがティーバッグや茶碗《ちゃわん》に入《い》れられていたとしたら、魔法瓶《まほうびん》の中《なか》からは検出《けんしゅつ》されないはずなんだ。」

あ、そうか。

「魔法瓶《まほうびん》からも検出《けんしゅつ》されたってことは、テトロドトキシンが魔法瓶《まほうびん》に直接《ちょくせつ》、投入《とうにゅう》されたか、お湯《ゆ》の中《なか》に入《い》れられてから魔法瓶《まほうびん》に移《うつ》されたか、どちらかだ。テトロドトキシンは、簡単《かんたん》に水《みず》やお湯《ゆ》に溶《と》ける。熱《ねつ》でも分解《ぶんかい》されないしね。」

うん、よくわかった。

わかったけど、私《わたし》、限界《げんかい》だ。

テトロドトキシンというものを知《し》らず、想像《そうぞう》だけでこれ以上《いじょう》、記録《きろく》を続《つづ》けるのは無理《むり》。

砂糖《さとう》の味《あじ》を知《し》らないのに砂糖《さとう》を使《つか》ったお菓子《かし》の美味《おい》しさを書《か》いているみたいな気分《きぶん》で、まるで落《お》ち着《つ》かないんだ。

皆《みな》がわかって話《はなし》を進行《しんこう》しているこの場《ば》で、わからないと言《い》い出《だ》すのはかなり気《き》が引《ひ》けたけれど、このままでは書記《しょき》の役目《やくめ》を果《は》たせなくなりそうで、思《おも》い切《き》って聞《き》くしかなかった。

「あの、今《いま》さらだけど・・・テトロドトキシンって、何《なに》?」

小塚君《こづかくん》が、さほど難《むずか》しいものではないといったように眉《まゆ》を上《あ》げる。

「アルカロイドの一種《いっしゅ》だよ。化学式《かがくしき》は、C《シー》$_{11}$H《エイチ》$_{17}$N《エヌ》$_{3}$O《オー》$_{8}$。致死量《ちしりょう》は1〜2mg《ミリグラム》。毒性《どくせい》は青酸《せいさん》カリの900倍弱《ばいじゃく》だ。」

う〜む、さっぱりわからん。

「社会的《しゃかいてき》に言《い》えば、」

黒木君《くろきくん》がクスクス笑《わら》った。

「フグの毒《どく》。」

え・・・そうなのっ！

「あとイモリやタコの一部《いちぶ》も持《も》ってるみたいだけど、一般的《いっぱんてき》にはフグの肝臓《かんぞう》の毒《どく》として知《し》られてる。」

私《わたし》は急《いそ》いで、それをノートに書《か》き留《と》めた。

「でもフグの肝臓《かんぞう》って、売《う》ってないでしょ。」

翼《たすく》が首《くび》を傾《かし》げる。

「猛毒《もうどく》だから販売禁止《はんばいきんし》になってるはず。犯人《はんにん》は、それをどうやって手《て》に入《い》れたのかな。化学的《かがくてき》に合成《ごうせい》したとか？」

小塚《こづか》君《くん》が、きっぱりと首《くび》を横《よこ》に振《ふ》った。

「簡単《かんたん》にはできないよ。海《うみ》まで行《い》って釣《つ》ってきた方《ほう》が早《はや》いくらいだ。」

じゃ犯人《はんにん》は、海釣《うみづ》りの名人《めいじん》？

「アーヤ、整理《せいり》して。」

黒木君《くろきくん》に言《い》われて、私《わたし》はあわててノートを見直《みなお》した。

「ヒーロー若武和臣暗殺未遂事件《わかたけかずおみあんさつみすいじけん》に関《かん》する6つの謎《なぞ》のうち、今《いま》までにはっきりしているのは謎《なぞ》1と3です。謎《なぞ》1の毒物《どくぶつ》はテトロドトキシン、そして謎《なぞ》3の仕《し》かけた場所《ばしょ》は、魔法瓶《まほうびん》もしくはお湯《ゆ》の中《なか》。残《のこ》っている謎《なぞ》は、2いつ仕《し》かけたのか。4犯人《はんにん》は誰《だれ》か、5目的《もくてき》は何《なに》か、6誰《だれ》を狙《ねら》ったのか、の4つです。5の目的《もくてき》については、昨日《きのう》の会議《かいぎ》において若武暗殺説《わかたけあんさつせつ》は否定《ひてい》され、代《か》わって不《ふ》特定多数《とくていたすう》を狙《ねら》ったテロではないかとの意見《いけん》が出《で》て、再犯《さいはん》の可能性《かのうせい》が指摘《してき》されています、以上《いじょう》。」

黒木君《くろきくん》は頷《うなず》き、まだ攻防《こうぼう》を繰《く》り広《ひろ》げている若武《わかたけ》と上杉君《うえすぎくん》を見《み》た。

「そろそろ止《や》めない？」

声《こえ》をかけられるやいなや、2人《ふたり》は即《そく》、手《て》を下《お》ろした。

どうも、止《や》めるきっかけが摑《つか》めなくて困《こま》っていたらしい、クスクス。

「じゃ調査開始《ちょうさかいし》だ。」

若武《わかたけ》が、今《いま》までずっと会議《かいぎ》に参加《さんか》していたかのような口《くち》ぶりで議事《ぎじ》を進《すす》める。

「謎《なぞ》2、いつ仕《し》かけたのか、そして謎《なぞ》5、その目的《もくてき》はなにか、謎《なぞ》6、誰《だれ》を狙《ねら》ったのか、この3つを調《しら》べよう。これらを詰《つ》めていけば、謎《なぞ》4の犯人《はんにん》が見《み》えてくるはずだ。まず謎《なぞ》2、いつ仕《し》かけたのか。自由《じゆう》に意見《いけん》を出《だ》してくれ。」

上杉君《うえすぎくん》が片手《かたて》を開《ひら》き、指《ゆび》でメガネの中央《ちゅうおう》を押《お》し上《あ》げる。

「仕《し》かけた時期《じき》は、昨日《きのう》の朝《あさ》か一昨日《おととい》、どちらかだ。」

え・・・なんで?

「魔法瓶《まほうびん》の湯《ゆ》なら、必《かなら》ず毎朝《まいあさ》、入《い》れ替《か》える。湯《ゆ》の中《なか》にテトロドトキシンが入《はい》っていたとすれば、当然《とうぜん》、仕《し》かけたのは昨日《きのう》の朝《あさ》だ。」

ふむ。

「魔法瓶自体《まほうびんじたい》に入《はい》っていたのなら、新《あたら》しい湯《ゆ》を入《い》れる時《とき》に中《なか》を洗《あら》ってから入《い》れるかどうかで、仕《し》かけた時間《じかん》が違《ちが》ってくる。洗《あら》って入《い》れてるなら、中《なか》に何《なに》かが残《のこ》っていることは考《かんが》えられないから、テトロドトキシンを入《い》れたのは湯《ゆ》を入《い》れた後《あと》、つまり昨日《きのう》の朝《あさ》だ。洗《あら》わずに入《い》れてるのなら、前日《ぜんじつ》に投入《とうにゅう》されたテトロドトキシンがそのまま残《のこ》ってることが考《かんが》えられるから、一昨日《おととい》の可《か》能性《のうせい》が出《で》てくる。」

さすが数《かず》の上杉《うえすぎ》、理路整然《りろせいぜん》！

「昨日《きのう》も言《い》ったけどさ、」

若武《わかたけ》は、渋《しぶ》い顔《かお》になった。

「朝だけなら出入《でい》り口《ぐち》の防犯《ぼうはん》カメラも調《しら》べやすいけど、その前《まえ》の日《ひ》一日中《いちにちじゅう》となったら、量《りょう》が膨大《ぼうだい》だぜ。」

上杉君《うえすぎくん》が、放《ほう》り出《だ》すような溜《た》め息《いき》をつく。

「そんな心配《しんぱい》、いらねーし。」

え？

「図書館《としょかん》が、防犯《ぼうはん》カメラの映像《えいぞう》を俺《おれ》らに見《み》せてくれるとでも思《おも》うのか。そんなこと、ありえんだろ。」

ああそうだよね、ガッカリ。

翼《たすく》が、私《わたし》たちの間《あいだ》に広《ひろ》がっていた失望感《しつぼうかん》を吹《ふ》き飛《と》ばす。

「もしかしてっ！」

「これ、図書盗難《としょとうなん》と関係《かんけい》あるとか？」

あ！

「騒《さわ》ぎを起《お》こして皆《みんな》の注意《ちゅうい》を引《ひ》き付《つ》けておいて、その間《あいだ》に図書《としょ》を盗《ぬす》もうとしたって、アリ？」

アリかもっ！

私《わたし》たちは一気《いっき》に活気《かっき》づき、若武《わかたけ》が叫《さけ》んだ。

「そうだとしたら、図書《としょ》は昨日《きのう》、盗《ぬす》まれてるはずだ。誰《だれ》か、テレビか新聞《しんぶん》見《み》たか!?」

私《わたし》たちは、顔《かお》を見合《みあ》わせる。

「見《み》てない。」

「僕《ぼく》も。」

「見《み》たけど、報道《ほうどう》されてなかったよ。」

椅子《いす》を鳴《な》らして黒木君《くろきくん》が立《た》ち上《あ》がった。

「聞《き》いてみるよ。」

え、誰《だれ》に？

「昨日《きのう》、あそこの職員《しょくいん》とメルアド交換《こうかん》しといたんだ。」

スマートフォンを操作《そうさ》しながら出《で》ていくその後《うし》ろ姿《すがた》を、私《わたし》たちは驚嘆《きょうたん》しながら見送《みおく》った。

「もうコネ付《つ》けたんだ。」

「超早《ちょうはや》え！」

「さすが黒木《くろき》だね。」

小塚君《こづかくん》が、わずかにほっとしたような目《め》を私《わたし》に向《む》ける。

「意外《いがい》なとこでつながったね。もし2つが1つなら、こっちの事件《じけん》を追《お》っていけば図書《としょ》を盗《ぬす》んだ犯人《はんにん》もわかるよ。」

私《わたし》は頷《うなず》きながら、この2つが1つになった場合《ばあい》、事件名《じけんめい》をどうすればいいのかと考《かんが》えた。

2つを、ただくっつけるだけじゃ長《なが》くなりすぎるしなぁ。

そもそも私《わたし》は、若武《わかたけ》が言《い》い出《だ》したヒーロー若武和臣暗殺未遂事件《わかたけかずおみあんさつみすいじけん》という事件名《じけんめい》そのものに、賛成《さんせい》じゃなかったんだ。

ダサいんだもの。

私《わたし》の隣《となり》で、若武《わかたけ》が両手《りょうて》を戦慄《わなな》かせる。

「たかが本《ほん》を盗《ぬす》むだけのために、俺《おれ》を暗殺《あんさつ》しようとしたのか。許《ゆる》さんっ！」

その頭《あたま》を上杉君《うえすぎくん》が小突《こづ》く。

「おまえが倒《たお》れたのは、ただの間違《まちが》いだ。」

狙《ねら》われたと思《おも》いたいんだよねぇ、自己顕示《じこけんじ》の一種《いっしゅ》だ、きっと。

テトロドトキシンっていう猛毒《もうどく》を使《つか》っているから、派手《はで》で若武好《わかたけごの》みだし。

でも、それが図書《としょ》を盗《ぬす》むためだとしたら、図書盗難事件《としょとうなんじけん》の一部《いちぶ》といえる。

だったら、この2つは図書盗難事件《としょとうなんじけん》としてまとめても、いいはずだ。

よし、そうしよう！

「あの、事件名《じけんめい》だけど、この2つはまとめて図書盗難事件《としょとうなんじけん》としない？」

若武《わかたけ》は、ものすごく不本意《ふほんい》そうな顔《かお》になった。

「俺《おれ》の暗殺《あんさつ》は、どうなるんだ!?」

だから、それは幻想《げんそう》だって。

「あ、黒木《くろき》が戻《もど》ってきたよ。」

私《わたし》たちの注目《ちゅうもく》を浴《あ》びながら黒木君《くろきくん》は椅子《いす》に腰《こし》を下《お》ろし、艶《つや》やかなその髪《かみ》をサラッと揺《ゆ》すって首《くび》を横《よこ》に振《ふ》った。

「盗《ぬす》まれてない。」

え？

「あの図書館《としょかん》の図書《としょ》は、これまでも、もちろん昨日《きのう》も、1冊《さつ》も盗《ぬす》まれていないって職員《しょくいん》が言《い》ってる。」

じゃ、この2つは別々《べつべつ》の事件《じけん》なんだ。

「ちっ、これで決《き》まりだと思《おも》ったんだがなぁ。」

若武《わかたけ》は、半分《はんぶん》は残念《ざんねん》そう、半分《はんぶん》はほっとしたような顔《かお》つきだった。

きっと自分《じぶん》の暗殺《あんさつ》という事件名《じけんめい》がそのまま残《のこ》ることになって、うれしかったのに違《ちが》いない。

「よしヒーロー若武和臣暗殺未遂事件《わかたけかずおみあんさつみすいじけん》と図書盗難事件《としょとうなんじけん》、この2つは並行《へいこう》して調査《ちょうさ》しよう。」

満足《まんぞく》そうに笑《わら》ったその表情《ひょうじょう》は、とても生《い》き生《い》きとしていて、きれいだった。

それで私《わたし》は考《かんが》えたんだ。

まぁ、このままの事件名《じけんめい》でいいってことにしようかな、って。

「二手《ふたて》に分《わ》けるぞ。第《だい》1チームはヒーロー若武和臣暗殺未遂事件《わかたけかずおみあんさつみすいじけん》を担当《たんとう》する。犯人《はんにん》は、次《つぎ》の事件《じけん》を起《お》こす可能性《かのうせい》がある。起《お》きる前《まえ》に、我《われ》らKZ《カッズ》が止《と》めるんだ。小塚《こづか》と上杉《うえすぎ》、それに被害者《ひがいしゃ》になった俺《おれ》で当《あ》たる。」

相当《そうとう》、恨《うら》んでるよね。

「第《だい》2チームは図書盗難事件《としょとうなんじけん》、美門《みかど》とアーヤだ。」

げっ！

「なんだ、アーヤ、その顔《かお》。」

だって図書盗難事件《としょとうなんじけん》は、ニセ情報《じょうほう》を流《なが》して犯人《はんにん》を誘《おび》き出《だ》し、罠《わな》にかけるって作戦《さくせん》だよね。

私《わたし》、そんな反《はん》モラル的《てき》やり方《かた》には、賛成《さんせい》できない。

「リーダーの俺《おれ》の采配《さいはい》に文句《もんく》でもあるのか。」

ふん。

「きちんとやれよ。逆《さか》らう奴《やつ》は、除名《じょめい》だ。」

暴君《ぼうくん》っ！

「黒木《くろき》は、コネを使《つか》って第《だい》1、第《だい》2チームの双方《そうほう》に協力《きょうりょく》する。各《かく》チームは、次《つぎ》の会議《かいぎ》までに報告《ほうこく》できるようしとくこと。じゃ解散《かいさん》！」

そう言《い》い放《はな》ち、小塚君《こづかくん》たちと一緒《いっしょ》にさっさと引《ひ》き上《あ》げていく若武《わかたけ》を、私《わたし》はにらみつけた。

もっと民主的《みんしゅてき》なリーダーにならないと、リコールするからねっ！

「怒《おこ》らないで、アーヤ。」

ただ1人残《ひとりのこ》った翼《たすく》が、ポンと私《わたし》の肩《かた》を叩《たた》いた。

「第《だい》2チームは俺《おれ》たちだけなんだからさ、若武《わかたけ》の立《た》てた作戦通《さくせんどお》りにしなくたって、バレりゃしないよ。」

出《で》た、企《たくら》みの才能《さいのう》・・・。

「要《よう》は、結果《けっか》を出《だ》せばいいんだ。俺《おれ》たちの好《す》きにやろうぜ。」

そう言《い》ってバッチリ片目《かため》をつぶった翼《たすく》は、なんとも頼《たの》もしかった。

ふてぶてしいと言《い》えなくもないけど・・・まぁ美貌《びぼう》だから、頼《たの》もしいってことで。

「さて、どこから始《はじ》めよっか？」

私《わたし》は文芸部《ぶんげいぶ》の部長《ぶちょう》から聞《き》いたことを思《おも》い出《だ》し、事件《じけん》ノートを開《ひら》いて確認《かくにん》しながら言《い》った。

「これまでの3件《けん》の図書盗難《としょとうなん》は、北中《きたちゅう》、西中《にしちゅう》、羽場図書館《はばとしょかん》で、第《だい》一、第《だい》二、第《だい》三の月曜《げつよう》に起《お》こってるんだ。火曜日《かようび》に出勤《しゅっきん》してきたそれぞれの職員《しょくいん》が発見《はっけん》している。」

翼《たすく》は、いささか興《きょう》を削《そ》がれたような顔《かお》つきになった。

どうも事件《じけん》の発生《はっせい》の仕方《しかた》が単純《たんじゅん》すぎて、おもしろくなかったらしい。

「じゃ明日《あした》は第《だい》四月曜日《げつようび》だから、またどこかが被害《ひがい》を受《う》けるかもしれないってこと？」

ん、そうかもしれない。

「どこが狙《ねら》われるのかわかれば、若武《わかたけ》が言《い》ってたみたいに待《ま》ち伏《ぶ》せできるんだけどな。あ、盗難《とうなん》にあった3館《かん》に共通《きょうつう》する点《てん》を抽出《ちゅうしゅつ》してみようか。同《おな》じ特徴《とくちょう》を持《も》つ図書館《としょかん》が狙《ねら》われてるのかもしれない。」

そう言《い》ってスマートフォンを出《だ》し、3つの図書館《としょかん》のサイトを次々《つぎつぎ》に開《ひら》いて中《なか》を確認《かくにん》し始《はじ》める。

その読《よ》む速度《そくど》の速《はや》いこと、速《はや》いことっ！

脇《わき》からのぞきこんでいる私《わたし》が、まだ2、3行《ぎょう》しか読《よ》んでないのに、もう全部《ぜんぶ》を読破《どくは》、ドンドンとページをめくっていくんだ。

すごっ！

きっと毎日《まいにち》の勉強《べんきょう》も、この勢《いきお》いで進《すす》めているのに違《ちが》いない。

だからどの教科《きょうか》も、すごく成績《せいせき》いいんだ。

「えっと共通点《きょうつうてん》は、ほとんどない。２つの中学《ちゅうがく》の図書館《としょかん》はまぁ似《に》ているけど、市立図書館《しりつとしょかん》の方《ほう》は全然違《ぜんぜんちが》うし、蔵書《ぞうしょ》の傾向《けいこう》もそれぞれだし。」

ガッカリ！

「強《し》いて言《い》えば、場所《ばしょ》かな。どれも市内北西部《しないほくせいぶ》にある。」

凛《りん》とした翼《たすく》の目《め》に、不審《ふしん》げな光《ひかり》がきらめいた。

「なんで北西部《ほくせいぶ》の図書館《としょかん》を狙《ねら》うんでしょ。」

さぁ・・・。

「まだ3件《けん》だけだから、たまたまかもしれないけど、」

私《わたし》は事件《じけん》ノートに、それを書《か》き付《つ》けておくことにした。

犯人《はんにん》を特定《とくてい》する時《とき》の手《て》がかりになるかもしれないと思《おも》って。

「えっと他《ほか》に、市内北西部《しないほくせいぶ》にある図書館《としょかん》は・・・」

そう言《い》いながら検索《けんさく》していた翼《たすく》が、やがて声《こえ》を上《あ》げる。

「恋《こい》する図書館《としょかん》だ！　ほら。」

見《み》せられたスマートフォンの画面《がめん》を見《み》て、私《わたし》はコクンと息《いき》を呑《の》んだ。

北西部《ほくせいぶ》にあって、まだ盗難《とうなん》にあってないのは、確《たし》かに恋《こい》する図書館《としょかん》だけだった。

じゃ明日《あした》は、ここが襲《おそ》われるのかも・・・。

「俺《おれ》さぁ、」

翼《たすく》は、片手《かたて》で髪《かみ》をかき上《あ》げる。

「今夜《こんや》からここに張《は》りこんでみるよ。地区《ちく》が同《おな》じだからって襲《おそ》われるとは限《かぎ》らないけど、ここまで話《はなし》を進《すす》めていながら何《なん》の手《て》も打《う》たなかったら、万《まん》が一《いち》、襲《おそ》われた場合《ばあい》、すごく後悔《こうかい》するもの。」

それはそうだけど・・・もし襲《おそ》われたら、翼《たすく》1人《ひとり》じゃ危《あぶ》なくない？

「お話《はな》し中《ちゅう》、いいかな？」

声《こえ》をかけられて顔《かお》を上《あ》げると、そこに黒木君《くろきくん》が戻《もど》ってきていた。

「昨日《きのう》、若武《わかたけ》に言《い》われて調《しら》べといた情報《じょうほう》を提供《ていきょう》したいんだけど、聞《き》きたい？」

聞《き》きたいっ！

「美門《みかど》のスマホに送《おく》るよ。」

それで翼《たすく》が待《ま》ち構《かま》えていると、送《おく》られてきたのは、何枚《なんまい》かの集合写真《しゅうごうしゃしん》だった。

はて、これは？

「図書《としょ》は、一度《いちど》に60冊《さつ》、40冊《さつ》、100冊《さつ》と盗《ぬす》まれた。犯人《はんにん》は複数《ふくすう》だ。」

ん、1人《ひとり》だったら、運《はこ》ぶのに時間《じかん》がかかりすぎて見《み》つかる危険性《きけんせい》が高《たか》いし、台車《だいしゃ》なんかを使《つか》えば音《おと》がして、やっぱり見《み》つかりそうだものね。

「複数《ふくすう》で犯行《はんこう》を働《はたら》き、それを定期的《ていきてき》に繰《く》り返《かえ》せるのは、プロの集団《しゅうだん》か不良《ふりょう》グループ、どちらかだ。でも図書《としょ》の転売《てんばい》じゃ大《たい》した儲《もう》けにならないから、おそらくプロは手《て》を出《だ》さない。となると不《ふ》良《りょう》グループで決《き》まりだ。」

それじゃやっぱり、翼《たすく》1人《ひとり》で張《は》りこむのは、危《あぶ》なすぎるよ。

そう思《おも》いながら翼《たすく》を見《み》ると、同《おな》じことを感《かん》じていたみたいで、素直《すなお》に頷《うなず》いた。

これが若武《わかたけ》と翼《たすく》の違《ちが》うところだよね。

若武《わかたけ》だったら、目立《めだ》つことなら、それがどれほど危険《きけん》でも、いや、危険《きけん》なら危険《きけん》なほど敢然《かんぜん》と突《つ》っこんでいく。

もう見《み》てられないほど、危《あぶ》ないんだ。

翼《たすく》は、そういうことはない、もっと冷静《れいせい》だもの。

「それで昨日《きのう》、このあたりをショバにしてるグループを当《あ》たってみたんだ。昔《むかし》3つあったんだけど、今年初《ことしはじ》めに統合《とうごう》されて1つになってた。それでデカくなって、全体《ぜんたい》で100人《にん》くらいいる。」

へえ！

「今送《いまおく》ったのが、そいつらの写真《しゃしん》だ。全員《ぜんいん》がそろって1枚《まい》に収《おさ》まってるのがなかったから、いく枚《まい》にもなってるけど。」

そりゃ学校《がっこう》だって、入学式《にゅうがくしき》とか卒業式《そつぎょうしき》でなかったら、全校生《ぜんこうせい》が一緒《いっしょ》に写《うつ》るなんてことないものね。

不良《ふりょう》グループじゃ、入学式《にゅうがくしき》も卒業式《そつぎょうしき》もないだろうし。

「図書盗難《としょとうなん》も、奴《やつ》らが動《うご》いてるとみて間違《まちが》いないと思《おも》う。ただトップが指令《しれい》を出《だ》してグループ全《ぜん》体《たい》でやってるのか、あるいはグループ内《ない》の特定《とくてい》の人間《にんげん》だけが関《かか》わっているのかは不明《ふめい》だ。」

やっぱ黒木君《くろきくん》でないと、そういうことには気《き》づかないよね、感心《かんしん》！

「ありがと、黒木《くろき》。」

翼《たすく》は、画面《がめん》をスクロールしながら写真《しゃしん》に見入《みい》る。

その隣《となり》で、私《わたし》も視線《しせん》を走《はし》らせた。

ほとんどが公園《こうえん》や砂浜《すなはま》を背景《はいけい》にして撮《と》った写真《しゃしん》で、メンバーは少《すく》ない時《とき》で3、4人《にん》、多《おお》い時《とき》は80人《にん》ほどもいる。

中学生《ちゅうがくせい》らしき子《こ》も、明《あき》らかに高校生《こうこうせい》、もしくは専門学校生《せんもんがっこうせい》みたいな人《ひと》もいた。

これが皆《みんな》、不良《ふりょう》なのかぁ。

ある意味《いみ》、壮観《そうかん》かも・・・。

そう思《おも》っていると、やがて翼《たすく》が手《て》を止《と》めた。

「俺《おれ》、こいつ、知《し》ってる！」

それは、濃《こ》い化粧《けしょう》をして派手《はで》なミニスカートをはいた1人《ひとり》の女子《じょし》を真《ま》ん中《なか》にし、周《まわ》りに5人《にん》の中高生《ちゅうこうせい》が集《あつ》まっている写真《しゃしん》だった。

え、翼《たすく》の知《し》り合《あ》いって、どの子《こ》だろ。

そう思《おも》いながら1人《ひとり》1人《ひとり》をじいっと見《み》つめていて、はっと気《き》が付《つ》いたんだ。

その中《なか》に、昨日《きのう》、悠飛《ゆうひ》と一緒《いっしょ》だった不良《ふりょう》たちが交《ま》じっていることにっ！

私《わたし》は思《おも》わず指差《ゆびさ》してしまった。

「私《わたし》も知《し》ってるっ！　この子《こ》とこの子《こ》とこの子《こ》、昨日会《きのうあ》った。うちの野球部《やきゅうぶ》の片山悠飛《かたやまゆうひ》と一緒《いっしょ》だったんだ。」

翼《たすく》がちょっと笑《わら》う。

「それだけ？」

そうだけど・・・なんで？

「このミニスカの女子《じょし》も知《し》ってるでしょ。」

いーえ、全然《ぜんぜん》っ！

「俺《おれ》が知《し》ってるのは、この子《こ》だよ。」

ちょっとびっくり。

だっていかにもイケイケな感《かん》じの女子《じょし》を、翼《たすく》が知《し》っているとは思《おも》わなかった。

もしかして、こういう子《こ》がタイプとか？

「アーヤも知《し》ってるはずだけどね。」

そう言《い》われて、改《あらた》めてその子《こ》を見《み》たけれど、まったく記《き》憶《おく》になかった。

「誰《だれ》？」

翼《たすく》は、ニッコリ笑《わら》う。

「うちのクラスの、小谷有沙《こたにありさ》だ。」

うわっ！

12　オタサーの姫《ひめ》

私《わたし》はもう、目《め》が点々《てんてん》。

だって、あんなに目立《めだ》たなくて、空気《くうき》みたいだとマリンから言《い》われてた小谷《こたに》さんが、このコスプレ風女子《ふうじょし》だなんて・・・信《しん》じられないっ！

そう思《おも》いながら、よくよく、よく見《み》てみれば、確《たし》かにそこかしこに小谷《こたに》さんの面影《おもかげ》がある。

「この女子《じょし》も、不良《ふりょう》の仲間《なかま》？」

翼《たすく》が聞《き》くと、黒木君《くろきくん》は首《くび》を傾《かし》げた。

「まだそこまで聞《き》きこんでないけど、彼女《かのじょ》が写《うつ》ってるのはこの1枚《まい》だけだから、仲間《なかま》とは違《ちが》うんじゃないかな。たぶんオタサーの姫状態《ひめじょうたい》だと思《おも》うけど。」

はっ!?

意味《いみ》が全然《ぜんぜん》、I can not understand《アイ キャン ノット アンダースタンド》!

「調《しら》べとこうか？」

黒木君《くろきくん》に聞《き》かれて、翼《たすく》はキッパリ首《くび》を横《よこ》に振《ふ》った。

「いや、いい。俺《おれ》もアーヤも、この子知《こし》ってるんだ。こっちで何《なん》とかするから。」

黒木君《くろきくん》は頷《うなず》きながら、アタフタしている私《わたし》を見《み》て、クスッと笑《わら》った。

「オタサーっていうのは、オタクサークルの略《りゃく》だよ。」

気遣《きづか》いの説明《せつめい》、ありがとう！

「オタクサークルっていうのは、ネットやゲーム仲間《なかま》で作《つく》られている集団《しゅうだん》のこと、大学《だいがく》の同好会《どうこうかい》なんかもそうだけど、同《おな》じ嗜好《しこう》の人間《にんげん》が集《あつ》まっていて独特《どくとく》の価値観《かちかん》で結《むす》ばれてるんだ。そういうサークル内《ない》で、メンバーの憧《あこが》れの対象《たいしょう》となっている女子《じょし》は、姫《ひめ》と呼《よ》ばれる。」

ふぅん。

「オタサーの姫状態《ひめじょうたい》っていうのは、複数《ふくすう》の男《おとこ》に取《と》り囲《かこ》まれて君臨《くんりん》している状態《じょうたい》ってことだよ。」

なんか・・・世界《せかい》が遠《とお》すぎて、溜《た》め息《いき》しか出《で》ない。

でも、そんなのって、どこが楽《たの》しいんだろう。

君臨《くんりん》するって、支配《しはい》するってことだよ。

人《ひと》を支配《しはい》するなんて、ちっともおもしろそうじゃない。

人《ひと》と協力《きょうりょく》して一緒《いっしょ》に何《なに》かをしていくことの方《ほう》が、よっぽどワクワクすると思《おも》うけどなぁ。

ぼんやりとそんなことを考《かんが》えていると、黒木君《くろきくん》が片手《かたて》を上《あ》げた。

「じゃ困《こま》ったら、いつでも連絡《れんらく》してよ。」

そう言《い》って身《み》をひるがえし、階段《かいだん》を降《お》りていく。

それを見送《みおく》りながら翼《たすく》が言《い》った。

「疑問《ぎもん》が2つ、だな。」

凛《りん》としたその目《め》は、まるで月《つき》の光《ひかり》みたいに静《しず》まり返《かえ》っていて、美《うつく》しかった。

「1つは、小谷有沙《こたにありさ》を中心《ちゅうしん》にしたこの不良《ふりょう》たちのサークル、いったいどういうつながりなんだろ。」

う〜ん、謎《なぞ》だよね。

小谷《こたに》さんがこんな格好《かっこう》をしてるってこと自体《じたい》も、私《わたし》には充分《じゅうぶん》、謎《なぞ》だけど。

「もう1つ、このサークルが図書窃盗《としょせっとう》に関《かか》わってるとは限《かぎ》らないけど、もし関《かか》わってるとしたら、小谷《こたに》も関係《かんけい》してるのかな。」

それは翼《たすく》の、クラスメイトとしての心配《しんぱい》だった。

私《わたし》もそう思《おも》っていたから、翼《たすく》の気持《きも》ちがよくわかったんだ。

「小谷《こたに》さんが関《かか》わってないといいけど・・・。でも関《かか》わっていないにしても、窃盗《せっとう》のメンバーについては知《し》ってるかもしれないね。」

そう言《い》うと、翼《たすく》は大《おお》きく頷《うなず》いた。

「その連中《れんちゅう》は、明日《あした》、動《うご》く可能性《かのうせい》がある。それを阻止《そし》しないと。」

やろうっ！

「こういうのは、どう？　俺《おれ》は今日中《きょうじゅう》に小谷有沙《こたにありさ》に接近《せっきん》して、まず不良《ふりょう》たちとの関係《かんけい》を聞《き》き出《だ》し、図書窃盗《としょせっとう》について探《さぐ》りを入《い》れる。これまでの3館《かん》の盗難《とうなん》の時《とき》の小谷《こたに》や他《ほか》の不良《ふりょう》たちのアリバイを確《たし》かめながら、明日《あした》、図書館《としょかん》を襲《おそ》いそうな連中《れんちゅう》を探《さぐ》るんだ。確証《かくしょう》を得《え》たら、すぐ若武《わかたけ》に連絡《れんらく》し、KZ《カッズ》全体《ぜんたい》で阻止《そし》する。」

ん、それがいいよ、皆《みんな》で動《うご》けば大丈夫《だいじょうぶ》だもの。

「その間《あいだ》にアーヤは片山悠飛《かたやまゆうひ》に接近《せっきん》し、あいつと接触《せっしょく》していた不良《ふりょう》たちについて同《おな》じことを聞《き》き出《だ》す。」

うっ、それは無理《むり》っ！

だって悠飛《ゆうひ》との関係《かんけい》は、今《いま》、最悪《さいあく》なんだ。

「嫌《いや》？」

っていうか、不可能《ふかのう》。

「なんで？」

えっと、その理由《りゆう》は・・・言《い》いにくい。

「どうしてダンマリなの？」

私《わたし》はちょっと考《かんが》えてから言《い》った。

「逆《ぎゃく》にしない？　私《わたし》は小谷有沙《こたにありさ》に接近《せっきん》し、翼《たすく》が悠飛《ゆうひ》に接近《せっきん》する。」

翼《たすく》は、躊躇《ためら》いを見《み》せた。

「片山悠飛《かたやまゆうひ》とは、俺《おれ》よりアーヤの方《ほう》が親《した》しいでしょ。親《した》しい方《ほう》が成功《せいこう》しやすいよ。」

そうなんだけど・・・。

私《わたし》は目《め》を伏《ふ》せた。

翼《たすく》の顔《かお》を見《み》ていると、気持《きも》ちを読《よ》み取《と》られてしまいそうだったんだ。

「悠飛《ゆうひ》と何《なに》かあったの？」

ドキッ！

「言《い》いなよ、友《とも》だちだろ。」

視線《しせん》を上《あ》げると、翼《たすく》の目《め》は、凛《りん》とした光《ひかり》をいっそう強《つよ》めていた。

その輝《かがや》きが、きちんと話《はな》さないのは友《とも》だちじゃないって言《い》っているような気《き》がして、私《わたし》は息《いき》が詰《つ》まった。

でも翼《たすく》だって、私《わたし》に言《い》えないことを持《も》ってるよね。

「ブラック教室《きょうしつ》は知《し》っている」の中《なか》で、そう言《い》ってたもの。

だから私《わたし》が悠飛《ゆうひ》とのことを隠《かく》していても、お互《たが》い様《さま》だよ。

そう思《おも》った。

でも同時《どうじ》に、そうやってお互《たが》いに秘密《ひみつ》を持《も》って、それを正当化《せいとうか》するようになっていったら、心《こころ》は少《すこ》しずつ離《はな》れていくに決《き》まっているとも思《おも》ったんだ。

そしたら私《わたし》たちは、いつの間《ま》にか友《とも》だちじゃなくなってしまうだろう。

翼《たすく》を失《うしな》いたくなかったら、私《わたし》だけでも、秘密《ひみつ》を持《も》たないようにしないとダメだ。

それで私《わたし》は、一生懸命《いっしょうけんめい》に考《かんが》えた。

悠飛《ゆうひ》のプライドを傷《きず》つけないために、彼《かれ》が私《わたし》に告白《こくはく》したことは言《い》わないで、それ以外《いがい》は真実《しんじつ》から遠《とお》くならないように言葉《ことば》を選《えら》んで頭《あたま》の中《なか》で話《はなし》をまとめたんだ。

「わかった、話《はな》すから。」

そう言《い》うと、翼《たすく》は、ほっとしたように緊張《きんちょう》を解《と》いた。

「実《じつ》はね、砂原《すなはら》に告白《こくはく》したことを悠飛《ゆうひ》に話《はな》したんだ。そしたら、こう言《い》われた。そんな不自然《ふしぜん》な関係《かんけい》は長《なが》く続《つづ》かない、今《いま》に私《わたし》が心変《こころが》わりするって。俺《おれ》がそれを証明《しょうめい》してやるとも言《い》ってた。で、そのためにいろんなことを考《かんが》えてるみたいだから、私《わたし》、悠飛《ゆうひ》に接触《せっしょく》したくないんだ。」

翼《たすく》は黙《だま》って聞《き》いていて、やがて小刻《こきざ》みに何度《なんど》も頷《うなず》いた。

「わかったよ。じゃ俺《おれ》が片山悠飛《かたやまゆうひ》をやる。アーヤは小谷有沙《こたにありさ》ね。」

よかった！

「でも片山《かたやま》って、性格《せいかく》いいよ。何《なに》かを企《たくら》むようなタイプじゃないと思《おも》う。」

え、そう？

「正義感強《せいぎかんつよ》いし、引《ひ》き際《ぎわ》もきれいだしね。高潔《こうけつ》って言葉《ことば》がピッタリのキャラだよ。前《まえ》の事件《じけん》の時《とき》だって、そうだっただろ。」

翼《たすく》が言《い》っているのは、「危《あぶ》ない誕生日《たんじょうび》ブルーは知《し》っている」のことだった。

「あいつがアーヤにそう言《い》ったとしたら、それは本心《ほんしん》からだよ。素直《すなお》にそう思《おも》っただけで、そのために何《なに》かを仕《し》かけようなんて、考《かんが》えてないんじゃないかな。」

私《わたし》は、グラッと心《こころ》を揺《ゆ》さぶられた。

じゃ好《す》きだって言《い》ったのも、作戦《さくせん》じゃなくて、本心《ほんしん》？

「男《おとこ》にも、片山《かたやま》が好《す》きだって奴《やつ》は多《おお》いよ。俺《おれ》も嫌《きら》いじゃないな。ＫＺ《カッズ》に入《はい》ってくれないのが残念《ざんねん》なくらい。」

心《こころ》がグラグラ揺《ゆ》れて、なんだかめまいがした。

ああダメだ、今日《きょう》はもう、私《わたし》は使《つか》いものにならない。

「アーヤが話《はな》してくれたから、」

そう言《い》って翼《たすく》は、悪戯《いたずら》っぽい笑《え》みを浮《う》かべた。

「俺《おれ》も1つ、秘密《ひみつ》を打《う》ち明《あ》けるよ。」

そのひと言《こと》で、私《わたし》は一気《いっき》に元気回復《げんきかいふく》っ！

ああやっぱり話《はな》してよかった!!

そう感《かん》じて、涙《なみだ》が出《で》そうになってしまった。

こうやって私《わたし》たちは、いっそう親《した》しくなっていく。

どんどん友情《ゆうじょう》を深《ふか》めていくんだ。

「実《じつ》は俺《おれ》、転校《てんこう》しようって考《かんが》えてるとこ。」

うっ！

「上杉《うえすぎ》たちのいる学校《がっこう》で、中学生活《ちゅうがくせいかつ》を過《す》ごしたいんだ。」

私《わたし》は、KZ《カッズ》会議《かいぎ》で皆《みんな》が近況《きんきょう》を報告《ほうこく》した時《とき》、開生《かいせい》の話《はなし》を聞《き》いた翼《たすく》が、何《なに》かを決意《けつい》しているような表情《ひょうじょう》をしていたことを思《おも》い出《だ》した。

それは、これだったのか！

「ネットで調《しら》べたら、開生《かいせい》は毎月《まいつき》、編入試験《へんにゅうしけん》をしてて、それに受《う》かれば学期《がっき》の途中《とちゅう》からでも入学《にゅうがく》できるんだ。広《ひろ》く多《おお》くの才能《さいのう》を集《あつ》めるためだってさ。来週《らいしゅう》その試験《しけん》があるからチャレンジする。」

じゃ、受《う》かれば、翼《たすく》は開生《かいせい》に行《い》ってしまうんだ。

皆《みんな》、ショックを受《う》けるだろうなぁ。

翼《たすく》のいない教室《きょうしつ》を想像《そうぞう》すると、私《わたし》もすごく寂《さび》しかった。

「誰《だれ》にも言《い》っちゃダメだよ。」

そう言《い》いながら翼《たすく》は人差《ひとさ》し指《ゆび》を立《た》て、そっと私《わたし》の唇《くちびる》に押《お》し付《つ》けた。

「もし落《お》ちたら、カッコつかないからさ。」

その細《ほそ》い人差《ひとさ》し指《ゆび》は冷《つめ》たく、クスッと笑《わら》った顔《かお》は最高《さいこう》に魅力的《みりょくてき》だった。

私《わたし》は、うっとりと見惚《みと》れながら思《おも》ったんだ。

翼《たすく》の転校希望《てんこうきぼう》を知《し》ったら、試験《しけん》に落《お》ちろって呪《のろ》いをかける女子《じょし》がたくさん出《で》てくるに違《ちが》いないって。

「実《じつ》はもう1つ、秘密《ひみつ》があるんだけどね、」

そう言《い》いながら、ふっと真面目《まじめ》な顔《かお》になる。

「それはまた今度《こんど》、話《はな》すよ。以前《いぜん》は、死《し》んでも話《はな》せないって思《おも》っていたけれど、俺《おれ》の中《なか》で話《はな》せる状態《じょうたい》になったから。次回《じかい》のお楽《たの》しみってことで。」

それって、「ブラック教室《きょうしつ》は知《し》っている」の中《なか》で言《い》ってたことだよね。

あれ以降《いこう》すごく気《き》になっていたから、聞《き》きたかったけれど、私《わたし》は言《い》わなかった。

いつかきっと翼《たすく》は話《はな》してくれる、それを待《ま》っていればいい、そう思《おも》えたから。

「開生《かいせい》、受《う》かるといいね。」

もし翼《たすく》が転校《てんこう》していってしまっても、私《わたし》たちの友情《ゆうじょう》は永遠《えいえん》・・・のはず、たぶん。

永遠《えいえん》だと思《おも》おう、思《おも》わないと寂《さび》しすぎる！

13　決裂《けつれつ》

秀明《しゅうめい》から家《いえ》に帰《かえ》って、私《わたし》はすぐマリンに連絡《れんらく》した。

「ごめん、今帰《いまかえ》ってきた。」

マリンは何《なに》か食《た》べていたらしくて、モゴモゴしながら答《こた》えた。

「おまえさぁ、スマホ買《か》ってもらいなよ。不便《ふべん》だろ。」

ん、まぁね。

でもうちは、高校《こうこう》からって決《き》まってるから。

「うちのクラスの連中《れんちゅう》だって、もうほとんど皆《みんな》、持《も》ってんじゃん。」

えっと、周《まわ》りと比《くら》べてもしかたないよ。

私《わたし》たちの顔《かお》が皆違《みんなちが》うように、それぞれの家《いえ》の方針《ほうしん》も違《ちが》うんだから、スマートフォンのことだけ同《おな》じにしても、あんま意味《いみ》ないもの。

「ま、いいや。すぐ来《こ》いよ。図書館《としょかん》の前《まえ》で待《ま》ってっから。」

それで自転車《じてんしゃ》を持《も》ち出《だ》して、急《いそ》いで図書館《としょかん》に向《む》かったんだ。

もう夕方《ゆうがた》だったから、私《わたし》はすごく不安《ふあん》だった。

今日中《きょうじゅう》に小谷《こたに》さんに接触《せっしょく》して、いろいろと聞《き》き出《だ》さなくちゃならない。

でも小谷《こたに》さんが調査線上《ちょうさせんじょう》に浮上《ふじょう》したのは、ついさっきのこと。

私《わたし》は、小谷《こたに》さんについてどんな情報《じょうほう》も持《も》っていなかった。

家《いえ》はどこだとか、電話《でんわ》は何番《なんばん》だとか、エトセトラ、エトセトラ。

まずそこから調《しら》べなくちゃならないのに、そんな時間《じかん》があるんだろうかと思《おも》って。

だけど、マリンとの約束《やくそく》を放《ほう》り出《だ》すわけにはいかない。

困《こま》ったと思《おも》いながら、こういう時《とき》の秘策《ひさく》を思《おも》い出《だ》した。

やることがいっぱいで、どうしていいのかわからない時《とき》は・・・とにかく目《め》の前《まえ》のことから片《かた》付《づ》けていくこと！

それで、一生懸命《いっしょうけんめい》、自転車《じてんしゃ》を漕《こ》いだんだ。

とりあえず、マリンとの約束《やくそく》を果《は》たす！

図書館《としょかん》に着《つ》くと、駐輪場《ちゅうりんじょう》に行《い》く前《まえ》に出入《でい》り口《ぐち》の方《ほう》に回《まわ》って、マリンがもう来《き》ているかどうかを確《たし》かめた。

幸《さいわ》い、まだ姿《すがた》がなかった、ほっ！

私《わたし》は駐輪場《ちゅうりんじょう》まで行《い》って自転車《じてんしゃ》を停《と》め、引《ひ》きかえしてきて出入《でい》り口前《ぐちまえ》で待《ま》っていた。

ああ今日《きょう》はまだやらなくちゃならないことがたくさんあるのに、こうしているこの時間《じかん》、もったいない！

ちょっとイライラしながら、はっと思《おも》い出《だ》した。

さっき黒木君《くろきくん》が、困《こま》ったらいつでも連絡《れんらく》してよって言《い》っていたのを。

今回《こんかい》の調査《ちょうさ》で、黒木君《くろきくん》は情報《じょうほう》を担当《たんとう》していた。

1と2の両方《りょうほう》のチームに協力《きょうりょく》してくれることになっている。

私《わたし》は、すぐそばにあった公衆電話《こうしゅうでんわ》まで走《はし》っていき、黒木君《くろきくん》に電話《でんわ》した。

いつも通《どお》り、留守電《るすでん》だったので、そこに吹《ふ》きこんだんだ。

「立花《たちばな》です。あの、オタサーの姫状態《ひめじょうたい》と言《い》ってた子《こ》は、私《わたし》のクラスの小谷有沙《こたにありさ》です。連絡先《れんらくさき》がわかったら教《おし》えてください。急《いそ》いでいます。よろしくお願《ねが》いします。」

そう言《い》って切《き》った時《とき》、ちょうどマリンが、顔《かお》を真《ま》っ赤《か》にして走《はし》ってきた。

「悪《わる》い、悪《わる》い。おまえ自転車《じてんしゃ》だったんだよな。」

息《いき》を切《き》らせながら白状《はくじょう》する。

「実《じつ》は、私《わたし》、自転車《じてんしゃ》乗《の》れねーんだよ。」

へぇ、意外《いがい》！

「いく度か練習《れんしゅう》したんだけど、自転車《じてんしゃ》って2輪《りん》で安定《あんてい》してないだろ。そんで思《おも》わずハンドルを持《も》つ手《て》に力《ちから》が入《はい》ってさ、そうすると絶対《ぜったい》グラッとするんだ。てんでダメ。」

その様子《ようす》を想像《そうぞう》して、私《わたし》はクスクス笑《わら》った。

「今度《こんど》、練習見《れんしゅうみ》てあげようか？」

そう言《い》うと、マリンはパッと顔《かお》を輝《かがや》かせた。

「おう、よろしく！　行《い》こうか。」

閉館時間《へいかんじかん》が近《ちか》づいてきていたから、図書館前《としょかんまえ》は出《で》てくる人《ひと》の方《ほう》が多《おお》かった。

入《はい》っていこうとするのは、私《わたし》たち2人《ふたり》くらい。

「恋《こい》する燕《つばめ》のモニュメントがあるのは、庭《にわ》だ。」

それは、閲覧室《えつらんしつ》や視聴覚室《しちょうかくしつ》なんかがある1階《かい》の奥《おく》だった。

ずらっと本《ほん》が並《なら》んでいる書架《しょか》の脇《わき》を通《とお》りながら、私《わたし》は、昨日《きのう》も今日《きょう》も、せっかく図書館《としょかん》に来《き》ていながら1冊《さつ》の本《ほん》も開《ひら》けない自分《じぶん》の不運《ふうん》を嘆《なげ》いた。

そりゃ私《わたし》、図書館《としょかん》の本《ほん》より自分《じぶん》の本《ほん》の方《ほう》が好《す》きだけれど、でも目《め》の前《まえ》にしていながら読《よ》めないのは、つらいなぁ。

「おっ、あれだ。」

庭園《ていえん》に面《めん》したテラス式《しき》の廊下《ろうか》まで来《き》た時《とき》、マリンが指《ゆび》を差《さ》す。

四角《しかく》な庭園《ていえん》の芝生《しばふ》の中央《ちゅうおう》に、錬鉄《れんてつ》のモニュメントが置《お》かれていた。

「意外《いがい》と小《ち》っせぇな。」

その向《む》こうに渡《わた》り廊下《ろうか》でつながった倉庫《そうこ》があって、私《わたし》は昨日《きのう》、3階《がい》からここを見下《みお》ろしたことを思《おも》い出《だ》した。

あの時《とき》は調査《ちょうさ》しか頭《あたま》になくて、恋《こい》する燕《つばめ》についてはまったく意識《いしき》の外《そと》だったけれど、こうして見《み》てみると、かわいいなぁ。

マリンは走《はし》り寄《よ》っていき、2羽《わ》の空間《くうかん》から向《む》こうをのぞいている。

私《わたし》もそばに行《い》こうとすると、後《うし》ろから声《こえ》をかけられた。

「昨日《きのう》は、大変《たいへん》だったわね。」

振《ふ》り返《かえ》れば、廊下《ろうか》の向《む》こうから佐竹館長《さたけかんちょう》がこっちにやってくるところだった。

「大《たい》したことなかったみたいで、よかったけどね。ところで、あのかわいい子《こ》は、なんていう名《な》前《まえ》?」

えっと、誰《だれ》のことかな。

「ほら、マスクかけてた子《こ》よ。それ取《と》ったら、まぁ美少年《びしょうねん》でびっくり！」

ああ、翼《たすく》だ。

確《たし》か佐竹館長《さたけかんちょう》って、高宮《たかみや》さんのファンだったはず。

グッドルッキング好《ごの》みなんだね。

「あの子《こ》の名前《なまえ》は、美門翼《みかどたすく》です。成績《せいせき》もいいしスポーツもできるから、うちの学校《がっこう》ではアイドルなんです。」

佐竹館長《さたけかんちょう》は、よくわかるといったように頷《うなず》いた。

「うらやましいわ、あんなかわいい子《こ》と一緒《いっしょ》に図書館《としょかん》デートだなんて。」

えっと、デートじゃありません。

「あなたの彼氏《かれし》なんでしょ？」

私《わたし》は、あわてて首《くび》を横《よこ》に振《ふ》った。

「いえ、友《とも》だちです。」

佐竹館長《さたけかんちょう》は、笑《わら》い声《ごえ》を上《あ》げる。

「じゃもしかして、恋《こい》する燕《つばめ》をのぞいて両想《りょうおも》いになっちゃおうと思《おも》って連《つ》れてきたの？」

ああこの人《ひと》、やっぱ軽《かる》い。

「そうなんでしょ⁉」

どう説明《せつめい》すればわかってもらえるのか悩《なや》んでいると、佐竹館長《さたけかんちょう》は、私《わたし》の耳《みみ》に口《くち》を寄《よ》せた。

「ここだけの話《はなし》だけどね、恋《こい》する燕《つばめ》の伝説《でんせつ》を考《かんが》え出《だ》したのは、実《じつ》は私《わたし》なのよ。」

えっ、そうなのっ⁉

「図書館《としょかん》が好《す》きな人《ひと》って、もう自分《じぶん》のお気《き》に入《い》りの図書館《としょかん》を決《き》めてるでしょ。そういう中《なか》で、新《あたら》しくオープンして来館者《らいかんしゃ》を集《あつ》めるためには、何《なに》か特徴《とくちょう》がなけりゃダメなのよ。どうしたらいいんだろうって考《かんが》えながらあのモニュメント見《み》てて、思《おも》いついたの。そうだ、恋伝説《こいでんせつ》があれば若《わか》い層《そう》を摑《つか》めるに違《ちが》いないって。それで職員《しょくいん》たちに話《はな》して、皆《みんな》で噂《うわさ》を広《ひろ》げたのよ。」

そーだったんだ！

「初《はじ》めは心配《しんぱい》してたんだけど、しばらく前《まえ》から、恋《こい》する燕《つばめ》のおかげでカップルになれましたっていうお礼《れい》のメールがいく通《つう》も届《とど》くようになってね、皆《みな》ですごく感激《かんげき》してるとこ。これこそ嘘《うそ》から出《で》た実《まこと》ね。職員《しょくいん》たちも、自分《じぶん》もやってみようかな、なんて言《い》ってるわ。」

そう言《い》ってニッコリ笑《わら》う。

「じゃ、美門翼君《みかどたすくくん》とカップルになれたら、ぜひ図書館《としょかん》あてにメールしてね。図書館《としょかん》だよりで皆《みんな》にお知《し》らせするから。」

上機嫌《じょうきげん》で歩《あゆ》み去《さ》っていく佐竹館長《さたけかんちょう》を見送《みおく》りながら、私《わたし》は複雑《ふくざつ》な気分《きぶん》になった。

知《し》らなかった、恋《こい》する燕《つばめ》が、そんなふうに作《つく》られたものだったなんて！

でもそれを信《しん》じてカップルになれた人《ひと》がいるんだったら、役《やく》に立《た》ってるんだよね。

う〜ん、いいのか、悪《わる》いのか、微妙《びみょう》。


「おいっ！」

後《うし》ろから強《つよ》い声《こえ》が飛《と》んできて、振《ふ》り返《かえ》ると、いつの間《ま》にかそこにマリンが来《き》ていた。

「聞《き》いたぞ、おまえ昨日《きのう》、翼《ツバサ》と一緒《いっしょ》にここに来《き》てたのかっ!?」

顔《かお》は強張《こわば》り、その目《め》は怒《いか》りで光《ひか》っている。

「私《わたし》に隠《かく》れて、恋《こい》する燕《つばめ》をのぞこうとしやがったんだな。それは裏切《うらぎ》りだ。翼《ツバサ》とカップルになりたかったのかよっ！」

えっと、それは誤解《ごかい》だけど。

「恋《こい》する燕《つばめ》のことは、私《わたし》が教《おし》えてやったんじゃないか。それを抜《ぬ》け駆《が》けしやがって！　しかも翼《ツバサ》とだとぉ!?　許《ゆる》さん!!　こっちは翼《ツバサ》が転校《てんこう》してきた時《とき》から、ずっと好《す》きだったんだからな。」

私《わたし》は呆然《ぼうぜん》っ！

今《いま》までマリンと翼《たすく》の間《あいだ》に起《お》こった様々《さまざま》なことを考《かんが》えたら、とてもそうとは思《おも》えなかったから。

「悠飛《ゆうひ》が好《す》きなんだと思《おも》ってたけど・・・」

そう言《い》うと、マリンはいっそう怒《いか》りを募《つの》らせた。

「悠飛《ゆうひ》のことは2番目《ばんめ》だ。1番《ばん》は翼《ツバサ》なんだ！」

知《し》らなかった！

「だけど好《す》きすぎて素直《すなお》になれなくって、意地悪《いじわる》したり反発《はんぱつ》したりしてたんだよ。」

じゃ「コンビニ仮面《かめん》は知《し》っている」の中《なか》で、付《つ》き合《あ》おうって言《い》い出《だ》したのは、本当《ほんとう》に本気《ほんき》だったんだね。

「おい立花《たちばな》、おまえとはもう絶交《ぜっこう》だっ!!　二度《にど》と近寄《ちかよ》るなよ！　口《くち》もきくな!!」

叫《さけ》ぶなり、マリンはクルッと背中《せなか》を向《む》け、ものすごい速《はや》さで図書館《としょかん》の中《なか》に入《はい》っていった。

私《わたし》は、どうしていいのかわからず、その場《ば》に立《た》ちつくす。

誤解《ごかい》だから・・・誤解《ごかい》なんだよぉ！

どーしよう・・・。

泣《な》き出《だ》したいような気持《きも》ちでいたその時《とき》、閉館《へいかん》10分前《ぷんまえ》のチャイムが鳴《な》り出《だ》し、放送《ほうそう》が流《なが》れ始《はじ》めたんだ。

私《わたし》の立《た》っている廊下《ろうか》に、いろいろな人《ひと》たちが出《で》てきて、出入《でい》り口《ぐち》の方《ほう》に向《む》かっていく。

私《わたし》は、ぼうっとしてその流《なが》れの中《なか》に埋《う》もれていた。

明日《あした》から、マリンは、きっと私《わたし》を無視《むし》するだろう。

そしたら私《わたし》、どんな顔《かお》をしてればいいんだろう。

ああ、こんなことになるなんて・・・思《おも》ってもみなかった。

誰《だれ》か、私《わたし》を助《たす》けて。

こんな時《とき》、砂原《すなはら》がそばにいてくれたら、心強《こころづよ》いのに。

砂原《すなはら》は遠《とお》すぎて、忙《いそが》しくて、私《わたし》は連絡《れんらく》もできない。

悠飛《ゆうひ》が言《い》っていた、不自然《ふしぜん》な関係《かんけい》ってこういうことなんだ。

話《はなし》もできず、助《たす》けてももらえない。

こんな関係《かんけい》って、意味《いみ》あるんだろうか。


「アーヤっ！」

二《に》の腕《うで》をグイッと摑《つか》み上《あ》げられ、見上《みあ》げれば、そこに黒木君《くろきくん》が来《き》ていた。

「人《ひと》の流《なが》れの中《なか》で止《と》まってたら、危《あぶ》ない。」

そう言《い》いながら私《わたし》を引《ひ》っ張《ぱ》って脇《わき》に連《つ》れ出《だ》す。

「何《なに》かあったの。」

私《わたし》のすぐ前《まえ》に立《た》ち、こちらを見下《みお》ろした。

「言《い》ってごらん。」

あでやかなその目《め》の中《なか》で優《やさ》しい光《ひかり》がゆらっと揺《ゆ》れて、私《わたし》は思《おも》わず、思《おも》わず泣《な》き出《だ》さずにいられなかった。

「いいよ、好《す》きなだけ泣《な》いて。」

黒木君《くろきくん》の大《おお》きな手《て》がそっと伸《の》び、私《わたし》を引《ひ》き寄《よ》せて胸《むね》の中《なか》に包《つつ》みこむ。

「気持《きも》ちが収《おさ》まったら、話《はなし》、聞《き》くからね。」

わーんっ！

14 神様《かみさま》の贈《おく》り物《もの》

「そうか。」

芝生《しばふ》の端《はし》に置《お》かれたベンチで、私《わたし》が話《はな》し終《お》わると、黒木君《くろきくん》はちょっと息《いき》をついた。

「それはやっぱりきちんと訳《わけ》を話《はな》して、誤解《ごかい》を解《と》くしかないね。このまま絶交状態《ぜっこうじょうたい》でもよければ、何《なに》もしなくても構《かま》わないけど、元《もと》に戻《もど》りたかったら、頑張《がんば》ってやるしかない。助《たす》けてやりたいけど、アーヤ自身《じしん》にしかできないことだからさ。」

私《わたし》は頷《うなず》いた。

話《はな》しているうちに少《すこ》しずつ心《こころ》が落《お》ち着《つ》いてきて、いつもの自分《じぶん》に戻《もど》れたような気《き》がした。

「わかった、ありがと。」

そう言《い》いながら、ちょっと恥《は》ずかしくなって黒木君《くろきくん》から目《め》を逸《そ》らせた。

「私《わたし》がここにいるって、どうしてわかったの？」

黒木君《くろきくん》は体《からだ》を傾《かたむ》け、ズボンの後《うし》ろポケットからスマートフォンを出《だ》す。

「小谷《こたに》については、もう調《しら》べがついてたんだ。さっき電話《でんわ》もらって、急《いそ》いでるってことだったから、すぐ話《はな》そうと思《おも》ったんだけど、公衆電話《こうしゅうでんわ》にはコールバックできない。」

ああ、そうか。

「それで皆《みな》に連絡《れんらく》して、アーヤが行《い》きそうな場所《ばしょ》を聞《き》いたんだ。片《かた》っぱし当《あ》たろうと思《おも》ってさ。ここは二カ所目《しょめ》。早目《はやめ》に見《み》つかってよかったよ。」

ごめんね、ありがと。

「アーヤ、」

黒木君《くろきくん》はクスッと笑《わら》って人差《ひとさ》し指《ゆび》を伸《の》ばし、私《わたし》の額《ひたい》をつついた。

「元気出《げんきだ》せ！」

その優《やさ》しい微笑《ほほえ》みの、素敵《すてき》だったことっ！

私《わたし》は、ポウッとなってしまいそうだった。

「さて、そろそろ閉館時間《へいかんじかん》だ、行《い》こうか。」

黒木君《くろきくん》が立《た》ち上《あ》がったその時《とき》、ちょうど閉館《へいかん》を告《つ》げる音楽《おんがく》が鳴《な》り始《はじ》めた。

「小谷《こたに》の連絡先《れんらくさき》はね、」

芝生《しばふ》から廊下《ろうか》へと足《あし》を運《はこ》びながら黒木君《くろきくん》は、スマートフォンに入《はい》っていた情報《じょうほう》を読《よ》み上《あ》げる。

私《わたし》は、その電話番号《でんわばんごう》と住所《じゅうしょ》をメモした。

よかった、これですぐ連絡《れんらく》できる。

「ありがと。今日中《きょうじゅう》に接触《せっしょく》しなくちゃならなくて、すごくあせってて、」

そこまで言《い》った時《とき》だった。

後方《こうほう》でドタッという音《おと》がし、小《ちい》さな悲鳴《ひめい》が聞《き》こえたんだ。

見《み》れば、あわてて階段《かいだん》を降《お》りてきた女子《じょし》が躓《つまず》いたらしく、最下段《さいげだん》にしゃがみこんでいる。

うつむいて脚《あし》を撫《な》でていて、あたりには数冊《すうさつ》の雑誌《ざっし》が散《ち》らばっていた。

どれも女性誌《じょせいし》で、図書館《としょかん》のラベルが貼《は》ってある。

黒木君《くろきくん》が、私《わたし》の耳《みみ》に唇《くちびる》を寄《よ》せた。

「奇遇《きぐう》だな。」

え？

「あれ、小谷《こたに》だぜ。」

そう言《い》われてよく見《み》れば、確《たし》かに小谷《こたに》さんだった。

写真《しゃしん》の時《とき》とは違《ちが》うメイクをしていたし、髪《かみ》が顔《かお》にかかっていたんで、私《わたし》には全然《ぜんぜん》わからなかったんだ。

「これは、神様《かみさま》の贈《おく》り物《もの》だ。」

そう言《い》って黒木君《くろきくん》は、ニヤッと笑《わら》った。

「うまくやりなよ。俺《おれ》は消《き》える。」

ポンポンと2度《ど》、私《わたし》の肩《かた》を叩《たた》いてから出入《でい》り口《ぐち》の方《ほう》に向《む》かっていった。

私《わたし》は、大《おお》きく息《いき》を吸《す》いこむ。

よし、このチャンスを絶対無駄《ぜったいむだ》にしないぞ。

そう心《こころ》に誓《ちか》い、しっかりと気持《きも》ちを固《かた》めて小谷《こたに》さんの方《ほう》に近《ちか》づいた。

床《ゆか》に落《お》ちていた雑誌《ざっし》を拾《ひろ》い集《あつ》めて声《こえ》をかける。

「小谷《こたに》さんだよね。私《わたし》、立花《たちばな》です。」

小谷《こたに》さんはギョッとしたようにこちらを見《み》、直後《ちょくご》、飛《と》び上《あ》がるように立《た》って両手《りょうて》で私《わたし》の両肩《りょうかた》を
摑《つか》んだ。

「ちょっと、ちょっとお願《ねが》い。私《わたし》のこと内緒《ないしょ》にしといて、頼《たの》むからっ！」

押《お》し付《つ》けるような言《い》い方《かた》で、教室《きょうしつ》で見《み》かけるおとなしい小谷《こたに》さんとは別人《べつじん》みたいだった。

こういう面《めん》もあったんだぁ。

驚《おどろ》きながら、私《わたし》は頷《うなず》いた。

「わかった。誰《だれ》にも言《い》わないって約束《やくそく》するよ。」

小谷《こたに》さんは、ようやくほっとした様子《ようす》を見《み》せる。

「ああよかった。クラスで言《い》いふらされたらどうしようかと思《おも》っちゃった。」

そう言《い》いながら私《わたし》の手《て》から雑誌《ざっし》を受《う》け取《と》り、持《も》っていたトートバッグに入《い》れる。

メイクとファッションについての記事《きじ》や写真《しゃしん》が載《の》っているものばかりだった。

あたりにはもう人《ひと》がいなくなっていて、図書館《としょかん》の職員《しょくいん》が見回《みまわ》りを始《はじ》めていたので、私《わたし》たちは一緒《いっしょ》に出入《でい》り口《ぐち》に向《む》かった。

「そういう雑誌《ざっし》、よく見《み》るの？」

私《わたし》が聞《き》くと、小谷《こたに》さんは照《て》れたように笑《わら》った。

「買《か》うと高《たか》いからね。メイクの参考《さんこう》にしてるんだ。あと、同《おな》じ服作《ふくつく》ったりもするし。」

私《わたし》は、びっくり。

「自分《じぶん》で、服作《ふくつく》るの？」

小谷《こたに》さんは、何《なん》でもないといったように頷《うなず》いた。

「ステージ衣装《いしょう》だから、多少変《たしょうへん》でも、わからないから大丈夫《だいじょうぶ》なんだ。買《か》うと高《たか》いし。」

それで私《わたし》は、いっそう目《め》が真《ま》ん丸《まる》。

「ステージ衣装《いしょう》って・・・何《なん》のステージ？」

小谷《こたに》さんは、あたりを見回《みまわ》し、小声《こごえ》になった。

「内緒《ないしょ》だけど、私《わたし》、地下《ちか》アイドルしてるんだ。」

へっ？　それは何《なに》!?

アイドルならわかるけど、地下《ちか》って・・・。

「リアルアイドルとも言《い》うけどね。」

私《わたし》は、ますます大混乱《だいこんらん》っ！

リアルは、現実《げんじつ》って意味《いみ》でしょ。

でも現実《げんじつ》のアイドルって・・・アニメや漫画《まんが》の世界以外《せかいいがい》、どんなアイドルだって皆《みんな》、現実《げんじつ》なんじゃないの!?

心《こころ》で飛《と》び交《か》う疑問《ぎもん》を何《なん》とか整理《せいり》して、私《わたし》は聞《き》いてみた。

「それって、何《なに》するの？」

小谷《こたに》さんは、バッグの中《なか》からカラー印刷《いんさつ》の紙《かみ》を出《だ》す。

「人《ひと》によってそれぞれだけど、私《わたし》の場合《ばあい》はコスプレして歌《うた》うの。こんな感《かん》じ。」

渡《わた》されたそれは、スタンドマイクを握《にぎ》って歌《うた》っている小谷《こたに》さんの写真《しゃしん》をアップにしたリーフレットだった。

バックには別《べつ》の写真《しゃしん》がいく枚《まい》かコラージュしてあって、中央《ちゅうおう》に大《おお》きく「北城舞香《きたしろまいか》オンステージ」という文字《もじ》があり、下《した》の方《ほう》に日付《ひづけ》と時間《じかん》が書《か》かれている。

「これも自分《じぶん》で作《つく》ったんだよ、パソコンでね。」

私《わたし》が目《め》を見張《みは》っていると、小谷《こたに》さんはちょっと笑《わら》った。

「私《わたし》、すっごく目立《めだ》ちたがり屋《や》なんだ。で、皆《みんな》から、ちやほやされるのが好《す》きなの。」

あ、若武《わかたけ》みたい。

「でも学校《がっこう》じゃ無理《むり》なんだ。成績悪《せいせきわる》いし、運動神経《うんどうしんけい》もそんなよくないんだもの。歌《うた》うのが好《す》きだから合唱部《がっしょうぶ》に入《はい》ってるけど、あそこじゃ1人《ひとり》で目立《めだ》てないし。そんで鬱々《うつうつ》しちゃって、駅裏《えきうら》のゲーセンとかに入《い》りびたってたら、そこの経営者《けいえいしゃ》にスカウトされたんだ。うちのステージに立《た》って歌《うた》ってみない？　って。」

へえ、スカウトって、そういう所《ところ》でされるのかぁ。

「そのゲーセンを経営《けいえい》してる京本《きょうもと》さんは、ライブハウスも持《も》ってるんだって。試《ため》しに一度《いちど》やってみなよって言《い》われて、チャレンジしてみたら、すっごく楽《たの》しかったんだ。皆《みんな》が自分《じぶん》に注目《ちゅうもく》してくれるし。ああこういう自分《じぶん》になりたかったんだって感《かん》じて、止《や》められなくなっちゃった。」

新《あたら》しい世界《せかい》を発見《はっけん》したんだね。

「衣装《いしょう》とかも、初《はじ》めは自分《じぶん》の一番《いちばん》いい服《ふく》で出《で》てたんだけど、もっとかわいく見《み》せたいって思《おも》って、頑張《がんば》ってコスプレするようになって、メイクもどんどん変《か》えていったんだ。今《いま》じゃ応援《おうえん》してくれる固定《こてい》ファンも付《つ》いてるんだよ。」

すごい！

「京本《きょうもと》さんはね、大手《おおて》芸能事務所《げいのうじむしょ》の役員《やくいん》もしてるんだ。私《わたし》を、そこからデビューさせてくれるって言《い》ってる。それ、すごくない？　そしたら本物《ほんもの》のアイドルだもん。」

ん、すごいね。

「もっと目立《めだ》てるし、日本中《にっぽんじゅう》からちやほやされる。だから、それ目指《めざ》して頑張《がんば》ってるんだ。その芸能事務所《げいのうじむしょ》って安田《やすだ》プロダクションっていうんだけど、知《し》ってる？　クールボーイの所属《しょぞく》してるとこだよ。」

あ、行《い》ったことあるよ、「アイドル王子《おうじ》は知《し》っている」の時《とき》に。

そう言《い》いそうになったけれど、でもそれを言《い》ったら、高宮《たかみや》さんと知《し》り合《あ》いだってことまで話《はな》さなくちゃならなくなるかもしれないから、あわてて口《くち》を閉《と》じた。

高宮《たかみや》さんは超《ちょう》メジャーなアイドルだから、私《わたし》がうっかりしたことを言《い》うと、妙《みょう》な噂《うわさ》が広《ひろ》がるかもしれない。

迷惑《めいわく》は絶対《ぜったい》かけられないから、黙《だま》っている方《ほう》が安全《あんぜん》だった。

「京本《きょうもと》さんは、クールボーイとも親《した》しいんだって。だから、いろんなプライベート情報《じょうほう》を知《し》ってるんだ。え、ほんとに？　って思《おも》うようなこともあるけど、それが後《あと》になって週刊誌《しゅうかんし》に出《で》たりもする。ちょっと優越感《ゆうえつかん》あるな。あ、立花《たちばな》さんはそういうことに興味《きょうみ》ないか、優等生《ゆうとうせい》だもんね。」

え・・・私《わたし》って優等生《ゆうとうせい》なんだ。

「今日《きょう》これからステージなんだよ。よかったら、見《み》に来《こ》ない？　駅《えき》ビルのショッピングモールの地下《ちか》だよ。そのチラシの裏《うら》に、」

小谷《こたに》さんは、私《わたし》の持《も》っているリーフレットを指差《ゆびさ》した。

「割引券《わりびきけん》付《つ》いてるから。それ持《も》ってくれば安《やす》く入《はい》れるよ。」

私《わたし》は手《て》にしていたリーフレットを裏返《うらがえ》し、その瞬間《しゅんかん》に見《み》てしまった、黒木君《くろきくん》が翼《たすく》に送《おく》ったオタサーの姫状態《ひめじょうたい》の写真《しゃしん》っ！

「こ、こっ、この写真《しゃしん》は？」

動揺《どうよう》のあまり、言葉《ことば》が震《ふる》えた。

「ああ、それはファンとの記念撮影《きねんさつえい》。」

あの不良《ふりょう》たち、ファンだったんだ！

「ステージが終《お》わると、ファンの子《こ》たちと写真撮《しゃしんと》るんだ。その写真《しゃしん》をチラシに載《の》せる場合《ばあい》は、別《べつ》料金《りょうきん》を取《と》る。他《ほか》にグッズとかも売《う》るよ。握手《あくしゅ》も、1回《かい》いくらって決《き》まってんの。」

じゃステージ見《み》て、写真撮《しゃしんと》って、グッズ買《か》って、握手《あくしゅ》してもらうと、結構《けっこう》お金《かね》かかるね。

「私《わたし》も、その2パーセントをもらえるけど、メイクや衣装代《いしょうだい》がかかるから結局《けっきょく》、持《も》ち出《だ》しだよ。ライブに出演《しゅつえん》する費用《ひよう》も事務所《じむしょ》に払《はら》わなくちゃいけないし。」

え・・・出演料《しゅつえんりょう》ってもらえるんじゃなくって、払《はら》うんだ。

地下《ちか》アイドルって大変《たいへん》なんだね。

「でももっとファンが増《ふ》えてくればグッズも売《う》れるし、写真代《しゃしんだい》とかも増《ふ》えるしね。さっさとメジャーデビューすれば、もうそんなこと問題《もんだい》じゃなくなるし。未来《みらい》は明《あか》るいかな。あ、もう行《い》かなくっちゃ、準備《じゅんび》あるから。」

小谷《こたに》さんにそう言《い》われて、私《わたし》はまだ聞《き》かなくちゃならないことがあったのを思《おも》い出《だ》し、とてもあせった。

不良《ふりょう》たちと小谷《こたに》さんの関係《かんけい》は、ファンとアイドルだってわかったけれど、図書盗難《としょとうなん》について全《ぜん》然聞《き》けてなかったから。

でも、ここでいきなり図書盗難《としょとうなん》の話《はなし》を持《も》ち出《だ》しても、唐突《とうとつ》で不自然《ふしぜん》すぎる。

私《わたし》は必死《ひっし》で考《かんが》え、とにかく小谷《こたに》さんのアリバイだけでもはっきりさせておこうと思《おも》った。後《あと》は、今日《きょう》のライブに行《い》けば、その不良《ふりょう》たちも来《く》るんだから、そこでいろいろ調《しら》べられるはずだ。

「あの、ステージはいつも日曜日《にちようび》なの？」

小谷《こたに》さんは、なんでそんなことを聞《き》くのかわからないといったような顔《かお》になった。

「そうだよ。もっとたくさんやりたいんだけど、ファンが飽《あ》きないように毎回《まいかい》、衣装《いしょう》も歌《うた》も変《か》えてるから、週《しゅう》1が精《せい》いっぱい。学校《がっこう》の合間《あいま》に、もう必死《ひっし》で新《あたら》しい衣装《いしょう》作《つく》ったり歌《うた》を練習《れんしゅう》したりして、土曜日《どようび》までに何《なん》とか仕上《しあ》げて、日曜日《にちようび》にステージってサイクルなんだ。かなり忙《いそが》しいよ。でも充実《じゅうじつ》してるけどね。じゃ見《み》に来《き》てよ。」

そう言《い》って手《て》を振《ふ》り、走《はし》っていった。

それを見送《みおく》り、私《わたし》は両手《りょうて》でガッツポーズ。

やった、神様《かみさま》の贈《おく》り物《もの》から有力情報《ゆうりょくじょうほう》をゲットしたぞ！

それで、すぐ公衆電話《こうしゅうでんわ》に走《はし》り寄《よ》り、翼《たすく》のスマートフォンにかけた。

「ああ、アーヤか、」

翼《たすく》は、憂鬱《ゆううつ》そうな声《こえ》だった。

「こっちはてんでダメ。片山《かたやま》に接近《せっきん》したんだけど、あいつ、不良《ふりょう》たちとはまったく付《つ》き合《あ》いがないって言《い》うんだ。いろんな方向《ほうこう》から揺《ゆ》さぶってみたけど、ノーコメント。全然《ぜんぜん》、切《き》り崩《くず》せなかった。」

へぇ策略家《さくりゃくか》の翼《たすく》を退《しりぞ》けるなんて、悠飛《ゆうひ》、意外《いがい》にすごいかも！

「図書盗難《としょとうなん》についても、何《なに》も知《し》らないって言《い》うし。これじゃ明日《あした》の窃盗《せっとう》は、防《ふせ》げないかもしれない。」

私《わたし》は意気《いき》ごんで、自分《じぶん》が入手《にゅうしゅ》した情報《じょうほう》を伝《つた》えた。

そしてこう付《つ》け加《くわ》えたんだ。

「小谷《こたに》さんは、図書盗難《としょとうなん》には関《かか》わってないと思《おも》う。そんな時間《じかん》なさそうだし、ステージが好《す》きで、将来《しょうらい》に夢《ゆめ》を持《も》ってるんだ。そっちしか見《み》てない感《かん》じ。それで、えっとね、これから小谷《こたに》さんのライブがあるんだ。そこに行《い》けば、あの写真《しゃしん》のメンバーが来《き》てるはず。うまく接触《せっしょく》すれば、きっといろいろ聞《き》き出《だ》せるし、明日《あした》の図書盗難《としょとうなん》も防《ふせ》げるかも。」

翼《たすく》は一気《いっき》に元気《げんき》を取《と》り戻《もど》した。

「わかった！　ありがと。アーヤのおかげで、若武《わかたけ》にきちんと報告《ほうこく》ができるよ。」

いーえ、お互《たが》い様《さま》です！

15　消《き》えるトイレ

小谷《こたに》さんからもらったリーフレットによれば、ライブが始《はじ》まるのは、18時《じ》からだった。

そんな時間《じかん》に家《いえ》を出《で》ていくのは、よほどの理由《りゆう》がないとママが許《ゆる》してくれない。

きっとダメだって言《い》うに決《き》まっていた。

それでも、聞《き》くだけ聞《き》いてみたんだ、恐《おそ》る恐《おそ》る、ね。

「あの今夜《こんや》、友《とも》だちがショッピングモールのライブに出演《しゅつえん》するから応援《おうえん》に行《い》きたいんだけど、いい？」

ママは、ガスレンジの前《まえ》からクルッとこちらを振《ふ》り向《む》いた。

「行《い》ってらっしゃい。」

なぜっ!?

「ママも一緒《いっしょ》に行《い》きたいところよ。でも今日《きょう》は、パパが例《れい》の騒《さわ》ぎの被害者《ひがいしゃ》になった部下《ぶか》たちを連《つ》れてくるっていうから、家《いえ》から出《で》られないの、残念《ざんねん》。」

はて、この鷹揚《おうよう》な態度《たいど》の理由《りゆう》は？

私《わたし》が首《くび》を傾《かし》げていると、ドアフォンが鳴《な》り、そこから声《こえ》がした。

「黒木《くろき》ですが、迎《むか》えに来《き》ました。」

えっ!?

「まぁどうもご苦労様《くろうさま》。上《あ》がって、待《ま》っててちょうだい。」

ママはそう言《い》ってから、私《わたし》の方《ほう》を見《み》る。

「早《はや》く支度《したく》してらっしゃい。それまでの間《あいだ》、お相手《あいて》してるから。」

私《わたし》は、狐《きつね》につままれたような気分《きぶん》で自分《じぶん》の部屋《へや》に行《い》き、外出着《がいしゅつぎ》に着替《きか》えた。

ライブって今《いま》まで行《い》ったことがなかったから、どんなのを着《き》ていけばいいのかわからず、まぁ普通《ふつう》のワンピースにした。

で、下《した》に降《お》りていくと、ママの機嫌《きげん》のよさそうな笑《わら》い声《ごえ》が聞《き》こえた。

ママは、黒木君《くろきくん》が大好《だいす》き。

黒木君《くろきくん》がすることなら、どんなことでも許《ゆる》してしまうくらい信頼《しんらい》している。

「お待《ま》たせしました。」

そう言《い》ってダイニングのドアを開《あ》けると、中《なか》にいた黒木君《くろきくん》が立《た》ち上《あ》がった。

「じゃ行《い》ってきます。」

私《わたし》は一瞬《いっしゅん》、硬直《こうちょく》っ！

黒木君《くろきくん》は、あちらこちらに銀色《ぎんいろ》の飾《かざ》りジッパーのついた黒《くろ》い革《かわ》ジャンを着《き》ていた。

それはすごく丈《たけ》が短《みじか》かったから、すらりと長《なが》い脚《あし》がお尻《しり》の下《した》まで見《み》えていたんだ。

襟元《えりもと》には、シルクの白《しろ》いスカーフ、細《ほそ》いジーンズをはいた脚《あし》には、尾錠《バックル》の付《つ》いたブーツ、胸《むね》ポケットからはサングラスがのぞいている。

うっ、なんか仮面《かめん》ライダーみたい・・・。

「帰《かえ》りは送《おく》りますので、ご心配《しんぱい》なく。」

ママは、黒木君《くろきくん》の頭《あたま》の天辺《てっぺん》から足《あし》の先《さき》まで、うっとりと眺《なが》めまわした。

「まあ、ほんとにスタイルいいわねぇ。ホレボレしちゃう。」

黒木君《くろきくん》はちょっと笑《わら》う。

「裕樹《ゆうき》さんには、負《ま》けてます。」

裕樹《ゆうき》というのは、私《わたし》のお兄《にい》ちゃん。

今《いま》はクールボーイのバックでパフォーマーをしてて、そのことで始終《しじゅう》ママとモメてるんだ。

すごく成績《せいせき》がいいから、ママとしては東大《とうだい》の理Ⅲ《りさん》に行《い》かせたいみたい。

「あの子《こ》にも・・・困《こま》ったもんだわ。」

ママがそう言《い》うと、黒木君《くろきくん》は宥《なだ》めるように微笑《ほほえ》んだ。

「裕樹《ゆうき》さんは、お母《かあ》さんの気持《きも》ち、わかってると思《おも》いますよ。今《いま》にお互《たが》いに納得《なっとく》のいく結論《けつろん》に達《たっ》するんじゃないですか。」

ママは気《き》を取《と》り直《なお》したらしく、表情《ひょうじょう》を和《やわ》らげた。

「黒木君《くろきくん》は、ほんとに人《ひと》の心《こころ》の機微《きび》をよく理解《りかい》してるのね。裕樹《ゆうき》に見習《みなら》わせたいわ。じゃ行《い》ってらっしゃい。彩《あや》をよろしく。」

それで私《わたし》は、黒木君《くろきくん》と一緒《いっしょ》に家《いえ》を出《で》た。

「若武《わかたけ》が電話《でんわ》してきたんだ、あの連中《れんちゅう》が全員来《ぜんいんく》るライブがあるって。」

ああ、きっと翼《たすく》が報告《ほうこく》したんだね。

「そんなチャンスめったにないから、この際《さい》、第《だい》1チームも合流《ごうりゅう》してそいつらの様子《ようす》を探《さぐ》ろうってことになったんだよ。俺《おれ》はアーヤを連《つ》れてこいって言《い》われてさ。」

じゃライブ会場《かいじょう》には、KZ《カッズ》全員《ぜんいん》が集《あつ》まるんだ。

明日《あした》、また図書《としょ》が盗《ぬす》まれるかもしれないと考《かんが》えると、ここは絶対《ぜったい》、失敗《しっぱい》できない。

はっきりしたことを掴《つか》まないと！

私《わたし》は緊張《きんちょう》しながら駅《えき》まで歩《ある》き、ショッピングモールに入《はい》った。

「ここだ。」

案内板《あんないばん》を見《み》て、黒木君《くろきくん》が指《ゆび》を差《さ》す。

「この階段《かいだん》が一番近《いちばんちか》いよ。行《い》こう。」

それを地下《ちか》まで降《お》りると、下《した》は大《おお》きな通路《つうろ》になっていて、両側《りょうがわ》におしゃれな店《みせ》が並《なら》んでいた。

輸入《ゆにゅう》コスメとか、ハーブやコーヒー豆《まめ》を売《う》る店《みせ》、財布《さいふ》やハンカチを扱《あつか》っている小物店《こものてん》、アイスクリーム屋《や》、ハンバーガーショップもある。

私《わたし》は、こういう所《ところ》ではいつも必《かなら》ずアイスクリームを買《か》うんだけれど、今日《きょう》は緊張《きんちょう》していたから、全然《ぜんぜん》そんな気持《きも》ちにならなかった。

「こっちだな。」

煉瓦色《れんがいろ》をした壁《かべ》の角《かど》を曲《ま》がると、突《つ》き当《あ》たりに「Ｌｉｖｅ《ライブ》 Ｈｏｕｓｅ《ハウス》 Ｋｙｏ《キョー》」と書《か》かれていて、その脇《わき》の暗《くら》がりに男子《だんし》がいく人《にん》かしゃがみこんでいた。

全員《ぜんいん》が、ラルフローレンとかアディダスとかブランド名《めい》の入《はい》ったジャンパーを着《き》ていて、下《した》はジーンズやジャージ、頭《あたま》にはキャップ。

わっ、不良《ふりょう》の仲間《なかま》かも。

そう思《おも》った瞬間《しゅんかん》、その中《なか》の１人《ひとり》がこちらを振《ふ》り仰《あお》いだ。

それは、なんとっ・・・若武《わかたけ》だったんだ。

ダメージジーンズに、真《ま》っ赤《か》なキャップの庇《ひさし》を後《うし》ろに回《まわ》し、恥《は》ずかしいほどガチガチのラッパースタイル。

首《くび》には、革《かわ》のネックレスをかけている。

上杉君《うえすぎくん》も、翼《たすく》も、なんと小塚君《こづかくん》まで、進学塾秀明《しんがくじゅくしゅうめい》のエリートとはとても思《おも》えないストリート系《けい》ファッションだった。

なんか・・・今《いま》まで知《し》らなかった一面《いちめん》を見《み》た気《き》がする・・・。

「お、そろったな。」

若武《わかたけ》が立《た》ち上《あ》がり、両手《りょうて》をジャンパーのポケットに突《つ》っこみながらこちらにやってきて、押《お》し殺《ころ》した声《こえ》で言《い》った。

「連中《れんちゅう》は、さっき来《き》て、中《なか》に入《はい》った。5人全員《にんぜんいん》だ。」

思《おも》わず緊張《きんちょう》っ！

「こっちは6人《にん》だから、分《わ》かれて1対《たい》1でマークする。」

寄《よ》ってきた翼《たすく》が眉根《まゆね》を寄《よ》せた。

「連中《れんちゅう》のうち3人《にん》は、アーヤの顔《かお》を覚《おぼ》えてる可能性《かのうせい》があるよ。」

上杉君《うえすぎくん》も小塚君《こづかくん》もやってくる。

「危険《きけん》は、回避《かいひ》すべし。」

「ん、見《み》つからない方《ほう》がいいよね。」

黒木君《くろきくん》が片手《かたて》を上《あ》げた。

「俺《おれ》が一緒《いっしょ》にいる。送《おく》ってくことになってるし。」

若武《わかたけ》が頷《うなず》く。

「じゃ黒木《くろき》がフォローだ。」

ごめんね。

「小谷《こたに》のステージが終《お》わったら、通路《つうろ》でサインと握手《あくしゅ》、撮影会《さつえいかい》で終了《しゅうりょう》だ。連中《れんちゅう》は帰《かえ》る。俺《おれ》たちはそれぞれ分《わ》かれて、その後《あと》をつけ、自宅《じたく》を確《たし》かめるんだ。会話《かいわ》にも気《き》を付《つ》けろ。何《なに》か相談《そうだん》するかもしれない。連絡《れんらく》はスマホで取《と》り合《あ》う。会場内《かいじょうない》では電源《でんげん》を切《き》れってアナウンスが流《なが》れるだろうが、構《かま》わん、入《い》れとけ。何《なに》があるかわからんからな。その代《か》わりバイブ設定《せってい》だ。」

皆《みんな》が急《いそ》いでスマートフォンを出《だ》し、設定《せってい》を直《なお》す。

終《お》わったのを見《み》て若武《わかたけ》が、親指《おやゆび》でライブハウスのドアを指《さ》した。

「作戦開始《さくせんかいし》、ＧＯ《ゴー》！」

先頭《せんとう》に立《た》ってチケットを買《か》い、少《すこ》し引《ひ》っこんだ所《ところ》にあったキルティングの革《かわ》のドアを開《あ》ける。

同《おな》じようにしてその後《うし》ろについていくと、中《なか》は割《わり》と狭《せま》く、薄暗《うすぐら》かった。

だんだん目《め》が慣《な》れてきて、いろんな人《ひと》がいるのが見《み》えるようになったけれど、ほとんどが男性《だんせい》。

大学生《だいがくせい》やフリーターみたいな人《ひと》や、会社帰《かいしゃがえ》りのような中年《ちゅうねん》のおじさんも結構《けっこう》いた。

で、椅子《いす》は壁際《かべぎわ》にしか置《お》いてなくて、皆《みんな》、立《た》っているんだ。

ステージもなくて、床《ゆか》は全部《ぜんぶ》フラット。

その前《まえ》の方《ほう》にアンプとか機材《きざい》がまとめて置《お》かれていて、スタンドマイクが1本《ぽん》立《た》っていた。

客《きゃく》との距離《きょり》は、すごく近《ちか》い。

「あそこにいる。」

黒木君《くろきくん》にささやかれて、さりげなく目《め》を向《む》ければ、かなり前《まえ》の方《ほう》に写真《しゃしん》で見《み》た顔《かお》が並《なら》んでいた。

そのうちの3人《にん》は、確《たし》かに悠飛《ゆうひ》と一緒《いっしょ》にいた子《こ》だった。

「もうちょっと近《ちか》くに行《い》っとこう。俺《おれ》の後《うし》ろに隠《かく》れてついてきて。」

それで黒木君《くろきくん》の大《おお》きな背中《せなか》を楯《たて》にして、彼《かれ》らに近《ちか》づいたんだ。

見《み》れば、若武《わかたけ》たちもいろいろな方向《ほうこう》からそばに寄《よ》ってきていて、私《わたし》たちは左右《さゆう》と後方《こうほう》から5人《にん》を取《と》り囲《かこ》むような態勢《たいせい》になった。

やがて照明《しょうめい》が落《お》ち、完全《かんぜん》に真《ま》っ暗《くら》になったと思《おも》ったら、いきなり叩《たた》き付《つ》けるような大《おお》きな音《おと》がして音楽《おんがく》が始《はじ》まり、一気《いっき》に照明《しょうめい》が点《つ》いて、マイクの前《まえ》に立《た》つ小谷《こたに》さんが照《て》らし出《だ》される。

濃《こ》いメイクも、こうして見《み》ると、あまり気《き》にならなかった。

海《うみ》から朝日《あさひ》が昇《のぼ》ってくる、とかいうような歌《うた》で、会場《かいじょう》では手拍子《てびょうし》が始《はじ》まり、中《なか》にはピョンピョン跳《は》ね出《だ》す人《ひと》たちもいた。

歌《うた》っている小谷《こたに》さんは、とても生《い》き生《い》きしていて、学校《がっこう》の様子《ようす》からは想像《そうぞう》もつかない変身《へんしん》ぶり。

水《みず》を得《え》た魚《うお》、そんな言葉《ことば》がピッタリだった。

ああ本当《ほんとう》に皆《みんな》の前《まえ》で歌《うた》ったり、注目《ちゅうもく》を浴《あ》びたりするのが好《す》きなんだなぁ。

そう思《おも》いながら見《み》ていたんだけれど、次第《しだい》に耳《みみ》の奥《おく》がジンジンしてきて、耐《た》えられなくなってしまった。

だって大音量《だいおんりょう》なんだもの。

空気《くうき》も淀《よど》んでいる感《かん》じがして、なんだか気分《きぶん》も悪《わる》くなってくる。

私《わたし》は黒木君《くろきくん》の背中《せなか》をつつき、振《ふ》り返《かえ》ったその耳《みみ》に届《とど》くように背伸《せの》びをした。

「ちょっと外《そと》に出《で》て、休《やす》んでてもいい？」

黒木君《くろきくん》は、5人《にん》の様子《ようす》をうかがい、彼《かれ》らが動《うご》きそうもないことを確《たし》かめてから頷《うなず》く。

「いいよ。一緒《いっしょ》に行《い》こうか？」

私《わたし》は手振《てぶ》りで断《ことわ》り、小谷《こたに》さんの方《ほう》を見《み》ている人々《ひとびと》の間《あいだ》をすり抜《ぬ》けて会場《かいじょう》を出《で》た。

新鮮《しんせん》な空気《くうき》の流《なが》れる廊下《ろうか》で、ほっとひと息《いき》。

よく皆《みんな》、あの音《おと》で平気《へいき》だよねぇ。

それとも私《わたし》が、耳弱《みみよわ》いのかな。

廊下《ろうか》に置《お》かれたソファに腰《こし》かける。

しばらくすると、脇《わき》にある階段《かいだん》から足音《あしおと》がした。

振《ふ》り仰《あお》げば、男《おとこ》の人《ひと》が2人《ふたり》、降《お》りてくる。

1人《ひとり》は、派手《はで》な背広《せびろ》の首元《くびもと》に金鎖《きんぐさり》をかけ、髪形《かみがた》は整髪料《せいはつりょう》で固《かた》めたオールバック、顔《かお》には太《ふと》い縁《ふち》のサングラスという、どう見《み》ても普通《ふつう》の職業《しょくぎょう》じゃなさそうな30代後半《だいこうはん》の男性《だんせい》だった。

頬骨《ほおぼね》の下《した》に、傷痕《きずあと》がある。

もう1人《ひとり》は40代半《だいなか》ばくらいで、紺《こん》のスーツを着《き》たおとなしそうな、印象《いんしょう》の薄《うす》い男《おとこ》の人《ひと》。

でも私《わたし》は、前《まえ》にどこかでその人《ひと》と出会《であ》った気《き》がした。

えっと、どこだったかなぁ。

確《たし》かに会《あ》ってるぞ、えっと・・・。

「じゃ、よろしくお願《ねが》いします。」

階段《かいだん》を降《お》り切《き》ったスーツの男性《だんせい》がそう言《い》うと、オールバックの男性《だんせい》は軽《かる》く頷《うなず》いた。

「わかった。ちゃんと行《い》くから心配《しんぱい》すんな。ほんじゃ。」

そう言《い》って奥《おく》に入《はい》っていく。

スーツの人《ひと》は、出入《でい》り口《ぐち》の方《ほう》に向《む》かった。

2人《ふたり》が降《お》りてきた階段《かいだん》を見上《みあ》げれば、壁《かべ》にＳＴＡＦＦ《スタッフ》　ＯＮＬＹ《オンリー》と書《か》かれている。

つまり、この上《うえ》にあるのは従業員室《じゅうぎょういんしつ》なんだ。

じゃ2人《ふたり》とも、ここの従業員《じゅうぎょういん》？

でも、あのスーツの人《ひと》、ここじゃないどっかで絶対会《ぜったいあ》ったんだけどな、う〜ん・・・。

考《かんが》えこんでいると、目《め》の前《まえ》のトイレの奥《おく》から声《こえ》が聞《き》こえてきた。

「いろんなシーンでの反応《はんのう》を、正確《せいかく》に記録《きろく》しときたいんだ。」

あれ、この声《こえ》って・・・もしかして忍《しのぶ》？

私《わたし》は耳《みみ》を澄《す》ませた。

「本人《ほんにん》と比較《ひかく》して、調整《ちょうせい》していかなくっちゃならないからさ。」

確《たし》かに、忍《しのぶ》の声《こえ》に間違《まちが》いない！

でも忙《いそが》しいはずなのに、こんなとこで誰《だれ》と話《はな》してるんだろ。

そう思《おも》いながら耳《みみ》を傾《かたむ》けていたその時《とき》っ！

「だけどさ、」

忍《しのぶ》が話《はな》していた相手《あいて》の声《こえ》が、初《はじ》めて聞《き》こえたんだ。

「今日《きょう》は、さすがにもうやめようぜ。」

それは、砂原《すなはら》の声《こえ》だった。

私《わたし》は目《め》を見開《みひら》き、思《おも》わず突《つ》っ立《た》ってしまった。

「今朝《けさ》から何《なん》か所回《しょまわ》ったと思《おも》ってんだよ。」

聞《き》き違《ちが》いじゃない、砂原《すなはら》だっ！

「デパート行《い》って、電車乗《でんしゃの》って、公園行《こうえんい》って、」

なんで、ここにいるの!?

日本《にっぽん》に帰《かえ》って来《き》てたの、いつからっ!?

「映画館《えいがかん》行って、水族館《すいぞくかん》行って、ショッピングモールで、ここだろ。」

私《わたし》、知《し》らなかったよ、そんなこと。

最近《さいきん》、電話《でんわ》くれないし、でも忙《いそが》しいんだとばかり思《おも》って、こっちからはかけないようにしてたのに。

私《わたし》は、砂原《すなはら》を捕《つか》まえて問《と》い詰《つ》めたい気分《きぶん》だった。

でも男子《だんし》トイレには入《はい》れない。

しかたがないので、出入《でい》り口《ぐち》の前《まえ》に立《た》ち、出《で》てくるのを待《ま》ったんだ。

胸《むね》の中《なか》で、疑問《ぎもん》が次々《つぎつぎ》と頭《あたま》をもたげてきて、いいことは1つも考《かんが》えられなかった。

何《なに》があって帰《かえ》ってきたの？

MASQUE《マスク》 ROUGE《ルージュ》の仕事《しごと》？

帰《かえ》ってるのに、どうして連絡《れんらく》くれないの。

忍《しのぶ》とは、こうして会《あ》ってるのに、私《わたし》に教《おし》えてくれないなんて。

今日《きょう》、私《わたし》、すごくつらかったんだよ。

相談《そうだん》したかった、声《こえ》を聞《き》けるだけでもよかったのに・・・ひどい。

私《わたし》のこと、まさか忘《わす》れてるとか？

あるいは、もう気持《きも》ちが冷《さ》めてしまったとか？

遠《とお》く離《はな》れているし、生《い》きている環境《かんきょう》も、生《い》きる覚悟《かくご》も違《ちが》いすぎるし。

やっぱり私《わたし》たちって、無理《むり》があるのかもしれないね。

元々《もともと》、勢《いきお》いで告白《こくはく》しただけだったし、砂原《すなはら》が喜《よろこ》んでくれたのも、私《わたし》をガッカリさせないためだったのかもしれないし。

きっと・・・私《わたし》が軽率《けいそつ》すぎたんだ。

そんなことを考《かんが》えていたら、自分《じぶん》が取《と》り返《かえ》しのつかない崩壊《ほうかい》の前《まえ》に立《た》っているような気《き》がして、涙《なみだ》が出《で》てきてしまった。

「アーヤ、どうした？」

廊下《ろうか》の向《む》こうから黒木君《くろきくん》が姿《すがた》を見《み》せる。

「遅《おそ》いから心配《しんぱい》になってさ。気分悪《きぶんわる》いの？」

私《わたし》はあわてて涙《なみだ》を隠《かく》し、男子《だんし》トイレを指差《ゆびさ》した。

「中《なか》に、」

そう言《い》いかけた時《とき》、そこから忍《しのぶ》が出《で》てきたんだ。

「あれ、おまえ、何《なに》してんの。」

黒木君《くろきくん》の声《こえ》に、忍《しのぶ》はギョッとしたような表情《ひょうじょう》になった。

「ナショナルサイバートレーニングセンターの人材育成《じんざいいくせい》プログラムに参加《さんか》してて忙《いそが》しいんじゃなかったのか。」

忍《しのぶ》は、あせったような笑《え》みを浮《う》かべる。

「あ、ちょっと気晴《きば》らしで、さ。」

何《なに》かをごまかしている感《かん》じだった。

「そっか。」

黒木君《くろきくん》は、皮肉《ひにく》な笑《え》みを浮《う》かべる。

「ちょうどいい気晴《きば》らしがあるから、仲間《なかま》に入《い》れてやるよ。これから尾行《びこう》すんだ。一緒《いっしょ》に来《こ》い。こんなとこをフラつく時間《じかん》がありながらKZ《カッズ》の会議《かいぎ》に出《で》なかった言《い》い訳《わけ》も、考《かんが》えといた方《ほう》がいいぜ。」

忍《しのぶ》の腕《うで》を摑《つか》んで会場《かいじょう》に向《む》かいながら、黒木君《くろきくん》はこちらを振《ふ》り返《かえ》る。

「アーヤも、おいで。もうすぐ終《お》わって、ここでサイン会《かい》だ。皆《みんな》が出《で》てくるからね。」

私《わたし》は頷《うなず》いたものの、トイレの中《なか》にいる砂原《すなはら》に会《あ》わずに、会場《かいじょう》に戻《もど》る気《き》にはなれなかった。

で、しばらく待《ま》っていたんだけれど、いっこうに出《で》てこない。

トイレの中《なか》は、シーンとしていた。
出入《でい》り口前《ぐちまえ》にいる私《わたし》に気《き》づいて、隠《かく》れているのかもしれない。
やがて係員《かかりいん》がやってきて、会場《かいじょう》のドアを開《あ》け始《はじ》める。
ここが人《ひと》でいっぱいになったら、砂原《すなはら》と会《あ》えないかもしれなかった。
私《わたし》は息《いき》を呑《の》み、心《こころ》を固《かた》めて、男子《だんし》トイレに踏《ふ》みこんだ。
隠《かく》れているに違《ちが》いない砂原《すなはら》を捜《さが》したんだ。
ところが・・・トイレの中《なか》には誰《だれ》もいなかった。
個室《こしつ》も全部《ぜんぶ》開《あ》けてみたけど、いないっ！
裏口《うらぐち》はなく、私《わたし》がさっきから立《た》っていた所《ところ》がただ1つの出入《でい》り口《ぐち》だった。
信《しん》じられずに、私《わたし》は両手《りょうて》で自分《じぶん》の口《くち》をおおった。
あれは、空耳《そらみみ》だったの？
いや、確《たし》かに砂原《すなはら》の声《こえ》だった、間違《まちが》いない。
じゃ砂原《すなはら》は・・・消《き》えたんだっ！

16　1軒《けん》もなし

会場《かいじょう》では、次《つぎ》のアイドルのステージが始《はじ》まる。

その声《こえ》が響《ひび》いてくる廊下《ろうか》で、小谷《こたに》さんはサイン、握手《あくしゅ》、撮影会《さつえいかい》と忙《いそが》しく動《うご》き回《まわ》っていた。

私《わたし》はそれを黒木君《くろきくん》の背中《せなか》の後《うし》ろから見《み》ていたけれど、頭《あたま》の中《なか》は消《き》えた砂原《すなはら》のことでいっぱいだった。

なんで、どーして!?

ちらっと忍《しのぶ》の方《ほう》を振《ふ》り返《かえ》る。

少《すこ》し離《はな》れた所《ところ》で若武《わかたけ》たちに囲《かこ》まれていて、頭《あたま》だけが見《み》えていた。

事情《じじょう》を知《し》っているのは、忍《しのぶ》のみ!

よし、これが終《お》わったら聞《き》き出《だ》そう!!

そう思《おも》っていると、やがてすべてを終《お》えた小谷《こたに》さんが、笑顔《えがお》を振《ふ》りまきながら楽屋《がくや》に入《はい》っていった。

ファンは名残惜《なごりお》しそうにそれを見送《みおく》り、自分《じぶん》が手《て》に入《い》れたグッズやサインを持《も》って出入《でい》り口《ぐち》に向《む》かう。

その人波《ひとなみ》をかき分《わ》けて、若武《わかたけ》たちが寄《よ》ってきた。

「七鬼《ななき》のヤツ、何《なに》も話《はな》さないんだ。おまけに裏口《うらぐち》から逃亡《とうぼう》しやがった。」

なんでっ!?

「しょうがない、あいつのことは後《あと》で考《かんが》える。さ、尾行《びこう》、始《はじ》めるぞ。黒木《くろき》、おまえはあの無帽《むぼう》のヤツだ。スマホ、サイレントにしとけ。時々確認《ときどきかくにん》しろよ。終《お》わったら俺《おれ》に報告《ほうこく》を。」

若武《わかたけ》は、上杉君《うえすぎくん》たちにもそれぞれ指示《しじ》を出《だ》し、皆《みんな》が目《め》くばせを交《か》わして分《わ》かれ、出《で》ていく不良《ふりょう》たちの後《あと》をつけた。

「アーヤ、行《い》くよ。」

黒木君《くろきくん》に言《い》われて、私《わたし》もあわてて尾行《びこう》に参加《さんか》する。

私《わたし》たちが追《お》ったのは、高校生《こうこうせい》らしい子《こ》だった。

大通《おおどお》りを南《みなみ》に向《む》かって歩《ある》いていき、しばらくして曲《ま》がって、人通《ひとどお》りの少《すく》ない道《みち》まで来《く》ると、スマートフォンを出《だ》し、どこかに電話《でんわ》をかける。

しばらくの間《あいだ》、今日《きょう》のライブのことや小谷《こたに》さんのことをすごく楽《たの》しそうに話《はな》していたから、電《でん》話《わ》の相手《あいて》は、さっきまで一緒《いっしょ》だった4人《にん》の誰《だれ》かに違《ちが》いなかった。

で、やがて、こう言《い》ったんだ。

「明日《あした》は、どこやるの？」

瞬間《しゅんかん》、私《わたし》は、全身《ぜんしん》が耳《みみ》っ！

ものすごく緊張《きんちょう》して、息《いき》を詰《つ》めた。

やっぱり襲《おそ》うつもりなんだ！

「え、あそこかぁ。」

どこっ!?

あそこってどこよ、教《おし》えてっ！

「まぁ、場所的《ばしょてき》にはハマりだしな。」

場所《ばしょ》がハマりって、どういうことだろ。

「わかった、いつもの時間《じかん》な。」

そう言《い》って電話《でんわ》を切《き》り、両手《りょうて》をポケットに突《つ》っこんで歩《ある》き出《だ》す。

え・・・いったい、どこまで行《い》くの、と思《おも》いたくなるほど長《なが》い時間歩《じかんある》いてから、脇道《わきみち》に入《はい》り、しばらく進《すす》んだ所《ところ》にあるアパートの階段《かいだん》を上《のぼ》って、２階《かい》の奥《おく》の部屋《へや》に入《はい》っていった。

「ここにいて。」

黒木君《くろきくん》がそう言《い》い、階段《かいだん》を上《のぼ》っていって、しばらくして降《お》りてくる。

「あいつの名前《なまえ》は、村井《むらい》だ。」

あ、表札見《ひょうさつみ》てきたんだ。

「俺《おれ》たちの任務《にんむ》はこれで完了《かんりょう》。さ、帰《かえ》ろう。」

来《き》た道《みち》を引《ひ》きかえす。

「なぜ月曜日《げつようび》に被害《ひがい》が集中《しゅうちゅう》してるのかわかったよ。日曜日《にちようび》にライブで会《あ》って、盛《も》り上《あ》がった勢《いきお》いで翌日《よくじつ》に図書館《としょかん》を襲《おそ》うってパターンなんだ。」

私《わたし》は、もどかしく思《おも》いながら黒木君《くろきくん》を見上《みあ》げた。

「明日《あした》、侵入《しんにゅう》するってことはわかったけど、どこを襲《おそ》うんだろう。」

黒木君《くろきくん》は、心配《しんぱい》ないといったように微笑《ほほえ》む。

「村井《むらい》と話《はな》してた相手《あいて》がいるだろ。そいつが場所《ばしょ》を口《くち》にしたはずだから、尾行《びこう》してる誰《だれ》かが聞《き》いてるよ。」

あ、そうだね。

「じゃ若武《わかたけ》に報告《ほうこく》しとく。もしかして他《ほか》のメンバーから情報《じょうほう》が入《はい》ってきてるかもしれない。」

黒木君《くろきくん》のその言葉《ことば》は、間《ま》もなく証明《しょうめい》された。

若武《わかたけ》にメールを打《う》つと、即《そく》、電話《でんわ》がかかってきたんだ。

「遅《おそ》いぞ、おまえが最後《さいご》の報告者《ほうこくしゃ》だ。」

黒木君《くろきくん》はちょっと眉《まゆ》を上《あ》げ、私《わたし》を見《み》た。

私《わたし》は、口《くち》をへの字《じ》に曲《ま》げる。

しょうがないじゃない、村井《むらい》の家《いえ》が遠《とお》かったんだもの。

「その村井《むらい》が話《はな》してたのは、小塚《こづか》が追《お》ってた遠藤《えんどう》だ。だが襲《おそ》う場所《ばしょ》は、聞《き》き損《そこ》ねた。」

うっ！

「ちょうどそばをダンプが通《とお》りかかって、すげぇ音《おと》を立《た》てた時《とき》だったらしい。」

ああ、なんて不幸《ふこう》なんだ。

「小塚《こづか》のマヌケめ。」

小塚君《こづかくん》のせいじゃないでしょ！

「他《ほか》の3人《にん》の名前《なまえ》と住所《じゅうしょ》も確認《かくにん》できたが、図書盗難《としょとうなん》に関《かん》する情報《じょうほう》はない。」

じゃ、どこを何時《なんじ》に襲《おそ》うかは、やっぱりわからないんだ。

「手《て》がかりは、場所《ばしょ》がハマりって台詞《せりふ》だけだな。」

若武《わかたけ》にそう言《い》われて、私《わたし》ははっと思《おも》い出《だ》した。

今《いま》まで襲《おそ》われた図書館《としょかん》は、どれも市内北西部《しないほくせいぶ》にあるって翼《たすく》が言《い》ってたんだ。

私《わたし》は、黒木君《くろきくん》が持《も》っていたスマートフォンを摑《つか》み寄《よ》せた。

スピーカーフォンになっていたから、近寄《ちかよ》せなくても充分話《じゅうぶんはな》せたんだけど、思《おも》わず。

「今《いま》まで襲《おそ》われたのは全部《ぜんぶ》、市《し》の北西部《ほくせいぶ》にある図書館《としょかん》だって翼《たすく》が言《い》ってたよ。そのあたりでまだ襲《おそ》われてないのは、恋《こい》する図書館《としょかん》だけ。」

若武《わかたけ》は、腑《ふ》に落《お》ちないといった声《こえ》になる。

「なんで北西部《ほくせいぶ》の図書館《としょかん》なんだ。あいつら、北西部《ほくせいぶ》に恨《うら》みでもあるのか。その理由《りゆう》は？」

さぁ・・・。

黒木君《くろきくん》がクスッと笑《わら》った。

「たぶんストックと、売《う》り飛《と》ばしの関係《かんけい》じゃないかな。」

え・・・それはどういう意味《いみ》？

「大量《たいりょう》の本《ほん》を盗《ぬす》めば、運搬《うんぱん》が大変《たいへん》だし、それを置《お》いておく場所《ばしょ》もいる。売《う》り飛《と》ばす時《とき》には、買《か》ってくれる店《みせ》まで運《はこ》ばなきゃならないしね。だったら、置《お》き場《ば》や売《う》る場所《ばしょ》から近《ちか》い図書館《としょかん》を襲《おそ》えば、簡単《かんたん》だろ。本《ほん》を置《お》いておけるような貸《か》し倉庫《そうこ》、あるいは買《か》い取《と》るような古本屋《ふるほんや》、そのどっちかが市内北西部《しないほくせいぶ》にあるんじゃないかな。」

おお、さすが！

「よし、即《そく》、当《あ》たる。後《あと》で連絡《れんらく》するから。」

若武《わかたけ》は急《いそ》いで電話《でんわ》を切《き》った。

「じゃ若武先生《わかたけせんせい》に任《まか》せて、俺《おれ》たちは帰《かえ》ろう。」

それで家《いえ》まで送《おく》ってもらったんだ。

途中《とちゅう》で何度《なんど》か、砂原《すなはら》のことを聞《き》いてみようかと思《おも》ったんだけど、黒木君《くろきくん》は全然知《ぜんぜんし》らないだろうし、話《はな》して心配《しんぱい》させても悪《わる》いなって考《かんが》えて、やめておいた。

私《わたし》の家《いえ》の前《まえ》まで来《き》た時《とき》、黒木君《くろきくん》のスマートフォンが鳴《な》り出《だ》す。

「はい俺《おれ》。」

そう言《い》って歩《ある》きながら、私《わたし》にも聞《き》こえるようにしてくれた。

「北西部《ほくせいぶ》、捜《さが》したぜ。」

若武《わかたけ》からだった。

私《わたし》は、期待《きたい》をこめて拳《こぶし》を握《にぎ》りしめる。

「貸《か》し倉庫《そうこ》と古本屋《ふるほんや》、」

あったのは、どっちだろう。

「どっちも、なしだ。1軒《けん》もない。」

私《わたし》は、一気《いっき》に力《ちから》が抜《ぬ》けてしまった。

唖然《あぜん》としながら、黒木君《くろきくん》を見上《みあ》げる。

じゃなんで、北西部《ほくせいぶ》ばっかり襲《おそ》われるんだろう。

「敵《てき》も然《さ》る者《もの》、なかなかシッポを出《だ》さないね。」

そう言《い》って黒木君《くろきくん》は、不敵《ふてき》な感《かん》じのする笑《え》みを浮《う》かべた。

余裕《よゆう》のある表情《ひょうじょう》の中《なか》で、鋭《するど》い光《ひかり》を浮《う》かべた目《め》がきらめき、ゾクッとするほどカッコよかった。

「で、明日《あした》、どうする？　場所《ばしょ》も時間《じかん》も特定《とくてい》できないから、やめとくか。」

若武《わかたけ》はくやしそうな声《こえ》を出《だ》す。

「やめてたまるかよ。ダメ元《もと》で、図書館《としょかん》に張《は》りこむ！」

やっぱ、それが若武《わかたけ》だよね。

熱血男子《ねっけつだんし》なんだ。

「図書館《としょかん》は休《やす》みだが、あの連中《れんちゅう》には学校《がっこう》がある。となると盗《ぬす》みに入《はい》るのは、早朝《そうちょう》か夜《よる》だ。恋する図書館《としょかん》が一番危険度高《いちばんきけんどたか》そうだから、俺《おれ》と上杉《うえすぎ》、美門《みかど》、小塚《こづか》の4人態勢《にんたいせい》でやる。黒木《くろき》とアーヤは、手分《てわ》けして北西部《ほくせいぶ》の周辺《しゅうへん》の他《ほか》の図書館《としょかん》を自転車《じてんしゃ》で巡回《じゅんかい》しろ。盗《ぬす》みに入《はい》って出《で》てくるまでには、30

分前後《ぷんぜんご》はかかるし、2人《ふたり》でグルグル回《まわ》ってれば怪《あや》しい動《うご》きがあれば察知《さっち》できる。効率《こうりつ》は悪《わる》いが、やむを得《え》ん。」

よし！

「了解《りょうかい》。」

黒木君《くろきくん》は電話《でんわ》を切《き》り、スマートフォンを操作《そうさ》しながら私《わたし》の家《いえ》のドアフォンに歩《あゆ》み寄《よ》る。

「北西部周辺《ほくせいぶしゅうへん》の他《ほか》の図書館《としょかん》は、3か所《しょ》だ。」

画面《がめん》を私《わたし》に見《み》せ、指《ゆび》で示《しめ》した。

「俺《おれ》が、この2か所《しょ》を回《まわ》る。アーヤは、ここね。」

それは、私《わたし》の家《いえ》の近《ちか》くだった。

優《やさ》しいご配慮《はいりょ》、ありがと。

「緊急《きんきゅう》の連絡《れんらく》ができた時《とき》のために、俺《おれ》のガラケー貸《か》しとくから。」

革《かわ》ジャンの内《うち》ポケットから、黒《くろ》い携帯《けいたい》を出《だ》す。

それを借《か》りるのは、これで2度目《どめ》だった。

「じゃ今夜《こんや》は、ゆっくりお休《やす》み。」

そう言《い》ってドアフォンを押《お》し、出《で》たママに名前《なまえ》を告《つ》げると、私《わたし》に片手《かたて》を上《あ》げて帰《かえ》っていった。

私《わたし》が玄関《げんかん》ドアを開《あ》けた時《とき》には、ちょうどそこまでママが出《で》てきていて、私《わたし》を押《お》しのけるようにして外《そと》を見回《みまわ》した。

「黒木君《くろきくん》は？」

帰《かえ》ったから。

「いないじゃない。まぁ残念《ざんねん》、上《あ》がってもらえばよかったのに。ちょうど今《いま》、お客《きゃく》さん帰《かえ》ったばかりだし。」

そう言《い》いながらママは溜《た》め息《いき》をついた。

「話聞《はなしき》いてたら、いろいろ大変《たいへん》そうだったわよ。パパの部下《ぶか》は、まだ1億程度《おくていど》の借金《しゃっきん》ですんでるみたいだけど、被害者《ひがいしゃ》の中《なか》には3、4億抱《おくかか》えこんだ人《ひと》もいるんですって。今《いま》に自殺者《じさつしゃ》が出《で》るかもしれないって言《い》ってたわ。」

ああ気《き》の毒《どく》に。

そう思《おも》いながらダイニングをのぞくと、パパが、使用《しよう》ずみのコップやお皿《さら》を片付《かたづ》けていた。

「お帰《かえ》り。楽《たの》しかったかい？」

ん・・・いろんな意味《いみ》で、大変《たいへん》だった。

パパも大変《たいへん》だね、お互《たが》いに頑張《がんば》ろう！

私《わたし》は手《て》を洗《あら》ったり、着替《きか》えたりして、お風呂《ふろ》に向《む》かう。

明日《あした》、登校《とうこう》したら、忍《しのぶ》を捕《つか》まえて、何《なに》が何《なん》でも聞《き》き出《だ》そう！

固《かた》く決意《けつい》しながら湯船《ゆぶね》に浸《つ》かっていると、歌《うた》っていた小谷《こたに》さんの輝《かがや》くような笑顔《えがお》が思《おも》い出《だ》された。

メイクを研究《けんきゅう》したり、服《ふく》を作《つく》ったりしているという話《はなし》も。

メジャーデビューできたら、もうそんなことをしなくてもよくて、歌《うた》に専念《せんねん》できるよね、早《はや》くそうなるといいのに。

そう考《かんが》えていて、はっとした。

あのライブハウスの経営者《けいえいしゃ》は、安田《やすだ》プロダクションの役員《やくいん》だって言《い》っていた。

お兄《にい》ちゃんに聞《き》いてみれば、プロダクション内部《ないぶ》で小谷《こたに》さんをデビューさせる計画《けいかく》がどのくらい進《すす》んでいるのか様子《ようす》がわかるはず。

それで大急《おおいそ》ぎでお風呂《ふろ》から出《で》て、お兄《にい》ちゃんのスマートフォンに電話《でんわ》したんだ。

出《で》ないかもしれない。

そう思《おも》っていたけれど、ワンコールで出《で》た。

「何《なに》？」

お兄《にい》ちゃんは、いつも無愛想《ぶあいそう》。

たぶん世《よ》の中《なか》で一番《いちばん》、私《わたし》に無愛想《ぶあいそう》にする男性《だんせい》だと思《おも》う。

「友《とも》だちが、安田《やすだ》プロダクションの役員《やくいん》の京本《きょうもと》っていう人《ひと》のライブハウスに出演《しゅつえん》してるんだけど、メジャーデビューさせてもらえるみたいなんだ。そういう話《はなし》、聞《き》いてる？」

電話《でんわ》からは、かすかに音楽《おんがく》や英語《えいご》のかけ声《ごえ》が流《なが》れてくる。

たぶんレッスン場《じょう》なんだ。

「そんなの、バックパフォーマーの俺《おれ》の耳《みみ》には入《はい》ってこねーよ。」

あ、そういうものなの。

「しかも、うちの事務所《じむしょ》の役員《やくいん》に、京本《きょうもと》なんていねーし。」

いない？

「あ、今《いま》、KAITO《カイト》が来《き》たから確《たし》かめてみる。ちょっと待《ま》ってな。」

私《わたし》は壁《かべ》の時計《とけい》を見上《みあ》げた。

こんな時間《じかん》でも、高宮《たかみや》さんはまだレッスン場《じょう》に行《い》くんだ、アイドルって大変《たいへん》だな。

「やっぱ、いねーって。」

じゃ役員《やくいん》っていうのは、嘘《うそ》なんだ！

「おまえのダチ、だまされてるんじゃないのか。大手芸能《おおてげいのう》プロの名前使《なまえつか》って悪事働《あくじはたら》く奴《やつ》って多《おお》いんだぜ。気《き》を付《つ》けろって言《い》ってやんな。じゃな。」

切《き》れた電話《でんわ》を摑《つか》んだまま、私《わたし》は途方《とほう》に暮《く》れた。

だって小谷《こたに》さん・・・あんなにうれしそうだったのに、だまされてるなんて、私《わたし》にはとても言《い》えない。

17　KZ《カッズ》大敗《たいはい》、フルボッコ

明《あ》くる朝《あさ》、相当早《そうとうはや》く、私《わたし》は目覚《めざ》ましで起《お》き、こっそり家《いえ》を出《で》て自転車《じてんしゃ》で図書館《としょかん》まで駆《か》けつけた。

あたりはシーンとしていて、人影《ひとかげ》はない。

それでも私《わたし》は、木《き》の陰《かげ》に身《み》を潜《ひそ》めた。

何《なに》かがあったらすぐ黒木君《くろきくん》に連絡《れんらく》が取《と》れるように、携帯《けいたい》を握《にぎ》りしめて。

でも誰《だれ》も現《あらわ》れず、そのうちに登校《とうこう》しなけりゃならない時間《じかん》になったんだ。

私《わたし》が登校時間《とうこうじかん》だってことは、彼《かれ》らもたぶんそうだから、この後《あと》やってくるはずはないと思《おも》って引《ひ》き上《あ》げることにした。

次《つぎ》は、学校《がっこう》が終《お》わった夕方《ゆうがた》から夜《よる》だ。

その時間《じかん》は秀明《しゅうめい》があったけれど、自分《じぶん》に割《わ》り当《あ》てられた仕事《しごと》なんだから、果《は》たさねば！

何《なん》とかするつもりで、とりあえず登校《とうこう》した。

今日《きょう》、学校《がっこう》でやらなければならない2つの課題《かだい》について考《かんが》えながら。

1つは、マリンの誤解《ごかい》を解《と》くこと。

2つ目《め》は、忍《しのぶ》から砂原《すなはら》について聞《き》き出《だ》すこと。

昇降口《しょうこうぐち》を潜《くぐ》り、登校《とうこう》してくる生徒《せいと》たちで混《こ》み合《あ》っている玄関《げんかん》ホールを抜《ぬ》けて廊下《ろうか》の方《ほう》に足《あし》を向《む》ける。

すると、その目《め》の前《まえ》を小谷《こたに》さんが通《とお》り過《す》ぎていったんだ。

手《て》に楽譜《がくふ》を持《も》っていたから、朝《あさ》の部活《ぶかつ》だ、きっと。

でも昨日《きのう》と打《う》って変《か》わって、まるで生気《せいき》がなかった。

空気《くうき》みたいに、すうっと流《なが》れていく。

お兄《にい》ちゃんの言葉《ことば》通《どお》りなら、小谷《こたに》さんはずっと地下《ちか》アイドルのままなんだ。

まぁそれでも、自分《じぶん》が満足《まんぞく》できる場所《ばしょ》があるだけいいのかもしれない。

もし人気《にんき》がなくなって、ライブ出演《しゅつえん》ができなくなったら、どうするんだろう。

心配《しんぱい》しながら私《わたし》は、昨日《きのう》の小谷《こたに》さんの笑顔《えがお》や溌剌《はつらつ》とした様子《ようす》を、遠《とお》くなっていくその後《うし》ろ姿《すがた》に重《かさ》ねた。

学校《がっこう》でも、あれを発揮《はっき》できたらいいのに。

だってライブは週《しゅう》1回《かい》だけだ、でも学校《がっこう》なら週5日《しゅういつか》か、週《しゅう》によっては6日《むいか》ある。

その毎日《まいにち》を、あんなふうに輝《かがや》いた顔《かお》で過《す》ごせたら、小谷《こたに》さんはきっと、今《いま》よりもっと幸《しあわ》せになれるんじゃないかな。

そしたらメジャーデビューできなくても、地下《ちか》アイドルを続《つづ》けられなくなっても、きっと大丈夫《だいじょうぶ》だ。

でも、どうすればそうなれるのか、私《わたし》にはまるでわからなかった。

私《わたし》って、無力《むりょく》だなぁ。

力《ちから》を落《お》としながら、教室《きょうしつ》につながる廊下《ろうか》を歩《ある》く。

なんか私《わたし》、テンション下《さ》がってる・・・これじゃいけない。

2つの課題《かだい》を思《おも》い出《だ》し、自分《じぶん》を奮《ふる》い立《た》たせて教室《きょうしつ》の前《まえ》に立《た》った。

頑張《がんば》ろう！

けど・・・教室《きょうしつ》に踏《ふ》みこんだその瞬間《しゅんかん》に、最初《さいしょ》の1つはもう絶望的《ぜつぼうてき》だとわかった。

出入《でい》り口《ぐち》から入《はい》ったとたん、席《せき》に着《つ》いていたマリンと目《め》が合《あ》ったんだけれど、にらまれて、横《よこ》を向《む》かれたんだ。

一気《いっき》に、心《こころ》が固《かた》まってしまった。

それでも私《わたし》は自分《じぶん》を励《はげ》まし、マリンの机《つくえ》まで近寄《ちかよ》った。

「おはよ。あのね、」

そう言《い》うと、マリンは黙《だま》ったままスッと立《た》ち上《あ》がり、私《わたし》を無視《むし》して教室《きょうしつ》を出《で》ていってしまったんだ。

皆《みんな》が、驚《おどろ》いたようにこちらを見《み》る。

「どっしたの、あの2人《ふたり》。」

「ここんとこ、結構《けっこう》、仲《なか》よかったじゃん。」

「でも、長《なが》く続《つづ》くはずないって思《おも》ってたけど。」

「どっちが悪《わる》いんだと思《おも》う？」

そんなヒソヒソ声《ごえ》が聞《き》こえてきて、私《わたし》は全身《ぜんしん》、真《ま》っ赤《か》になりそうだった。

ああどうしよう、どうすればいいいの!?

しかも忍《しのぶ》は、いつまで経《た》っても教室《きょうしつ》にやってこない。

もしかして欠席《けっせき》？

えーい、何《なに》もかもうまくいかない、なぜっ!?

私《わたし》のどこが悪《わる》いの、一生懸命《いっしょうけんめい》やってるじゃないの!!

泣《な》きたい思《おも》いと、くやしい気持《きも》ちが混《ま》じり合《あ》って自暴自棄《じぼうじき》になりかけた時《とき》、ようやく忍《しのぶ》が教室《きょうしつ》に姿《すがた》を見《み》せた。

あ、よかった！

皆《みんな》が見《み》ているのも構《かま》わず、私《わたし》は声《こえ》をかけようとした。

その瞬間《しゅんかん》、

「七鬼《なな き》っ！」

廊下《ろう か》を走《はし》る足音《あしおと》がし、翼《たすく》が教室《きょうしつ》に飛《と》びこんできたんだ。

「きさまっ！」

忍《しのぶ》に飛《と》びかかろうとする。

私《わたし》がびっくりしたのは、そのことだけじゃなかった。

翼《たすく》の顔《かお》っ！

あちこち青痣《あおあざ》だらけで、頭《あたま》には包帯《ほうたい》を巻《ま》いてたんだ。

うわぁ、いったい、どうしたのっ!?

「おい、やめっ！」

男子《だんし》たちがいっせいに止《と》めに入《はい》り、翼《たすく》を羽交《はが》い締《じ》めにして忍《しのぶ》から引《ひ》き離《はな》した。

翼《たすく》は息《いき》を乱《みだ》して暴《あば》れ、止《と》める手《て》を振《ふ》り切《き》ろうとしていたけれど、ちょうど授業開始《じゅぎょうかいし》5分前《ふんまえ》の予《よ》鈴《れい》が鳴《な》り始《はじ》め、しかも運《うん》がいいのか悪《わる》いのか、先生《せんせい》がやってきてしまったので、諦《あきら》めたみたいで席《せき》に着《つ》いた。

私《わたし》の頭《あたま》は、疑問《ぎもん》でいっぱいっ！

いったい何《なに》があったの、翼《たすく》の怪我《けが》はどうして、忍《しのぶ》に激怒《げきど》してるのは、なぜっ!?

授業《じゅぎょう》が頭《あたま》に入《はい》らないくらいだった。

休《やす》み時間《じかん》になると、翼《たすく》は、皆《みんな》の好奇《こうき》の目《め》に耐《た》えられなかったらしくてすぐ教室《きょうしつ》を出《で》ていってしまい、しかも忍《しのぶ》も姿《すがた》を消《け》し、次《つぎ》の授業《じゅぎょう》からは欠席《けっせき》だった。

ああもう、わからないことばかりでイライラするっ！

自分《じぶん》の気持《きも》ちを持《も》て余《あま》していて、私《わたし》は、はっと黒木君《くろきくん》から借《か》りた携帯《けいたい》に気《き》づいた。

もしかして黒木君《くろきくん》なら、何《なに》か知《し》っているかもしれない。

それで昼休《ひるやす》みを待《ま》って、人《ひと》のいない校舎《こうしゃ》の裏《うら》まで行《い》き、黒木君《くろきくん》に電話《でんわ》をかけたんだ。

いつも出《で》ない黒木君《くろきくん》だけど、お願《ねが》い、出《で》てほしいっ！

祈《いの》るような気持《きも》ちで携帯《けいたい》を握《にぎ》りしめていると、やがて呼《よ》び出《だ》し音《おん》が途切《とぎ》れ、かすかな笑《わら》い声《ごえ》が耳《みみ》に届《とど》いた。

「そろそろかかってくる頃《ころ》だと思《おも》ってた。美門《みかど》、そっちに行《い》ったんだろ。事情《じじょう》知《し》りたい？」

知《し》りたいよ！

「真夜中《まよなか》に、あの5人《にん》、恋《こい》する図書館《としょかん》に盗《ぬす》みに入《はい》ったんだ。」

やっぱり！

「で、張《は》りこんでた若武《わかたけ》たちと、激突《げきとつ》した。」

げっ！

「でもあっちには高校生《こうこうせい》もいたし、人数《にんずう》も1人《ひとり》多《おお》かった。それで若武《わかたけ》たちは、フルボッコ。」

え、それは何《なに》っ!?

「たぶんわからないと思《おも》うから説明《せつめい》すると、フルボッコのボッコは、ボコボコにされたってこと。」

わっ！

「フルはｆｕｌｌ《フル》。最大限《さいだいげん》、たっぷり、いっぱい、たくさん、完全《かんぜん》に、強烈《きょうれつ》に、心《こころ》ゆくまでって意味《いみ》で、つまりギタギタに伸《の》された、完膚《かんぷ》なきまでにやられたってこと。」

翼《たすく》の、あの怪我《けが》って、それだったたんだ。

「皆《みんな》で病院《びょういん》に行《い》ったみたいだけど、特《とく》に若武《わかたけ》がひどくて入院《にゅういん》だって。小塚《こづか》を庇《かば》ってたから、らしい。」

私《わたし》は「七夕姫《たなばたひめ》は知《し》っている」の中《なか》で、若武《わかたけ》に庇《かば》われたことを思《おも》い出《だ》した。

若武《わかたけ》は、いつだって弱《よわ》い者《もの》を庇《かば》うんだ。

そんな時《とき》には、自分《じぶん》を投《な》げ出《だ》すことなんか、何《なん》とも思《おも》わない。

やっぱりヒーロー体質《たいしつ》なんだなぁ。

「で、美門《みかど》が怒《いか》り狂《くる》ってさ。こんなことになった原因《げんいん》は、メンバー全員《ぜんいん》がそろわず、黒木《くろき》や七鬼《ななき》みたいにガタイのいい奴《やつ》がいなかったからだって言《い》ったらしい。黒木《くろき》には別《べつ》の役目《やくめ》があるからしかたないけど、七鬼《ななき》は昨日《きのう》から何《なに》やってるんだ、絶対《ぜったい》に許《ゆる》さんって。それで病院《びょういん》から飛《と》び出《だ》してったんだって。」

ああ、ようやく事情《じじょう》がわかった。

「でも全員《ぜんいん》やられながらも、図書《としょ》だけは守《まも》ったみたいだよ。5人《にん》の顔《かお》をスマホで撮《と》って、あの写真《しゃしん》に写《うつ》ってた連中《れんちゅう》に間違《まちが》いないことも確認《かくにん》したらしい。」

やったっ！

「それで、若武先生《わかたけせんせい》の崩壊寸前《ほうかいすんぜん》のプライドも、辛《かろ》うじて保《たも》たれているって上杉《うえすぎ》が言《い》ってた。」

きっと上杉君《うえすぎくん》も怪我《けが》してるんだね。

う・・・なんか痛々《いたいた》しい。

若武《わかたけ》と違《ちが》って、上杉君《うえすぎくん》は外見《がいけん》、繊細《せんさい》そうなんだもの。

「謎《なぞ》なのは、七鬼《ななき》の行動《こうどう》だね。」

黒木君《くろきくん》の声《こえ》からは、怒《おこ》っている様子《ようす》は感《かん》じられなかった。

「美門《みかど》が激怒《げきど》する気持《きも》ちもわかるけど、七鬼《ななき》はKZ《カッズ》が好《す》きなんだ。活動《かつどう》に参加《さんか》しないのは、何《なに》か、俺《おれ》たちに言《い》えないような訳《わけ》があるからに決《き》まってる。」

もしかして、砂原《すなはら》のことが関係《かんけい》してるのかな。

「今《いま》のとこ、それが見《み》えてきてないけどね。」

それで私《わたし》は、忍《しのぶ》が砂原《すなはら》と会《あ》っていたことを話《はな》したんだ。

黒木君《くろきくん》は、不意《ふい》を突《つ》かれたようだった。

「砂原《すなはら》、帰国《きこく》してるのか。俺《おれ》の情報網《じょうほうもう》には、そんなこと入《はい》ってきてないぜ。」

おかしいな、黒木君《くろきくん》の情報網《じょうほうもう》は完璧《かんぺき》なはずなのに。

「砂原《すなはら》に関《かん》しては、ちょっと前《まえ》に片山悠飛《かたやまゆうひ》が接触《せっしょく》したはずだけど。」

えっ!?

「砂原《すなはら》と連絡取《れんらくと》りたいからスマホの番号教《ばんごうおし》えてくれって言《い》ってきたことがあったんだ。それ以外《いがい》に動《うご》きはないよ。」

なんで、悠飛《ゆうひ》が砂原《すなはら》に？

「ま、いいや。調《しら》べてみる。で今日《きょう》のことだけど、休《やす》み時間《じかん》にカフェテリアに集合《しゅうごう》だ。」

若武《わかたけ》が入院《にゅういん》してるのに、集合《しゅうごう》？

そう思《おも》った瞬間《しゅんかん》、電話《でんわ》の向《む》こうから上杉君《うえすぎくん》の声《こえ》がした。

「やられっぱなしで泣《な》き寝入《ねい》りしてたまるか。R《アール》、E《イー》、V《ブイ》、E《イー》、N《エヌ》、G《ジー》、E《イー》！　報復《ほうふく》だ。」

黒木君《くろきくん》がクスッと笑《わら》う。

「ってことで、対策《たいさく》を話《はな》し合《あ》うんだって。よろしく。」

よしっ！

＊

その日《ひ》1日《にち》、私《わたし》は、マリンに無視《むし》され続《つづ》けた。

マリンが私《わたし》に向《む》ける目《め》は、胸《むね》が冷《ひ》え冷《び》えするほど冷《つめ》たかったし、皆《みんな》はチラチラ見《み》ながら噂《うわさ》するし、心《こころ》が折《お》れそうだったよ。

忍《しのぶ》は、あのまま早退《そうたい》してしまって話《はな》せなかったし。

でも秀明《しゅうめい》に行《い》けば、今日《きょう》はKZ《カッズ》会議《かいぎ》があって皆《みんな》に会《あ》える、そう思《おも》うと我慢《がまん》できた。

ああ、ほんとにKZ《カッズ》があってよかった！

学校《がっこう》が終《お》わると、私《わたし》は秀明《しゅうめい》に飛《と》んでいき、休《やす》み時間《じかん》を待《ま》って、事件《じけん》ノートと携帯《けいたい》を手《て》にカフェテリアに駆《か》け上《あ》がった。

まるで天国《てんごく》に上《のぼ》っていくような気持《きも》ちだった。

いつもなら私《わたし》より先《さき》に皆《みんな》が来《き》ているんだけれど、その日《ひ》は、小塚君《こづかくん》と黒木君《くろきくん》しかいなかった。

「これ、ありがと。」

私《わたし》が返《かえ》した携帯《けいたい》を受《う》け取《と》った黒木君《くろきくん》は、ちょっと笑《わら》う。

「怪我人《けがにん》は、歩《ある》くのに時間《じかん》がかかるらしい。遅《おく》れるって。」

小塚君《こづかくん》がシュンとした。

「僕《ぼく》だけ怪我《けが》してなくて、ほんと悪《わる》くって。」

でも、頰《ほお》から顎《あご》に大《おお》きな湿布《しっぷ》を貼《は》っている。

「充分《じゅうぶん》、怪我《けが》してるから大丈夫《だいじょうぶ》。」

私《わたし》はそう言《い》ったけれど、ちょっと変《へん》な慰《なぐさ》め方《かた》だったなって思《おも》ったので、付《つ》け加《くわ》えておいた。

「それに若武《わかたけ》は、小塚君《こづかくん》を怪我《けが》させなかったことに誇《ほこ》りを感《かん》じてると思《おも》うよ。」

そこに、上杉君《うえすぎくん》がやってきた。

額《ひたい》に包帯《ほうたい》を巻《ま》き、片腕《かたうで》は首《くび》から吊《つ》っている。

続《つづ》いてやってきた翼《たすく》も、今朝《けさ》と同《おな》じく満身創痍《まんしんそうい》状態《じょうたい》だった。

教室《きょうしつ》ではすごい勢《いきお》いで忍《しのぶ》に飛《と》びかかっていたけれど、今《いま》は歩《ある》くのがやっとみたいで、ヨチヨチしている。

今朝《けさ》はきっと、怒《いか》りでアドレナリンが大量放出状態《たいりょうほうしゅつじょうたい》だったんだね。

「派手《はで》にやられたねぇ。」

私《わたし》が吐息《といき》をついたその時《とき》、後《うし》ろで大《おお》きな声《こえ》がした。

「一番派手《いちばんはで》なのは、この俺《おれ》だ！」

振《ふ》り向《む》くと、若武《わかたけ》が自分《じぶん》で車椅子《くるまいす》を動《うご》かしてやってきていた。

「両脚骨折《りょうあしこっせつ》だ、しかも看護師《かんごし》ごまかして脱走《だっそう》してきた、すげぇだろ。」

まるで自慢《じまん》するかのような言《い》い方《かた》！

どうして男《おとこ》の子《こ》って、いつもいつも自分《じぶん》の怪我《けが》を得意《とくい》げに話《はな》すんだろう、野蛮《やばん》だ！

上杉君《うえすぎくん》が、冷《さ》めた目《め》を若武《わかたけ》に向《む》ける。

「こいつ、テレビ呼《よ》んどこうって言《い》いやがったんだぜ。KZ《カッズ》が盗人《ぬすっと》を捕《つか》まえるとこを全国《ぜんこく》に放映《ほうえい》させるんだって。皆《みんな》で諦《あきら》めさせたんだけど、よかったよ。でなかったら、俺《おれ》たちがフルボッコにされるとこが全国放映《ぜんこくほうえい》だった。」

私《わたし》は、なんだかおかしくなって笑《わら》ってしまった。

「アーヤ、笑《わら》うなっ！」

若武《わかたけ》は私《わたし》をにらみ、車椅子《くるまいす》を調整《ちょうせい》してテーブルに着《つ》くと、噛《か》みつきそうな顔《かお》で全員《ぜんいん》を見回《みまわ》した。

「昨日《きのう》はコテンパンだった、ちきしょうめ！　これは絶対《ぜったい》、倍《ばい》にして返《かえ》すぞ。」

私《わたし》は、隣《となり》にいた小塚君《こづかくん》にささやく。

「このこと、警察《けいさつ》に届《とど》けたの？」

小塚君《こづかくん》は首《くび》を横《よこ》に振《ふ》った。

「届《とど》けてない。報復《ほうふく》は、KZ《カッズ》の手《て》でやるから届《とど》けるなって。」

やっぱり！

「そこの2人《ふたり》、黙《だま》れ。」

ものすごく威厳《いげん》をこめて言《い》って、若武《わかたけ》は両手《りょうて》でテーブルを叩《たた》いた。

「図書盗難事件《としょとうなんじけん》について、我《わ》がKZ《カッズ》は、犯人《はんにん》5人《にん》を特定《とくてい》した。すでに住所《じゅうしょ》も名前《なまえ》も顔《かお》もはっきりしている。」

私《わたし》は手《て》を上《あ》げ、それはまだKZ《カッズ》事件《じけん》ノートに記載《きさい》されていないと言《い》って情報《じょうほう》を求《もと》めた。

若武《わかたけ》は、いかにも癪《しゃく》に障《さわ》るといったような顔《かお》で、犯人《はんにん》たちの名前《なまえ》を公開《こうかい》する。

「5人《にん》は遠藤《えんどう》、村井《むらい》、安倍《あべ》、安田《やすだ》、斉藤《さいとう》で、北中《きたちゅう》の2年《ねん》と3年《ねん》、西中《にしちゅう》の2年《ねん》、竜野中学《たつのちゅうがく》の3年《ねん》が2人《ふたり》だ。住所《じゅうしょ》は、」

私《わたし》は急《いそ》いでそれらを書《か》き留《と》めた。

「さて、どうやってこいつらに復讐《ふくしゅう》するか、それが今日《きょう》の議題《ぎだい》だ。」

翼《たすく》が、ギンと目《め》を光《ひか》らせる。

「決《き》まってる。罠《わな》を仕《し》かけて、もう一度《いちど》図書館《としょかん》を襲《おそ》わせ、待《ま》ち伏《ぶ》せて、今度《こんど》は逆襲《ぎゃくしゅう》してやるんだ。同時《どうじ》にその映像《えいぞう》を撮《と》ってプリントアウト、学校《がっこう》にバラまく。あいつらの憧《あこが》れの姫《ひめ》、小谷《こたに》にも見《み》せて幻滅《げんめつ》させてやる。で、警察《けいさつ》に持《も》ちこんで、全員逮捕《ぜんいんたいほ》だ。」

ああ、ものすごく過激《かげき》。

「それって、俺《おれ》が初《はじ》めに提案《ていあん》した作戦《さくせん》をちょっとバージョンアップしただけだろ。」

若武《わかたけ》が、盗《と》るなよと言《い》わんばかりの口調《くちょう》で抗議《こうぎ》すると、翼《たすく》はギッとにらみつけた。

「あの時《とき》は、時期尚早《じきしょうそう》だったでしょ。今《いま》こそ時宜《じぎ》なんだ。やってやる!」

沸騰《ふっとう》し切《き》ってる、ダメだ、冷《さ》まさなきゃ。

「もう一回《いっかい》、窃盗《せっとう》させるのは難《むずか》しいね。」

黒木君《くろきくん》がそう言《い》った。

「今回《こんかい》、KZ《カッズ》に待《ま》ち伏《ぶ》せされて、連中《れんちゅう》だって驚《おどろ》いてるはずだし、考《かんが》えてもいるだろう。しばらく鳴《な》りを潜《ひそ》めて様子《ようす》を見《み》るんじゃないのかな。もうやらないかもしれない、よっぽど金《かね》が必要《ひつよう》なことでもない限《かぎ》りね。」

翼《たすく》がおもしろくなさそうな顔《かお》で口《くち》を尖《とが》らせる。

「じゃ連中《れんちゅう》が今後《こんご》も窃盗《せっとう》を続《つづ》けるつもりかどうかを探《さぐ》ろう。」

どうやって？

「あいつら、昔《むかし》、片山《かたやま》とツルんでたんだろ。」

そう言《い》うなりスマートフォンを出《だ》し、その場《ば》で電話《でんわ》をかけ始《はじ》める。

「片山《かたやま》に探《さぐ》らせる。」

私《わたし》は周《まわ》りの耳《みみ》を気《き》にしたけれど、怒《いか》り心頭《しんとう》の翼《たすく》は、お構《かま》いなし。

「片山《かたやま》？」

電話《でんわ》に出《で》た悠飛《ゆうひ》と話《はな》し始《はじ》めながら、皆《みんな》に声《こえ》が聞《き》こえるように設定《せってい》を変更《へんこう》した。

「美門《みかど》だ。おまえの昔《むかし》の仲間《なかま》、図書窃盗《としょせっとう》に手《て》ぇ出《だ》してるぜ。なんでか理由《りゆう》知《し》ってるか。」

かすかな笑《わら》いの混《ま》じった悠飛《ゆうひ》の声《こえ》が聞《き》こえてきた。

「妙《みょう》なことに興味《きょうみ》持《も》ってるんだな。なんでだ。」

翼《たすく》は、スマートフォンをにらみすえる。

「復讐《ふくしゅう》。」

悠飛《ゆうひ》は、ちょっと溜《た》め息《いき》をついた。

「ああそれか。噂《うわさ》は聞《き》いてる。若武《わかたけ》がひどかったんだって？　あいつ、意外《いがい》に鈍《にぶ》いんだな。」

若武《わかたけ》はカッとし、一気《いっき》に立《た》ち上《あ》がりかけて激痛《げきつう》に顔《かお》を歪《ゆが》め、車椅子《くるまいす》の中《なか》に沈《しず》みこんだ。

ああ痛《いた》そう・・・。

それを横目《よこめ》で見《み》ながら、翼《たすく》は話《はなし》を進《すす》める。

「連中《れんちゅう》が本《ほん》を盗《ぬす》むわけ、知《し》ってんだろ。話《はな》せよ。話《はな》さないなら他《ほか》の奴《やつ》を当《あ》たる。」

他《ほか》の人間《にんげん》の心当《こころあ》たりなんて、ないはずだった。

悠飛《ゆうひ》だけが頼《たよ》りなのに、それでも翼《たすく》は頼《たの》んだりしない。

「連中《れんちゅう》と付《つ》き合《あ》ってるのは、おまえだけじゃないし、仲間内《なかまうち》でのおまえのランクもあるだろうからな。」

突《つ》き放《はな》したりプライドを傷《きず》つけたりして刺激《しげき》し、引《ひ》き受《う》けざるをえないように持《も》っていくんだ。

その辺《へん》は、若武《わかたけ》と似《に》てるかも。

若武《わかたけ》も、詐欺師《さぎし》と呼《よ》ばれるくらいそういうことが上手《じょうず》だから。

「奴《やつ》らの中《なか》でのおまえのランクが低《ひく》けりゃ、知《し》らないことも多《おお》いに決《き》まってる。聞《き》いても無駄《むだ》だろ。」

悠飛《ゆうひ》は、ちょっと笑《わら》った。

「おい美門《みかど》、俺《おれ》にフカしかける気《き》か。甘《あま》く見《み》んじゃねーよ。」

うっ、悠飛《ゆうひ》も強《したた》か、引《ひ》っかからないっ！

「でもまぁ、協力《きょうりょく》してやってもいい。それって、どうせKZ《カッズ》の活動《かつどう》なんだろ。KZ《カッズ》には、俺《おれ》のお姫様《ひめさま》もいるからな。」

皆《みんな》が、いっせいに私《わたし》の方《ほう》を見《み》た。

ぐっ！

「ちょっと時間《じかん》くれ。明日《あした》の朝《あさ》までには連絡《れんらく》する。」

そう言《い》って悠飛《ゆうひ》は、電話《でんわ》を切《き》った。

その後《ご》の、皆《みんな》の混乱《こんらん》ぶりといったらっ！

「アーヤ、今度《こんど》は悠飛《ゆうひ》かっ!?」

違《ちが》う！

「いつの間《ま》にそういう関係《かんけい》なんでしょ。」

「全然《ぜんぜん》聞《き》いてないよ。」

「不意打《ふいう》ちは、やめてほしいね。」

「そうだ、痛《いた》すぎる。」

悠飛《ゆうひ》が勝手《かって》に言《い》ってるだけだからっ！

皆《みんな》がワイワイ好《す》きなことをわめき、私《わたし》はムクれて黙《だま》りこみ、やがて若武《わかたけ》が口《くち》を開《ひら》いた。

「それじゃ片山《かたやま》から報告《ほうこく》が来《く》るのを待《ま》って、それ次第《しだい》で動《うご》きを決《き》める。明日《あした》この時間《じかん》に、ここに集合《しゅうごう》だ。今日《きょう》は解散《かいさん》。」

そう言《い》って自分《じぶん》で車椅子《くるまいす》を動《うご》かし、テーブルから離《はな》れていった。

それを黒木君《くろきくん》が追《お》い、補助《ほじょ》して2人《ふたり》で出《で》ていく。

上杉君《うえすぎくん》と翼《たすく》も不自由《ふじゆう》そうに立《た》ち上《あ》がり、その後《あと》に続《つづ》いた。

まだ休《やす》み時間《じかん》が残《のこ》っていたので、私《わたし》がその場《ば》でノートを整理《せいり》していると、まだ残《のこ》っていた小塚《こづか》君《くん》がつぶやく。

「僕《ぼく》、すごく不思議《ふしぎ》に思《おも》ってることがあるんだ。」

私《わたし》は顔《かお》を上《あ》げた。

何《なに》？

18　真夜中《まよなか》の不思議《ふしぎ》

「恋《こい》する図書館《としょかん》での乱闘《らんとう》が終《お》わって、皆《みんな》が病院《びょういん》に行《い》った後《あと》のことだけど、現場《げんば》に本《ほん》が散乱《さんらん》してたから片付《かたづ》けてたんだ。夜《よ》が明《あ》けて朝《あさ》になったら職員《しょくいん》がやってくるしさ、せっかく盗難《とうなん》を防《ふせ》いだんだから、何事《なにごと》もなかったかのようにしておこうと思《おも》って。」

小塚君《こづかくん》らしいね、すごく几帳面《きちょうめん》。

「そしたら敷地内《しきちない》に黒《くろ》いワンボックスカーが入《はい》ってきたんだ。あわてて隠《かく》れたんだけどね。そこから2人《ふたり》の男性《だんせい》が降《お》りてきて、庭園《ていえん》の北側《きたがわ》にある倉庫《そうこ》から、段《だん》ボール箱《ばこ》を運《はこ》び出《だ》していった。」

段《だん》ボール箱《ばこ》？

「それもすごくたくさん。2人《ふたり》で何度《なんど》も運《はこ》んでた。」

私《わたし》は一昨日《おととい》、大久保商会《おおくぼしょうかい》の人《ひと》がそこに段《だん》ボール箱《ばこ》を運《はこ》び入《い》れていたことを思《おも》い出《だ》した。

「もしかして、このくらいの大《おお》きさ？　外側《そとがわ》に電機《でんき》メーカーの名前《なまえ》が書《か》いてあったりする？」

私《わたし》が手《て》でサイズを示《しめ》すと、小塚君《こづかくん》は頷《うなず》いた。

「ん、それだよ。大《おお》きさとメーカー名《めい》からして、たぶんパソコンだと思《おも》うんだけど。」

あれってパソコンだったのかぁ。

私《わたし》は納得《なっとく》しつつ、ノートにペンを走《はし》らせながら言《い》った。

「それ、きっと大久保商会《おおくぼしょうかい》の人《ひと》だよ。納入《のうにゅう》してるとこ、私《わたし》、見《み》てた。作業服《さぎょうふく》を着《き》てたでしょ？」

小塚君《こづかくん》は、首《くび》を横《よこ》に振《ふ》る。

「ううん、２人《ふたり》とも私服《しふく》だった。」

あれ、変《へん》だな。

「大久保商会《おおくぼしょうかい》の人《ひと》が私服《しふく》を着《き》てたのかもしれないけど、たとえそうだとしてもさ、いったん納入《のうにゅう》したものを、なんでまた持《も》ち出《だ》すの？」

私《わたし》は、ちょっと考《かんが》えて答《こた》えた。

「納品《のうひん》に間違《まちが》いがあったとか、かな。」

小塚君《こづかくん》は、てんでダメだといったように首《くび》を横《よこ》に振《ふ》る。

「そうだとしても、夜中《よなか》に持《も》ち出《だ》すのはおかしいよ。仕事《しごと》なら普通《ふつう》、昼間《ひるま》の勤務時間《きんむじかん》にするし。」

あ、そうだね。

「僕《ぼく》、一瞬《いっしゅん》、泥棒《どろぼう》かと思《おも》ったんだ。でも鍵《かぎ》を持《も》ってきてて、ちゃんと開《あ》けて、最後《さいご》は閉《し》めていったから、そうじゃないみたい。」

はて。

「いったい何《なん》だったのか、今《いま》でもすっごく不思議《ふしぎ》なんだ。」

ほんとだねぇ。

相槌《あいづち》を打《う》ちながら私《わたし》は、ノートの整理《せいり》を終《お》わり、立《た》ち上《あ》がろうとした。

すると小塚君《こづかくん》が、思《おも》い切《き》ったように私《わたし》の方《ほう》に身《み》を乗《の》り出《だ》したんだ。

「ねぇアーヤ、聞《き》いてくれる?」

え?

「ほんとは会議《かいぎ》の時《とき》に言《い》うべきだったんだけど、僕《ぼく》のせいで若武《わかたけ》はひどい怪我《けが》をしたんだし、上《うえ》杉《すぎ》や美門《みかど》も体《からだ》がつらそうだったから、とても言《い》えなかったんだ。」

小塚君《こづかくん》は目《め》を伏《ふ》せ、肩身《かたみ》が狭《せま》そうに縮《ちぢ》こまる。

「皆《みんな》、頭《あたま》に血《ち》が上《のぼ》ってるから、復讐《ふくしゅう》以外《いがい》に考《かんが》えられないのも無理《むり》ないけど、でもね、それと事件《じけん》を解決《かいけつ》することは、別《べつ》だと思《おも》うんだよ。」

私《わたし》は、はっとした。

「早《はや》く事件《じけん》を解決《かいけつ》しないと、また次《つぎ》の被害者《ひがいしゃ》が出《で》るかもしれない。」

確《たし》かにその通《とお》りだった。

「まぁ図書盗難《としょとうなん》の方《ほう》は、片山《かたやま》の情報《じょうほう》を待《ま》って手《て》を打《う》てば、間《ま》に合《あ》うと思《おも》うけど、ヒーロー若武暗《わかたけあん》殺未遂事件《さつみすいじけん》の方《ほう》は、一刻《いっこく》も早《はや》くなんとかしないと。」

そうだ、テロかもしれないって意見《いけん》も出《で》てたくらいだものね。

「皆《みんな》が、それどころじゃないって思《おも》ってるのはよくわかるよ。だからこういう時《とき》こそ、昨日役《きのうやく》に立《た》たなかった僕《ぼく》が頑張《がんば》らないといけないいんじゃないかって考《かんが》えてるんだ。」

小塚君《こづかくん》、偉《えら》い、しかも健気《けなげ》！

「もし僕《ぼく》の手《て》に余《あま》るようだったら、これ以上《いじょう》の被害《ひがい》を出《だ》さないために、警察《けいさつ》に事情《じじょう》を話《はな》して捜査《そうさ》してもらうしかない。僕《ぼく》の手元《てもと》に、テトロドトキシンを検出《けんしゅつ》した茶碗《ちゃわん》がある。これを警察《けいさつ》に持《も》ちこめば、捜査《そうさ》が始《はじ》まるはずだよ。でもそんなことしたら若武《わかたけ》は、とても怒《おこ》ると思《おも》う。小塚《こづか》は現場《げんば》で役《やく》に立《た》たないだけじゃなくて、KZ《カッズ》が解決《かいけつ》しようとしていた大事《だいじ》な事件《じけん》を警察《けいさつ》にモラした、とんでもない奴《やつ》だって。」

ん・・・きっと言《い》うよね。

「僕《ぼく》は、KZ《カッズ》を除名《じょめい》になるかもしれない。でも、それでもいいからやろうと思《おも》ってるんだ。だって一番大事《いちばんだいじ》なのは、早《はや》く犯人《はんにん》を特定《とくてい》して、新《あたら》しい被害者《ひがいしゃ》が出《で》るのを防《ふせ》ぐことだよ。そのために僕《ぼく》がKZ《カッズ》から追《お》い出《だ》されるのなら、それでもしかたがない。」

よく言《い》った！

私《わたし》は感動《かんどう》し、思《おも》わず立《た》ち上《あ》がって小塚君《こづかくん》の両手《りょうて》を握《にぎ》りしめた。

「私《わたし》もやる！　それは、この事件《じけん》に関《かか》わった私《わたし》たちの義務《ぎむ》ってものだよ。」

KZ《カッズ》は、私《わたし》にとって何《なに》より大切《たいせつ》なものだった。

でも、だからといって自分《じぶん》の義務《ぎむ》を放《ほう》り出《だ》し、みすみす新《あたら》しい被害者《ひがいしゃ》を出《だ》すような真似《まね》をするのは、人間《にんげん》として正《ただ》しくない。

私《わたし》は、そんなことしちゃいけないんだ。

「それをして、もし若武《わかたけ》に怒《おこ》られて除名《じょめい》になるんだったら、2人《ふたり》で一緒《いっしょ》にKZ《カッズ》を出《で》ていけばいいよ！」

小塚君《こづかくん》は、うっすらと涙《なみだ》ぐんだ。

「アーヤ、ありがと！」

私《わたし》はギュッと力《ちから》をこめて小塚君《こづかくん》の手《て》を握《にぎ》り、ちょっと照《て》れながらそれを放《はな》して腰《こし》を下《お》ろすと、事件《じけん》ノートを開《ひら》いた。

ヒーロー若武和臣暗殺未遂事件《わかたけかずおみあんさつみすいじけん》について見直《みなお》したんだ。

仕《し》かけられた毒物《どくぶつ》は、テトロドトキシン。

場所《ばしょ》は、図書館《としょかん》の来館者用魔法瓶《らいかんしゃようまほうびん》、もしくはお湯《ゆ》の中《なか》。

そして今《いま》、残《のこ》っているのは、4つの謎《なぞ》。

謎《なぞ》2、いつ仕《し》かけたのか。謎《なぞ》4、犯人《はんにん》は誰《だれ》か、謎《なぞ》5、犯行《はんこう》の目的《もくてき》は何《なに》か、謎《なぞ》6、誰《だれ》を狙《ねら》ったのか。

謎《なぞ》2の時間《じかん》については、上杉君《うえすぎくん》から、当日《とうじつ》の朝《あさ》か、その前日《ぜんじつ》という意見《いけん》が出《で》ていたけれど、まだ特定《とくてい》できていない。

謎《なぞ》6についても、テロかもしれないという意見《いけん》もあったけれど、はっきりとは確《たし》かめられていなかった。

「第《だい》1チームの調査《ちょうさ》は、どこまで進《すす》んでるの？」

小塚君《こづかくん》は、首《くび》を横《よこ》に振《ふ》る。

「方針《ほうしん》は立《た》ってるし役割《やくわり》も分担《ぶんたん》できてるから、各自《かくじ》が動《うご》いてるかもしれないけど、チームとしてのまとめはまだできてない。昨日《きのう》は、第《だい》2チームの調査《ちょうさ》に合流《ごうりゅう》しろって言《い》われたからさ。」

あ、そうか。

「立《た》ってる方針《ほうしん》って、どんなの？」

小塚君《こづかくん》は、ナップザックの中《なか》から1枚《まい》の紙《かみ》を出《だ》した。

「僕《ぼく》の役目《やくめ》は、これ。上杉《うえすぎ》が、2つの事件《じけん》の関係箇所《かんけいかしょ》を全部《ぜんぶ》、1枚《まい》の地図《ちず》に落《お》とせって言《い》うから、僕《ぼく》が引《ひ》き受《う》けたんだ。今《いま》、作成中《さくせいちゅう》だよ。黒木《くろき》は、図書館内《としょかんない》の人間関係《にんげんかんけい》を探《さぐ》ったり、魔法瓶《まほうびん》や給湯《きゅうとう》の担当者《たんとうしゃ》を調《しら》べてる。犯人《はんにん》がどうやってテトロドトキシンを入手《にゅうしゅ》したかを調《しら》べるのは、上杉《うえすぎ》の役目《やくめ》。で、皆《みんな》の報告《ほうこく》を受《う》けた若武《わかたけ》が、全部《ぜんぶ》をまとめる予定《よてい》だったんだ。」

でも上杉君《うえすぎくん》と若武《わかたけ》は、当面《とうめん》、怪我《けが》で自由《じゆう》に動《うご》けないよね。

私《わたし》の第《だい》2チームでは、翼《たすく》も無理《むり》だし。

だったらもう第《だい》1、第《だい》2のチーム分《わ》けは廃止《はいし》して、怪我《けが》してない私《わたし》と黒木君《くろきくん》、それに軽傷《けいしょう》の小《こ》塚君《づかくん》で進《すす》めていくしかないんじゃないかな。

「2つの事件《じけん》、私《わたし》たちと黒木君《くろきくん》の3人《にん》が中心《ちゅうしん》になって調査《ちょうさ》していこう。だって他《ほか》の3人《にん》は怪我《けが》してるんだもの。無理《むり》だよ。」

小塚君《こづかくん》は、いく分不安《ぶんふあん》げに頷《うなず》きながら嘆《なげ》く。

「ああ、七鬼《ななき》がいてくれたらなぁ。」

そうだ、忍《しのぶ》に連絡取《れんらくと》って、緊急事態《きんきゅうじたい》だから協力《きょうりょく》してって言《い》ってみるのはどうだろう。

ついでに、砂原《すなはら》のことについても聞《き》いてみればいい。

「忍《しのぶ》に電話《でんわ》かけてみようか。」

小塚君《こづかくん》は即《そく》、同意《どうい》し、スマートフォンを出《だ》した。

「アーヤの方《ほう》が親《した》しいから、やってみてよ。」

それで私《わたし》は、電話《でんわ》を忍《しのぶ》につないでもらってから受《う》け取《と》ったんだ。

「ああ小塚《こづか》か。何《なに》？」

忍《しのぶ》の声《こえ》は、ちょっと忙《せわ》しげだったけれど、苛立《いらだ》っているふうはなかった。

「ごめん立花《たちばな》です。今《いま》、小塚君《こづかくん》と一緒《いっしょ》なんだけど、人手《ひとで》が足《た》りないんだ。忙《いそが》しいって聞《き》いてるけど、協力《きょうりょく》してもらえない？」

忍《しのぶ》は、無言《むごん》。

しばらく待《ま》っていると、やがて答《こた》えが聞《き》こえてきた。

「余裕《よゆう》がないんだ。」

う・・・冷《つめ》たい反応《はんのう》。

「KZ《カッズ》の活動《かつどう》はしばらく休《やす》ませてって若武《わかたけ》に言《い》ってあるはずだけど、聞《き》いてないの？」

知《し》ってるけど・・・砂原《すなはら》と一緒《いっしょ》にあちこち行《い》ってる時間《じかん》があるんだから、少《すこ》しは手《て》を貸《か》してくれたっていいじゃないの。

「メンバーの3人《にん》が怪我《けが》をしちゃって、テンテコマイなんだよ。」

私《わたし》がそう言《い》うと、忍《しのぶ》はちょっと息《いき》をついた。

「悪《わる》いけど、無理《むり》だ。」

自分《じぶん》の事情《じじょう》を話《はな》そうともせず、完全拒否《かんぜんきょひ》。

その態度《たいど》に、私《わたし》は腹《はら》が立《た》った。

だってKZ《カッズ》メンバーなら、KZ《カッズ》のことを最優先《さいゆうせん》にすべきじゃないの。

それに、3人《にん》も怪我《けが》したって言《い》ってるのに、心配《しんぱい》もしないなんて。

「忍《しのぶ》、私《わたし》が知《し》らないとでも思《おも》ってるの。あなたねぇ、砂原《すなはら》と遊《あそ》んでるでしょ。」

電話《でんわ》の向《む》こうで、凍《こお》りついたような沈黙《ちんもく》が広《ひろ》がった。

私《わたし》の目《め》の前《まえ》では、小塚君《こづかくん》が、やっぱり固《かた》まっている。

まぁ砂原《すなはら》が帰国《きこく》してることは、黒木君《くろきくん》だって知《し》らなかったくらいだから、無理《むり》もないけど。

「そんなことしてるんなら、ちょっとくらいKZ《カッズ》に時間《じかん》を割《さ》いてくれたっていいんじゃないの。」

忍《しのぶ》は、しばらくの間《あいだ》、黙《だま》っていた。

それで私《わたし》は、自分《じぶん》のしたことについて反省《はんせい》しているんだろうと思《おも》ったんだ。

きっと思《おも》い直《なお》して、いい返事《へんじ》をしてくれるに違《ちが》いない。

そう期待《きたい》していると、やがて忍《しのぶ》の声《こえ》がした。

「どう思《おも》われてもいいよ。」

え？

「俺《おれ》のこと、信用《しんよう》できないんならそれでいい。とにかく今《いま》は動《うご》きが取《と》れないから。それじゃ。」

放《ほう》り出《だ》すようにそう言《い》って、電話《でんわ》をブッツン！

えーい、何《なに》よ、その逆《ぎゃく》ギレはっ!!

私《わたし》は怒《いか》り狂《くる》いながら、小塚君《こづかくん》の前《まえ》に、スマートフォンを置《お》いた。

「忍《しのぶ》、断《ことわ》って、切《き》った。」

いつも若武《わかたけ》たちが言《い》ってるみたいに、切《き》りやがったと言《い》いたいところだった。

小塚君《こづかくん》は、悲《かな》しそうに目《め》を伏《ふ》せる。

「しかたないね。七鬼《ななき》の協力《きょうりょく》は諦《あきら》めよう。」

私《わたし》は怒《いか》りが収《おさ》まらず、鼻息《はないき》も荒《あら》く小塚君《こづかくん》をにらんだ。

「黒木君《くろきくん》にかけて、2つの事件《じけん》の調査《ちょうさ》、私《わたし》たち3人《にん》で進《すす》めようって言《い》ってみて。」

小塚君《こづかくん》はスマートフォンを取《と》り上《あ》げて黒木君《くろきくん》に連絡《れんらく》し、しばらく話《はな》していて、それを切《き》り、恐《おそ》る恐《おそ》る私《わたし》に目《め》を向《む》けた。

「KZ《カッズ》のリーダーは、いつからアーヤになったんだ？　って言《い》ってたよ。」

ふん、了解《りょうかい》は、ちゃんと取《と》るもん。

若武《わかたけ》が明日《あした》、会議《かいぎ》の招集《しょうしゅう》をかけてるから、そこでね。

「とりあえずオッケって返事《へんじ》だったから、了解《りょうかい》だと思《おも》うけど。」

オドオドと言《い》った小塚君《こづかくん》に、私《わたし》は次《つぎ》の話《はなし》を持《も》ちかける。

「で、上杉君《うえすぎくん》が調《しら》べる予定《よてい》だった毒《どく》の入手先《にゅうしゅさき》については、小塚君《こづかくん》、心当《こころあ》たりがある？」

小塚君《こづかくん》は、いったん口《くち》を引《ひ》き結《むす》んだ。

しばし考《かんが》えていて、キッパリと答《こた》える。

「一番考《いちばんかんが》えられるのは、ペットショップなんだ。」

自分《じぶん》の得意《とくい》ジャンルになると、やっぱ生《い》き生《い》きするよね。

「フグは、スーパーや魚屋《さかなや》で普通《ふつう》に売《う》られている。でもテトロドトキシンが含《ふく》まれてるのは主《おも》に肝臓《かんぞう》で、これは食品衛生法《しょくひんえいせいほう》で販売《はんばい》が禁止《きんし》されてるから店《みせ》で手《て》に入《い》れることはできないんだ。化学《かがく》的に合成するのもかなり難しい。となると、実際に海から釣ってくるか、水族館の水槽の中から盗むか、ペットショップで買うか、しかないよ。でもここは海から遠いし、水族館の水槽の中から盗むのも結構大変だと思う。見つかる危険もあるし。」

そうだね。

「ペットショップなら、手軽に手に入れられる。フグでなくてもヒョウモンダコやアカハライモリ、スベスベマンジュウガニなんかもテトロドトキシンを持ってるけど、これらもペットショップで買えるんだ。」

私は、それを手に入れた犯人が、自分の部屋でテトロドトキシンを取り出している様子を想像して、背筋がゾクゾクした。

「海で釣ってきたんなら、犯人は日頃から釣りをやってる奴だ。フグを釣り上げられるとは思えないもの。釣り関係から探っていくのがいいと思う。初めての人間がいきなりやって盗難があったかどうかも調べないと。あとはペットショップを当たって、最近それらを買った客がいるかどうか聞いて回るしかないね。」

でも、この街のペットショップとは限らないよ。

東京とかだったら、いったい何軒のショップを訪ねなければならないんだろう。

235

考《かんが》えただけで気《き》の遠《とお》くなるような話《はなし》だったし、その間《あいだ》に犯人《はんにん》は、新《あたら》しい犯行《はんこう》に手《て》を出《だ》すかもしれない。

私《わたし》たちの調査時間《ちょうさじかん》は、どのくらいあるのだろうか。

「犯人《はんにん》が次《つぎ》の犯行《はんこう》に着手《ちゃくしゅ》するのは、いつだと思《おも》う?」

瞬間《しゅんかん》、私《わたし》たちの背後《はいご》で声《こえ》がした。

「すぐじゃねーよ。時間《じかん》はあるはずだ。」

驚《おどろ》いて振《ふ》り向《む》けば、そこに上杉君《うえすぎくん》が戻《もど》ってきていたんだ。

「大丈夫《だいじょうぶ》なの?」

私《わたし》が聞《き》くと、上杉君《うえすぎくん》は軽《かる》く首《くび》を横《よこ》に振《ふ》った。

「美門《みかど》はダメだ。さっき倒《たお》れて、黒木《くろき》が病院《びょういん》に連《つ》れてった。」

ああ・・・。

「あいつは、かなりやられてたんだ。顔《かお》のきれいな奴《やつ》って、男同士《おとこどうし》の乱闘《らんとう》になると狙《ねら》われる。一《いち》番《ばん》ボコボコにされるからな。」

そういうこと、前《まえ》にもあったよね。

確《たし》か「赤《あか》い仮面《かめん》は知《し》っている」の中《なか》だった。

「時間《じかん》が経《た》って体調《たいちょう》が悪《わる》くなったってことは、若武《わかたけ》みたいにわかりやすい骨折《こっせつ》とかじゃなくて、たぶん内臓《ないぞう》をやられてるんだ。」

内臓《ないぞう》？

「心臓《しんぞう》とか腎臓《じんぞう》、脾臓《ひぞう》をひどく殴《なぐ》られると、鬱血《うっけつ》して機能低下《きのうていか》したり、破裂《はれつ》して出血《しゅっけつ》したりする。」

う、痛《いた》そ。

「時間《じかん》が経《た》つにつれて、体中《からだじゅう》に影響《えいきょう》が出《で》るんだ。それに美門《みかど》の奴《やつ》、治療直後《ちりょうちょくご》に病院《びょういん》から脱走《だっそう》したからな。それで悪化《あっか》したんだろ。」

激怒《げきど》のあまり、自分《じぶん》の怪我《けが》、忘《わす》れてたんだよ、きっと。

「でも、ま、死《し》ぬことはねーだろ。」

そう言《い》いながら上杉君《うえすぎくん》は、肩《かた》から吊《つ》った片腕《かたうで》をテーブルに置《お》き、ゆっくりと椅子《いす》に腰《こし》かけた。

「犯人《はんにん》は今回《こんかい》、図書館《としょかん》でテトロドトキシンを仕《し》かけた。狙《ねら》ったのは、特定《とくてい》の誰《だれ》か、もしくは不特《ふとく》定多数《ていたすう》だ。特定《とくてい》の誰《だれ》かなら、その理由《りゆう》は怨恨《えんこん》か利害関係《りがいかんけい》、不特定多数《ふとくていたすう》なら愉快犯《ゆかいはん》かテロってことになる。だが特定《とくてい》の誰《だれ》かだとすると、それは若武《わかたけ》じゃないはずだから、これは失敗《しっぱい》だし、不特定《ふとくてい》多数《たすう》を狙《ねら》ったにしても、これまた失敗《しっぱい》だ。」

私《わたし》は、思《おも》わず口《くち》を開《ひら》く。

「それが失敗《しっぱい》だって理由《りゆう》は、被害《ひがい》が多数《たすう》じゃなくて、若武《わかたけ》1人《ひとり》だったから？」

上杉君《うえすぎくん》は、観点《かんてん》がまるで違《ちが》うといったように首《くび》を振《ふ》った。

「俺《おれ》らが、事件《じけん》を伏《ふ》せちまったからだよ。」

は？

「何《なん》の報道《ほうどう》もされず、結果的《けっかてき》に起《お》こらなかったも同然《どうぜん》になってるだろ。愉快犯《ゆかいはん》にしてもテロリストにしても、被害《ひがい》が出《で》たことが社会《しゃかい》に伝《つた》わらないと目的《もくてき》を果《は》たせないんだ。」

そうか。

「つまり、どっちにせよ犯人《はんにん》は失敗《しっぱい》したってこと。となると次《つぎ》をするにしても、方法《ほうほう》を変《か》えなきゃならない。新《あたら》しく考《かんが》え直《なお》すことになるから、時間《じかん》がかかる。」

よし、その間《あいだ》に犯人《はんにん》を見《み》つけ、捕《つか》まえればいいんだね。

「私《わたし》、釣《つ》り関係《かんけい》の店《みせ》や水族館《すいぞくかん》やペットショップを当《あ》たってみる。それしか方法《ほうほう》がないんだったら、やるしかないもの。」

そう言《い》うと、小塚君《こづかくん》は、今《いま》まで手《て》に持《も》っていた紙《かみ》をテーブルの上《うえ》に広《ひろ》げた。

見《み》れば、それはこの街《まち》の地図《ちず》だった。

「ここに今回《こんかい》の事件《じけん》に関係《かんけい》した場所《ばしょ》を書《か》き入《い》れていくんだけど、手伝《てつだ》ってくれる？　これが終《お》われば、僕《ぼく》、手《て》が空《あ》くから一緒《いっしょ》に調《しら》べられるよ。」

よし、やろう！

私《わたし》が小塚君《こづかくん》の隣《となり》に席《せき》を移《うつ》すと、小塚君《こづかくん》はそばに置《お》いてあったスマートフォンを取《と》り上《あ》げた。

「データは、ここに入《はい》ってるんだ。僕《ぼく》が読《よ》み上《あ》げるから、アーヤ、チェックを付《つ》けていってよ。」

それで小塚君《こづかくん》の言《い》う通《とお》りの場所《ばしょ》にチェックを付《つ》けたんだ。

まず盗難《とうなん》にあった北中《きたちゅう》、西中《にしちゅう》、羽場《はば》の３館《かん》の図書館《としょかん》。

未遂《みすい》だった恋《こい》する図書館《としょかん》にも、チェックを入《い》れた。

次《つぎ》に、犯人《はんにん》５人《にん》の在学《ざいがく》する中学《ちゅうがく》と、自宅《じたく》。

「上杉君《うえすぎくん》は、何《なん》のために、全部《ぜんぶ》を地図《ちず》に書《か》きこむように言《い》ったんだろ。」

私《わたし》が聞《き》くと、小塚君《こづかくん》は首《くび》を傾《かし》げた。

「さぁ・・・」

私《わたし》たちは顔《かお》を見合《みあ》わせ、一緒《いっしょ》に上杉君《うえすぎくん》の方《ほう》を向《む》く。

「何《なん》のため？」

上杉君《うえすぎくん》は、うんざりしたような目付《めつ》きになった。

「おまえら、頭《あたま》、悪《わる》っ。」

そう言《い》いながら私《わたし》の記入《きにゅう》した地図《ちず》に視線《しせん》を向《む》ける。

「関連性《かんれんせい》を捜《さが》すために決《き》まってってだろ。」

私《わたし》たちはまだわからず、またも顔《かお》を見合《みあ》わせた。

「関連性《かんれんせい》？」

「なんだろ。」

上杉君《うえすぎくん》は手《て》に負《お》えないといったような顔《かお》で私《わたし》たちを無視《むし》、地図《ちず》を眺《なが》め始《はじ》める。

「それにしてもあの5人《にん》、手近《てぢか》なとこから盗《ぬす》んでやがんな。3館《かん》のうち2館《かん》は、自分《じぶん》たちの通《かよ》ってるガッコの図書館《としょかん》だし、残《のこ》りの1館《かん》は、犯人《はんにん》の1人《ひとり》の自宅《じたく》のすぐ前《まえ》だ。」

ほんとだ、こうして見《み》ると、よくわかるね。

「身近《みぢか》な図書館《としょかん》なら、出入《でい》り口《ぐち》とか、警備《けいび》とかがわかりやすいから、きっと簡単《かんたん》なんだよ。」

小塚君《こづかくん》の言葉《ことば》に、上杉君《うえすぎくん》は舌打《したう》ちする。

「チャレンジ精神《せいしん》のない奴《やつ》らだ。」

えっと泥棒《どろぼう》の作業《さぎょう》に、チャレンジって言葉《ことば》を使《つか》うのは、果《は》たして正《ただ》しいのだろうか。

「そうだとすると、」

上杉君《うえすぎくん》は、ゆっくりと体《からだ》を起《お》こし、椅子《いす》の背《せ》にもたれかかる。

「あの、恋《こい》する図書館《としょかん》」

そう言《い》ってから、自分《じぶん》の口《くち》から出《で》た言葉《ことば》にさも気持《きも》ち悪《わる》そうに眉根《まゆね》を寄《よ》せ、ケッという表情《ひょうじょう》をした。

きっと、恋《こい》するってところが気《き》に入《い》らなかったんだね。

上杉君《うえすぎくん》は、理系硬派《りけいこうは》だから。

私《わたし》がクスッと笑《わら》うと、上杉君《うえすぎくん》はわずかに頰《ほお》を赤《あか》くした。

そっぽを向《む》いて言葉《ことば》を続《つづ》ける。

「あそこも、連中《れんちゅう》と何《なん》らかのつながりがあるってことになるけど、」

そう言《い》えば、場所的《ばしょてき》にはハマりだって言《い》ってたっけ。

「きっと何《なに》かがあるよ！」

それで私《わたし》たち3人《にん》は、目《め》を皿《さら》のようにして地図《ちず》に見入《みい》った。

でも恋《こい》する図書館《としょかん》の近辺《きんぺん》には、5人《にん》の通《かよ》う学校《がっこう》も、家《いえ》も、店《みせ》らしきものもなかったんだ。

「何《なに》もないね。」

上杉君《うえすぎくん》が、急《きゅう》にピクッと髪《かみ》の生《は》え際《ぎわ》を動《うご》かす。

「立花《たちばな》、シャーペン貸《か》せ。」

私《わたし》が手《て》にしていたそれを渡《わた》すと、上杉君《うえすぎくん》は、口《くち》に銜《くわ》えてキャップを取《と》り、それで地図《ちず》に線《せん》を書《か》き入《い》れた。

続《つづ》けざまに、いく本《ほん》も書《か》いていく。

最初《さいしょ》の1本《ぽん》は、北中《きたちゅう》の前《まえ》を通《とお》る道路《どうろ》に引《ひ》き、次《つぎ》の1本《ぽん》は西中《にしちゅう》の前《まえ》の道路《どうろ》に引《ひ》く、で次《つぎ》を羽場図《はばと》書館《しょかん》の前《まえ》の道路《どうろ》に引《ひ》いて、最後《さいご》の1本《ぽん》を恋《こい》する図書館《としょかん》の前《まえ》に引《ひ》いた。

で、それぞれを道《みち》に沿《そ》ってどんどんと伸《の》ばしていくんだ。

途中《とちゅう》で交差《こうさ》している道路《どうろ》にぶつかると、そこからはその両方《りょうほう》の道《みち》に線《せん》を引《ひ》いた。

でも幅《はば》のある道《みち》だけを選《えら》んでいて、路地《ろじ》なんかの細《ほそ》い道《みち》は、無視《むし》。

何《なに》、これ？

19 窃盗《せっとう》の動線《どうせん》

「小塚《こづか》、スマホに住宅地図《じゅうたくちず》、引《ひ》っ張《ぱ》れ。」

そう言《い》って上杉君《うえすぎくん》は、指《ゆび》でテーブルの上《うえ》の地図《ちず》の3つの点《てん》を指《さ》した。

「これらの住所《じゅうしょ》に、それぞれ何《なに》があるかを確《たし》かめるんだ。」

それは、この街《まち》の北西部《ほくせいぶ》の一角《いっかく》で、4つの図書館《としょかん》の前《まえ》の道《みち》から引《ひ》かれたたくさんの線《せん》が、共通《きょうつう》して通《とお》っているところだった。

小塚君《こづかくん》がスマートフォンを操作《そうさ》して住宅地図《じゅうたくちず》を出《だ》し、上杉君《うえすぎくん》の引《ひ》いた線《せん》と引《ひ》き比《くら》べる。

「えっと、その1か所《しょ》はコンビニ。もう1つは公園《こうえん》か児童遊園《じどうゆうえん》のどっちか。最後《さいご》の1つはリサイクルショップ。」

小塚君《こづかくん》が読《よ》み上《あ》げると、上杉君《うえすぎくん》はその目《め》を底《そこ》から光《ひか》らせた。

「3つ目《め》で決《き》まりだな。超臭《ちょうくせ》え。」

そう言《い》ってから、くやしそうに舌打《したう》ちする。

「くっそ若武《わかたけ》の奴《やつ》、ドジりやがって。」

え?

「黒木《くろき》が、貸《か》し倉庫《そうこ》か、買《か》い取《と》り店《てん》の古本屋《ふるほんや》を捜《さが》せって若武《わかたけ》に言《い》ったことがあるだろ。」

ああ、昨日《きのう》の夜《よる》ね。

「あれは盗品《とうひん》を置《お》いておく場所《ばしょ》か、それを買《か》う店《みせ》を捜《さが》せって意味《いみ》だったんだろ。」

そうだよ。

「若武《わかたけ》は単純《たんじゅん》バカだから、黒木《くろき》の言葉《ことば》をそのまま受《う》け取《と》って、貸《か》し倉庫《そうこ》と古本屋《ふるほんや》だけしか捜《さが》さなかったんだ。で、ないって言《い》ったわけ。」

ああ、やりそう・・・。

「リサイクルショップなら、生活用品全般《せいかつようひんぜんぱん》からキャンプ用品《ようひん》、介護用品《かいごようひん》、アウトドア関係《かんけい》からイベント用品《ようひん》まで、あらゆるものを扱《あつか》ってる。当然《とうぜん》、倉庫《そうこ》を持《も》ってるだろ。そこに盗品《とうひん》を隠《かく》すことは可能《かのう》だ。」

あ、そうか!

「俺《おれ》が書《か》いたこれは、」

そう言《い》いながら上杉君《うえすぎくん》は、自分《じぶん》が引《ひ》いた線《せん》を指《さ》した。

「窃盗犯《せっとうはん》の動線《どうせん》。」

え？

「この3館《かん》から盗《ぬす》んだ本《ほん》は、おそらく車《くるま》に積《つ》まれた。冊数《さっすう》から考《かんが》えて自転車《じてんしゃ》じゃ危《あぶ》なっかしいし、目立《めだ》つし、無理《むり》に積《つ》んで傷《きず》をつけると売値《うりね》に響《ひび》く。で、車《くるま》のはずだ。」

なるほど。

「その車《くるま》が図書館前《としょかんまえ》からどう移動《いどう》できるか、この線《せん》はその可能性《かのうせい》を書《か》いたものだ。未遂《みすい》だった4館目《かんめ》の北野《きたの》の図書館前《としょかんまえ》からも引《ひ》いてみた。」

あ、今度《こんど》は、恋《こい》する図書館《としょかん》って言《い》ってない、クスクス。

「どの程度《ていど》の大《おお》きさの車《くるま》かわからんが、細《ほそ》い道《みち》は除《のぞ》いて、2車線以上《しゃせんいじょう》の道路《どうろ》を全部《ぜんぶ》、候補《こうほ》に上《あ》げた。で、この4本《ほん》の線《せん》が必《かなら》ず通《とお》っているのが、さっき言《い》った3か所《しょ》なんだ。その中《なか》で盗《ぬす》んだ本《ほん》を隠《かく》せるのは、リサイクルショップだけ。一番最初《いちばんさいしょ》に被害《ひがい》にあったのは北中《きたちゅう》、次《つぎ》が西中《にしちゅう》、その次《つぎ》が羽場図書館《はばとしょかん》で、最後《さいご》の北野《きたの》の図書館《としょかん》が未遂《みすい》だ。このリサイクルショップからの距離《きょり》も、その順番《じゅんばん》になってる。つまり連中《れんちゅう》は、盗品《とうひん》を隠《かく》せるリサイクルショップに近《ちか》い図書館《としょかん》から、順繰《じゅんぐ》りに盗《ぬす》み始《はじ》めたんだ。それが連中《れんちゅう》の通《かよ》ってる学校《がっこう》だったのは、たまたまだ。」

すごい！

やっぱ、上杉君《うえすぎくん》は天才《てんさい》だっ！

「問題《もんだい》は、リサイクルショップの経営者《けいえいしゃ》が、それを知《し》ってるかどうかだな。不良連中《ふりょうれんちゅう》が、こっそり隠《かく》してるってこともあるし、経営者《けいえいしゃ》が知《し》ってて、買《か》い取《と》ってるのかもしれない。何《なに》しろ、」

そう言《い》って上杉君《うえすぎくん》は、皮肉《ひにく》な笑《え》みを浮《う》かべた。

「この窃盗《せっとう》には、車《くるま》を持《も》っていてそれを運転《うんてん》できる大人《おとな》が嚙《か》んでるんだ。」

あ、そうか。

「それがリサイクルショップの経営者《けいえいしゃ》だとしたら、商売柄《しょうばいがら》、図書《としょ》を売《う》りさばくルートも持《も》ってるだろうしさ。」

うん、ものすごく怪《あや》しいね。

「小塚《こづか》、黒木《くろき》に連絡《れんらく》してこのリサイクルショップの経営者《けいえいしゃ》、調《しら》べさせろ。」

その時《とき》、休《やす》み時間終了《じかんしゅうりょう》の予鈴《よれい》が鳴《な》り出《だ》した。

私《わたし》や小塚君《こづかくん》は、急《いそ》いで立《た》ち上《あ》がる。

上杉君《うえすぎくん》も頰《ほお》を歪《ゆが》め、痛《いた》みをこらえるようにして腰《こし》を上《あ》げた。

あんまりにもつらそうだったので、私《わたし》は思《おも》わず手《て》を出《だ》したんだ。

「サポートしようか？」

上杉君《うえすぎくん》は、スッと横《よこ》を向《む》く。

「いらね。」

そう言《い》って私《わたし》の手《て》から体《からだ》を背《そむ》け、歩《ある》き出《だ》した。

私《わたし》は、出《だ》した手《て》のやり場《ば》に困《こま》りながらその後《うし》ろ姿《すがた》を見送《みおく》る。

すると上杉君《うえすぎくん》は急《きゅう》に立《た》ち止《ど》まり、片手《かたて》をモゾモゾと動《うご》かしたものの、やがて諦《あきら》めたように小塚《こづか》君《くん》を振《ふ》り返《かえ》った。

「スマホ、鳴《な》ってんだけど・・・ポケットから出《だ》してくれ。看護師《かんごし》の奴《やつ》、折《お》れた腕《うで》の側《がわ》のポケットに入《い》れやがった。」

小塚君《こづかくん》は、ちょっと笑《わら》う。

「僕《ぼく》、忙《いそが》しいから、アーヤに頼《たの》めば？　さっきのこと謝《あやま》ってからね。」

上杉君《うえすぎくん》は、忌々《いまいま》しそうに小塚君《こづかくん》をにらんだ。

「わーった、頼《たの》まん。」

何《なん》とか片手《かたて》で取《と》り出《だ》そうと体《からだ》を捻《ひね》っていて、出《だ》すところまでは成功《せいこう》したんだけど、そのとたんにスマートフォンが手《て》から滑《すべ》り落《お》ちた。

床《ゆか》にぶつかって、着信音《ちゃくしんおん》が途絶《とだ》える。

上杉君《うえすぎくん》は絶望《ぜつぼう》のあまり天井《てんじょう》を仰《あお》ぎ、目《め》をつぶった。

自分《じぶん》の限界《げんかい》を思《おも》い知《し》らされた悪戯《いたずら》っ子《こ》みたいで、なんともかわいい。

小塚君《こづかくん》が笑《わら》い出《だ》した。

「降参《こうさん》するしかないね、上杉《うえすぎ》。」

上杉君《うえすぎくん》が小塚君《こづかくん》にからかわれるという、かつてない、実《じつ》に珍《めずら》しい光景《こうけい》を前《まえ》に、私《わたし》は目《め》を見張《みは》りながらスマートフォンを拾《ひろ》い上《あ》げた。

上杉君《うえすぎくん》は、ほとんど聞《き》き取《と》れないくらいに小《ちい》さな声《こえ》でつぶやいた。

「ありがと。」

私《わたし》は、笑《わら》いを噛《か》み殺《ころ》しながらそのスマートフォンを渡《わた》そうとした。

その時《とき》、着信音《ちゃくしんおん》が鳴《な》り出《だ》し、画面《がめん》に片山悠飛《かたやまゆうひ》という文字《もじ》が浮《う》かんだんだ。

上杉君《うえすぎくん》はあせってスマートフォンを取《と》り上《あ》げようとし、またも床《ゆか》に落《お》とす。

私《わたし》はそれを拾《ひろ》い、上杉君《うえすぎくん》の耳《みみ》に当《あ》てた。

すると上杉君《うえすぎくん》は、信《しん》じられないといった表情《ひょうじょう》で私《わたし》を見《み》たんだ。

「通話《つうわ》ボタン、押《お》さずに聞《き》こえる電話《でんわ》がどこにある。」

ごめん、よくわからなかったんだよ。

「スピーカーフォンにしろよ。」

教《おし》えてもらって、それを設定《せってい》した。

「美門《みかど》に頼《たの》まれた件《けん》で、」

悠飛《ゆうひ》の声《こえ》がする。

「さっきかけたんだけどさ、あいつ、出《で》ねーんだよ。」

ああ、病院《びょういん》行《い》ってるからね。

「おまえでもいいよな。同《おな》じKZ《カッズ》だろ。」

上杉君《うえすぎくん》は、その切《き》れ上《あ》がった目《め》に冷《ひ》ややかな光《ひかり》を浮《う》かべた。

「いいぜ。ちょうど他《ほか》のメンバーもいるし。なんだ？」

悠飛《ゆうひ》は、ちょっと笑《わら》う。

「俺《おれ》に協力頼《きょうりょくたの》んどいて、なんだ、かよ。ほんとおまえらって皆《みんな》、態度《たいど》デカいよな。噂《うわさ》じゃおまえらがやられたってことだったけど、よく聞《き》いてみたら、相手《あいて》の方《ほう》が倍《ばい》も怪我《けが》してるじゃん。」

げっ！

「5人《にん》とも、骨《ほね》バキバキで入院《にゅういん》だ。本《ほん》も盗《ぬす》めなかったみたいだしさ、さすがKZ《カッズ》、ただやられた訳《わけ》じゃないよな。」

えっと、それは・・・ほめてる？

「ま、いい。頼《たの》まれてた件《けん》だけどさ、連中《れんちゅう》が金《かね》を必要《ひつよう》としてるわけは、地下《ちか》アイドルだ。」

え・・・小谷《こたに》さん？

「地下《ちか》アイドルの北城舞香《きたしろまいか》っていう女《おんな》に入《い》れ揚《あ》げてんだよ。で、チケットやグッズを買《か》ったり、撮影《さつえい》や握手《あくしゅ》してもらうのに、ハンパねぇ金《かね》がいるわけ。」

そうだったんだ！

確《たし》かに、随分《ずいぶん》お金《かね》がかかりそうだとは感《かん》じてたけど。

「週《しゅう》1のライブのたびに、2、3万使《まんつか》ってるらしいぜ。月《つき》に10万《まん》ちょいだって。そんな金《かね》、中高《ちゅうこう》生《せい》じゃバイトやっても追《お》っつかねぇだろ。」

確《たし》かに。

「地下《ちか》アイドルに金使《かねつか》うのは、応援《おうえん》したいからだ。アイドルは、金集《かねあつ》めれば集《あつ》めるほど事務所《じむしょ》から大事《だいじ》にしてもらえるからな。」

じゃ、これからもお金《かね》が必要《ひつよう》だよね。

ってことは、図書《としょ》の窃盗《せっとう》を続《つづ》ける可能性《かのうせい》があるんだ。

ま、怪我《けが》が治《なお》るまでは無理《むり》だろうけど。

「あの連中《れんちゅう》も悪《わる》いけどさ、未成年《みせいねん》からそんな大金《たいきん》ふんだくって、結果的《けっかてき》に犯罪《はんざい》に走《はし》らせてる事務《じむ》所《しょ》サイドにも問題《もんだい》あるんじゃね？」

私《わたし》は、悠飛《ゆうひ》の言《い》う通《とお》りだと感《かん》じた。

「儲《もう》けてるのは、誰《だれ》なんだろ？」

小塚君《こづかくん》が首《くび》を傾《かし》げ、私《わたし》は小谷《こたに》さんのためにはっきり言《い》っておかねばと思《おも》った。

「地下《ちか》アイドルは、いろんな出費《しゅっぴ》が嵩《かさ》むみたいだよ。」

上杉君《うえすぎくん》が、皮肉《ひにく》な笑《え》みを浮《う》かべる。

「金《かね》は、ライブハウスの経営者《けいえいしゃ》の懐《ふところ》に入《はい》ってんだよ。」

確《たし》か、京本《きょうもと》って人《ひと》だよね。

安田《やすだ》プロダクションの役員《やくいん》って偽《いつわ》って、小谷《こたに》さんをだましてるんだ。

その上《うえ》、暴利《ぼうり》を貪《むさぼ》ってるなんて・・・許《ゆる》しがたい！

「けど犯罪《はんざい》じゃねーよ。日常生活《にちじょうせいかつ》に満足《まんぞく》できずにアイドルとして注目《ちゅうもく》を集《あつ》めたい出演者《しゅつえんしゃ》、そのアイドルに金《かね》を注《つ》ぎこんで親《した》しくなり、名前《なまえ》を覚《おぼ》えてもらって自己顕示《じこけんじ》したい客《きゃく》、両方《りょうほう》の欲求《よっきゅう》をかなえて金《かね》を儲《もう》けたい経営者《けいえいしゃ》って図式《ずしき》だ。三者三様《さんしゃさんよう》だけど、俺《おれ》に言《い》わせりゃ全員《ぜんいん》、最低《さいてい》。」

私《わたし》たちの話《はなし》が盛《も》り上《あ》がっている間《あいだ》、悠飛《ゆうひ》は黙《だま》っていたけれど、やがて口《くち》を開《ひら》いた。

「じゃ確《たし》かに伝《つた》えたからな。美門《みかど》に言《い》っといてくれ。そんじゃ。」

私《わたし》はあわてて言《い》った。

「あの、ありがと。」

部活《ぶかつ》で忙《いそが》しいのに、KZ《カッズ》のために時間《じかん》を割《さ》いてくれたんだもの、感謝《かんしゃ》しておきたかったんだ。

それと、もう1つ、知《し》りたいことがあった。

「ちょっと聞《き》きたいんだけど、」

悠飛《ゆうひ》は、声《こえ》に笑《え》みを含《ふく》む。

「言《い》えよ。」

上杉君《うえすぎくん》が、まいったといったように項垂《うなだ》れた。

「なんだ、その、急《きゅう》に甘《あま》すぎる声《こえ》・・・」

小塚君《こづかくん》は真《ま》っ赤《か》になる。

「僕《ぼく》、聞《き》こえないとこに行《い》こうか？」

私《わたし》は、無視《むし》した。

だって2人《ふたり》とも、過剰反応《かじょうはんのう》だよ。

「黒木君《くろきくん》に、砂原《すなはら》の連絡先《れんらくさき》を聞《き》いたでしょ。」

電話《でんわ》の向《む》こうで、悠飛《ゆうひ》が息《いき》を呑《の》む。

それは、YES《イエス》と言《い》っているも同然《どうぜん》だった。

きっと私《わたし》には、知《し》られたくなかったんだ。

「砂原《すなはら》と話《はな》したの？」

悠飛《ゆうひ》は、小《ちい》さく笑《わら》う。

「おまえに関係《かんけい》ねーし。」

そうなんだけど、もし砂原《すなはら》と話《はな》していれば、何《なに》か様子《ようす》がわかるかもしれないと思《おも》ったんだ。

だって砂原《すなはら》は来日《らいにち》していて、しかも忽然《こつぜん》と消《き》えたんだもの。

「お願《ねが》い、教《おし》えて。」

私《わたし》がそう言《い》うと、悠飛《ゆうひ》はしかたなさそうな溜《た》め息《いき》をついた。

「話《はな》したよ。それについちゃ、前《まえ》におまえに予告《よこく》してあるだろ。」

え？　私《わたし》、何《なに》か聞《き》いてるっけ？

「おまえたちの関係《かんけい》は不自然《ふしぜん》だ、おまえは心変《こころが》わりする、それを俺《おれ》が証明《しょうめい》してやるって言《い》ったはずだ。」

ああ、そのことか。

「それについてだよ。これ以上《いじょう》は話《はな》せねーから。じゃな。」

プツンと電話《でんわ》が切《き》れ、はっと気《き》が付《つ》くと、小塚君《こづかくん》も上杉君《うえすぎくん》も、じいっとこちらを見《み》ていた。

「おまえ・・・砂原《すなはら》とうまくいってないの？」

上杉君《うえすぎくん》に言《い》われて、私《わたし》はあせり、手《て》にしていたスマートフォンをその手《て》に押《お》し付《つ》けた。

「何《なん》でもないから。」

その時《とき》、小塚君《こづかくん》のスマートフォンに電話《でんわ》が入《はい》ったんだ。

「黒木《くろき》からだ。きっと何《なに》か摑《つか》んだんだよ。」

私《わたし》は色《いろ》めき立《た》ったけれど、ちょうど授業開始《じゅぎょうかいし》のチャイムが鳴《な》り始《はじ》めたので、急《いそ》いで教室《きょうしつ》に戻《もど》らなければならなかった。

特《とく》に、私《わたし》の教室《きょうしつ》は遠《とお》かったし。

「行《い》きなよ、アーヤ。」

小塚君《こづかくん》がスマートフォンを耳《みみ》に当《あ》てながら言《い》った。

「明日《あした》の会議《かいぎ》で報告《ほうこく》するからさ。」

それで教室《きょうしつ》に向《む》かったんだ。

でも黒木君《くろきくん》が何《なに》を言《い》ってきたのか、どうにも気《き》になって、何度《なんど》も振《ふ》り返《かえ》ってしまった。

後《うし》ろ髪《がみ》を引《ひ》かれるって、きっとこういう気分《きぶん》のことなんだろうな。

20　アイドルの電話《でんわ》

秀明《しゅうめい》が終《お》わって家《いえ》に帰《かえ》ると、玄関《げんかん》でママが電話《でんわ》をしているところだった。すごくうれしそうな顔《かお》で、ドアを開《あ》けた私《わたし》を振《ふ》り返《かえ》る。

「ああ今《いま》、帰《かえ》ってきたわ。替《か》わるけど、たまには遊《あそ》びに来《き》てね。会《あ》えるのを楽《たの》しみにしてるから。それじゃあね。」

そう言《い》ってから私《わたし》の方《ほう》に受話器《じゅわき》を差《さ》し出《だ》した。

「KAITO《カイト》王子《おうじ》からよ。」

え・・・何《なん》だろ。

「替《か》わりました。」

私《わたし》の耳《みみ》に、高宮《たかみや》さんの清々《すがすが》しい声《こえ》が流《なが》れこむ。

「やぁ、土曜日《どようび》は元気《げんき》そうだったね。久《ひさ》しぶりに会《あ》えてよかったよ。もうちょっと時間《じかん》があれば話《はな》せたのに、残念《ざんねん》だった。」

私《わたし》も！

「こんな時間《じかん》にかけたのは、裕樹《ゆうき》から話《はなし》を聞《き》いて、心配《しんぱい》になったからなんだ。」

あ、ライブハウス経営者《けいえいしゃ》の京本《きょうもと》のことだよね。

「アーヤ、どこかで京本《きょうもと》と会《あ》ったの？」

すごく気《き》にしているみたいだったから、私《わたし》は、考《かんが》えてから答《こた》えた。

「名前《なまえ》を聞《き》いただけです。顔《かお》も知《し》らないし・・・」

高宮《たかみや》さんは、ほっとしたような息《いき》をつく。

「よかった。京本《きょうもと》は、相当《そうとう》アブないからね。」

そうなの？

「今後《こんご》、出食《でく》わす可能性《かのうせい》もあるから特徴《とくちょう》を教《おし》えとくよ。年齢《ねんれい》は30代後半《だいこうはん》で、いつも派手《はで》な服装《ふくそう》をしていて、頬《ほお》に傷《きず》がある。」

わっ、それ、ライブハウスの階段《かいだん》を降《お》りてきた人《ひと》だっ！

あれが京本《きょうもと》だったんだ、びっくり!!

「ちょっと前《まえ》まで、うちの事務所《じむしょ》でマネージャーをやってたんだよ。」

それでクールボーイのプライベート情報《じょうほう》を知《し》ってたんだね。

「でも質《たち》の悪《わる》い組織《そしき》の連中《れんちゅう》と付《つ》き合《あ》っててね、そいつらがやってる風俗営業《ふうぞくえいぎょう》の仕事《しごと》を、うちの所《しょ》属《ぞく》タレントに斡旋《あっせん》したり、無理矢理《むりやり》やらせたりしてたんだ。そのタレントたちから抗議《こうぎ》があって事態《じたい》が発覚《はっかく》、京本《きょうもと》はそれで事務所《じむしょ》を辞《や》めさせられた。」

そうだったのか。

「今《いま》はその組織《そしき》の持《も》ってるライブハウスのブッキングを任《まか》されてるって話《はなし》だよ。おそらくうちの事務所《じむしょ》を辞《や》めたから、その組織《そしき》に入《はい》ったんだろうな。」

ゴックン。

「もし見《み》かけても、アーヤ、近《ちか》づかないようにね。ほんとにアブないから。何《なに》かあったら、すぐ俺《おれ》に連絡《れんらく》を。いいね!?」

私《わたし》は、それを約束《やくそく》した。

「お忙《いそが》しいのに、わざわざ電話《でんわ》をありがとうございました。」

そう言《い》うと、高宮《たかみや》さんはクスッと笑《わら》った。

「当然《とうぜん》だよ、俺《おれ》はアーヤにプロポーズしてるんだから。」

あ、そんなこともあったっけ。

確《たし》か「アイドル王子《おうじ》は知《し》っている」の中《なか》でだ、懐《なつ》かしいな。

「ファンが恐《こわ》いので、なかったことにしてください。」

冗談半分《じょうだんはんぶん》で言《い》うと、高宮《たかみや》さんは静《しず》かな声《こえ》で答《こた》えた。

「それは、俺《おれ》がクールボーイのボーカルだからだろ。辞《や》めてしまえば、もう関係《かんけい》ない。アーヤとだって堂々《どうどう》、付《つ》き合《あ》えるよ。」

びっくりした、だって声《こえ》が真剣《しんけん》だったんだもの。

「辞《や》めるなんて考《かんが》えてるんですか？　トップアイドルなのに、どうして？」

高宮《たかみや》さんは、かすかな息《いき》をついた。

「いろいろあるんだけどね、でも辞《や》めるとしたら、それは前向《まえむ》きの選択《せんたく》だから。」

前向《まえむ》き？

「もっと高《たか》い所《ところ》まで行《い》くためだよ。また今度《こんど》、話《はな》そう。くれぐれも気《き》を付《つ》けて。じゃね。」

それで電話《でんわ》が切《き》れた。

なんか、大変《たいへん》そうだなぁ・・・。

でも高宮《たかみや》さんは強《つよ》い人《ひと》だから、どんな困難《こんなん》でもきっと越《こ》えていくよね。

私《わたし》は2階《かい》に上《あ》がり、秀明《しゅうめい》バッグを置《お》いたり、手《て》を洗《あら》ったりしてから、お風呂《ふろ》に入《はい》った。

小谷《こたに》さんは、メジャーデビューさせてもらえると信《しん》じているけれど、別《べつ》の方向《ほうこう》に連《つ》れていかれてしまうかもしれない。

警戒《けいかい》するように言《い》わなくっちゃ。

私《わたし》の言《い》うこと、信《しん》じてくれるといいけどな。

お風呂《ふろ》を出《で》てから、明日《あした》のKZ《カッズ》会議《かいぎ》に備《そな》えて事件《じけん》ノートの整理《せいり》をした。

図書盗難事件《としょとうなんじけん》については、まず悠飛《ゆうひ》が調《しら》べてくれた不良《ふりょう》たちの窃盗《せっとう》の動機《どうき》を書《か》き、怪我《けが》が治《なお》るまでは再犯《さいはん》の可能性《かのうせい》はないこと、盗難図書《とうなんとしょ》の保管《ほかん》にリサイクルショップが関《かか》わっている可能性《かのうせい》が高《たか》いことなどをまとめて記録《きろく》した。

明日《あした》の会議《かいぎ》までに、小塚君《こづかくん》あるいは黒木君《くろきくん》がリサイクルショップの情報《じょうほう》を持《も》ってきてくれれば、調査《ちょうさ》は一気《いっき》に進《すす》むに違《ちが》いない。

ヒーロー若武和臣暗殺未遂事件《わかたけかずおみあんさつみすいじけん》に関《かん》しては、4つの謎《なぞ》が残《のこ》っているけれど、すでに黒木君《くろきくん》が報《ほう》告《こく》の電話《でんわ》をしてきているから、それを聞《き》けばかなりの進展《しんてん》が期待《きたい》できた。

そして私《わたし》は、会議《かいぎ》の席上《せきじょう》で2つのチームの統合《とうごう》と、新《あたら》しい調査態勢《ちょうさたいせい》について提案《ていあん》する。

よし完璧《かんぺき》!

次《つぎ》に予習《よしゅう》と復習《ふくしゅう》をし、ベッドに入《はい》って、安《やす》らかに眠《ねむ》ろうとした。

とたんに、忍《しのぶ》の言葉《ことば》を思《おも》い出《だ》したんだ。

「どう思《おも》われてもいいよ。」

突き放《はな》すみたいな言《い》い方《かた》だった。

思《おも》い返《かえ》しながら、私《わたし》は次第《しだい》に腹《はら》が立《た》った。

だってそれって、仲間《なかま》に向《む》かって、ひどくない？

砂原《すなはら》と遊《あそ》んでたのは、事実《じじつ》なのに、「俺《おれ》のこと信用《しんよう》できないんならそれでいい。」って、どういう居直《いなお》り方《かた》よ。

でも、黒木君《くろきくん》は言《い》ってたんだよね。

忍《しのぶ》がＫＺ《カッズ》活動《かつどう》に参加《さんか》しないのは、何《なに》か、俺《おれ》たちに言《い》えないような訳《わけ》があるからに決《き》まってるって。

黒木君《くろきくん》みたいに考《かんが》えるのが、信用《しんよう》してるってことなのかなぁ。

私《わたし》って・・・未熟《みじゅく》なのかも。

でも忍《しのぶ》は、いったいどんな事情《じじょう》を抱《かか》えてるんだろう。

砂原《すなはら》も、帰《かえ》ってきてるのに何《なに》も言《い》ってこないのは、どうして？

えーい、イライラする、眠《ねむ》れないっ！

私《わたし》はガバッと起《お》き上《あ》がり、この苛立《いらだ》ちを何《なん》とかしようと考《かんが》えた。

それには、はっきりと事実《じじつ》を知《し》ることだ。

忍《しのぶ》に聞《き》いても、これ以上答《いじょうこた》えてもらえないのはわかりきってるから、よし直接《ちょくせつ》、砂原《すなはら》に聞《き》こう。

私《わたし》はベッドから出《で》て、事件《じけん》ノートをめくり、砂原《すなはら》の携帯番号《けいたいばんごう》を見《み》つけ出《だ》した。

今《いま》まで忙《いそが》しいだろうとか、ちょうど休《やす》みで寝《ね》ているとこだったら起《お》こしちゃ悪《わる》いとか思《おも》ってかけずにきたけれど、日本《にっぽん》で忍《しのぶ》と遊《あそ》んでるんだもの、かけてもいいはず。

それで1階《かい》に降《お》りていったんだ。

ママはもう自分《じぶん》の部屋《へや》に引《ひ》き上《あ》げていて、廊下《ろうか》もダイニングも暗《くら》かった。

私《わたし》は電気《でんき》を点《つ》けず、電話機全体《でんわきぜんたい》を持《も》ち上《あ》げて廊下《ろうか》に座《すわ》りこんだ。

心臓《しんぞう》がドキドキしたし、心《こころ》が揺《ゆ》れているようにも感《かん》じられて、立《た》っているとフラッとしてしまいそうだったから。

膝《ひざ》の上《うえ》に置《お》いた電話機《でんわき》のボタンを押《お》し終《お》わると、ちょっと間《ま》があって、呼《よ》び出《だ》し音《おん》が鳴《な》り、やがてそれが途切《とぎ》れた。

「この番号《ばんごう》って・・・もしかして立花《たちばな》？」

砂原《すなはら》の声《こえ》がした。

「ほんとにっ!?　なんか夢《ゆめ》みてぇ。」

すごく喜《よろこ》んだ声《こえ》だったけれど、すぐさま深刻《しんこく》なトーンに変《か》わる。

「どうした、何《なに》かあったのか!?」

ああ心配《しんぱい》してくれてるんだなってわかって、ちょっと感激《かんげき》した。

「何《なに》もないよ。声《こえ》を聞《き》こうと思《おも》っただけ。」

砂原《すなはら》は、クスッと笑《わら》った。

「それ、あと30回《かい》くらい言《い》ってよ。俺《おれ》、すごく聞《き》きたい。」

その瞬間《しゅんかん》、電話《でんわ》の向《む》こうでパーンと高《たか》い音《おと》が上《あ》がり、一瞬《いっしゅん》、雑音《ざつおん》が入《はい》った。

何語《なにご》なのかわからない言葉《ことば》が混《ま》じっている。

「もしもし、」

あわててそう言《い》うと、砂原《すなはら》はちょっと舌打《したう》ちした。

「さっきから空爆《くうばく》が始《はじ》まってさ、もうすぐこの上空《じょうくう》まで来《き》、」

そこまで言《い》って、息《いき》を呑《の》む。

「いや、そういう設定《せってい》で訓練《くんれん》してるとこだよ。こっちは問題《もんだい》ない。そっちはどう?」

電話《でんわ》の後《うし》ろで、何《なに》やらけたたましく叫《さけ》んでいる人《ひと》の声《こえ》がする。

英語《えいご》でもフランス語《ご》でもなかった。

「ああ、ごめん。俺《おれ》、無線《むせん》で呼《よ》ばれてるみたい。行《い》かなくちゃ。」

私《わたし》は胸《むね》をドキドキさせながら聞《き》いた。

「砂原《すなはら》、今《いま》、どこにいるの？」

砂原《すなはら》は、冗談《じょうだん》はよせと言《い》わんばかりの軽《かる》い笑《わら》いを漏《も》らした。

「ロンドンだよ、決《き》まってるだろ。」

嘘《うそ》だ、戦争中《せんそうちゅう》のシリアにいるんだ。

「せっかくかけてくれたのに、悪《わる》いな。」

私《わたし》は、受話器《じゅわき》を握《にぎ》りしめた。

「体《からだ》に気《き》を付《つ》けてね！」

「おう、そっちもな。」

電話《でんわ》が切《き》れ、私《わたし》は呆然《ぼうぜん》として、真《ま》っ暗《くら》な廊下《ろうか》を見回《みまわ》した。

昨日《きのう》まで日本《にっぽん》にいて、今日《きょう》もうシリアで活動《かつどう》しているなんて・・・ありえない。

やっぱり黒木君《くろきくん》の情報《じょうほう》は正《ただ》しくて、砂原《すなはら》は帰《かえ》ってきていなかったんだ！

じゃ・・・忍《しのぶ》はいったい、誰《だれ》と話《はな》してたのっ!?

21 全滅《ぜんめつ》

疑問《ぎもん》が頭《あたま》の中《なか》をグルグル回《まわ》って、結局《けっきょく》、私《わたし》は朝《あさ》まで眠《ねむ》れなかった。

事実《じじつ》を知《し》ろうとして、いっそう大《おお》きな謎《なぞ》を抱《かか》えこんでしまったのだった。

朝《あさ》になってベッドを出《で》ても、頭《あたま》が朦朧《もうろう》としていた。

ああ気分《きぶん》、最低《さいてい》。

「彩《あや》、電話《でんわ》よ。」

朝《あさ》の支度《したく》をしていたママに呼《よ》ばれ、降《お》りていって受話器《じゅわき》を持《も》ち上《あ》げると、小塚君《こづかくん》からだった。

「早《はや》くに、ごめんね。これからリサイクルショップを下見《したみ》しに行《い》くから、先《さき》に連絡《れんらく》しておこうと思《おも》って。」

ああ頑張《がんば》ってるんだなぁ。

そう思《おも》ったけれど、力《ちから》が湧《わ》いてこなかった。

「昨日《きのう》、美門《みかど》が倒《たお》れて病院《びょういん》に行《い》っただろ。実《じつ》は、あのまま入院《にゅういん》しちゃったんだ。怪我《けが》が悪化《あっか》してたらしくてさ。」

そうなんだ・・・。

「若武《わかたけ》も、入院中《にゅういんちゅう》だろ。」

じゃKZ《カッズ》の調査《ちょうさ》は、しばらく中断《ちゅうだん》だね。

「で、今日《きょう》のKZ《カッズ》会議《かいぎ》は、病院《びょういん》でやるって。」

え。

「学校《がっこう》が終《お》わったら、秀明《しゅうめい》が始《はじ》まる前《まえ》に市立病院《しりつびょういん》の美門《みかど》の病室《びょうしつ》に集合《しゅうごう》だよ。あ、黒木《くろき》は、あれから夜通《よどお》し動《うご》き回《まわ》って情報収集《じょうほうしゅうしゅう》したみたい。人数《にんずう》が少《すく》なくなった分《ぶん》、余分《よぶん》に動《うご》いて成果《せいか》を上《あ》げなくちゃって思《おも》ったんじゃないかな。今日《きょう》はこれから上杉《うえすぎ》と合流《ごうりゅう》して一緒《いっしょ》に行《い》くんだ。リサイクルショップの倉庫《そうこ》の鍵《かぎ》を開《あ》けられるのは、俺《おれ》だけだって威張《いば》ってるから。じゃね。」

私《わたし》は、しばし、唖然《あぜん》・・・。

そのうちに体《からだ》の奥《おく》から、笑《わら》いがこみ上《あ》げてきた。

皆《みんな》、すごい！

夜《よる》も、怪我《けが》も乗《の》り越《こ》えて、やる気満々《きまんまん》なんだ!!

そんな皆《みな》の顔《かお》を想像《そうぞう》すると、私《わたし》も頑張《がんば》らなくっちゃって思《おも》えてきた。

負《ま》けるもんか、やるぞ！

＊

私《わたし》は張《は》り切《き》って、早目《はやめ》に登校《とうこう》した。

諦《あきら》めてないで、忍《しのぶ》にもう一度《いちど》聞《き》いてみよう、そう思《おも》ったんだ。

私《わたし》の学校《がっこう》での課題《かだい》は、今《いま》までの2つに加《くわ》えて、もう1つ増《ふ》えていた。

それは、小谷《こたに》さんに事情《じじょう》を話《はな》し、京本《きょうもと》に気《き》を付《つ》けるように言《い》うこと。

ようし、やり遂《と》げるぞ！

決意《けつい》も新《あら》たに教室《きょうしつ》の外《そと》で待《ま》っていると、忍《しのぶ》はちっともやってこず、やがて小谷《こたに》さんの姿《すがた》が見《み》えた。

それで手招《てまね》きし、廊下《ろうか》の隅《すみ》まで連《つ》れていったんだ。

で、京本《きょうもと》がどういう人物《じんぶつ》なのかを話《はな》した。

もちろんＫＡＩＴＯ《カイト》王子《おうじ》がそう言《い》っていたとは言《い》えなかったから、その辺《へん》は曖昧《あいまい》にするしかなかったんだけど。

小谷《こたに》さんは黙《だま》って聞《き》いていたけれど、私《わたし》の話《はなし》が終《お》わると、ちょっときつい目《め》になった。

「それ、誰《だれ》から聞《き》いたの？」

問《と》い質《ただ》されて、私《わたし》はシドロモドロ。

だって言《い》えないもの。

「立花《たちばな》さんが、それほど芸能界《げいのうかい》に詳《くわ》しいとは思《おも》えない。」

えっと確《たし》かにそうだけど、これに関《かん》しては確実《かくじつ》なんだよ。

「あのねぇ、知《し》りもしないのに勝手《かって》な想像《そうぞう》で他人《たにん》を非難《ひなん》することを、中傷《ちゅうしょう》っていうんだよ。」

想像《そうぞう》じゃなくて、すごく信用《しんよう》できる情報《じょうほう》だけど。

「京本《きょうもと》さんは、私《わたし》の才能《さいのう》を評価《ひょうか》してくれて、メジャーでもやっていけるって言《い》ってくれたんだ。私《わたし》、京本《きょうもと》さんを信《しん》じてるから！　そんな話《はなし》で私《わたし》を挫《くじ》けさせようとするなんて、立花《たちばな》さんって最《さい》低《てい》!!」

そう言《い》うなり小谷《こたに》さんは、クルッと背中《せなか》を向《む》けて私《わたし》から離《はな》れていってしまった。

ああ・・・失敗《しっぱい》した、どうしよう!?

そう思《おも》っていたその時《とき》、後《うし》ろから声《こえ》がしたんだ。

「おい！」

振《ふ》り向《む》くと、そこにマリンが来《き》ていた。

「小谷《こたに》と、何《なに》ヒソヒソ話《はな》してんだよ。」

えっと、それは言《い》えない・・・。

「いつの間《ま》に、親《した》しくなったんだ。私《わたし》とうまくいかないから、さっそく乗《の》り換《か》えたわけか。」

私《わたし》は、何《なん》とかわかってもらおうと必死《ひっし》で言《い》った。

「そんなんじゃないよ。ちょっと事情《じじょう》があって。えっと、この間《あいだ》の翼《たすく》とのことも誤解《ごかい》だから。私《わたし》、翼《たすく》とカップルになろうなんて思《おも》ってないし、そのためにあの図書館《としょかん》に行《い》ったんじゃないんだ。」

マリンは、軽《かる》く首《くび》を横《よこ》に振《ふ》る。

「言《い》い訳《わけ》なんか聞《き》いてねーって。いいよ別《べつ》に。私《わたし》は、おまえと復活《ふっかつ》する気《き》、まるっきりないからせいぜい、あの空気女《くうきおんな》と仲良《なかよ》くすんだな。」

勢《いきお》いよくそう言《い》い放《はな》って、サッと教室《きょうしつ》の方《ほう》に歩《ある》いていった。

ああ、こっちも失敗《しっぱい》。

私《わたし》は蒼《あお》ざめながら、それでも忍《しのぶ》がやってくるのを待《ま》って教室《きょうしつ》の前《まえ》に立《た》っていた。

けれど・・・ホームルームが始《はじ》まる時間《じかん》になっても、忍《しのぶ》はやってこなかったんだ。

しかたなく教室《きょうしつ》に入《はい》ると、それを待《ま》っていたかのように先生《せんせい》が言《い》った。

「皆《みな》さん、おはようございます。えっと今日《きょう》の欠席《けっせき》は、美門翼君《みかどたすくくん》、それに七鬼忍君《ななきしのぶくん》です。」

私《わたし》はガックリと項垂《うなだ》れ、机《つくえ》に額《ひたい》を押《お》し当《あ》てた。

全滅《ぜんめつ》だぁ・・・。

＊

ものすごく滅《めい》入りながらその日《ひ》の授業《じゅぎょう》を終《お》え、私《わたし》は急《いそ》いで家《いえ》に帰《かえ》って病院《びょういん》に向《む》かった。

皆《みんな》と会《あ》ってKZ《カッズ》会議《かいぎ》に参加《さんか》し、調査《ちょうさ》を進《すす》めること、それだけが私《わたし》を元気《げんき》づけてくれるものだった。

市立病院《しりつびょういん》は、この街《まち》で一番大《いちばんおお》きな病院《びょういん》で、診療科《しんりょうか》も多《おお》く、入院棟《にゅういんとう》もいくつかある。

私《わたし》はまず総合案内《そうごうあんない》カウンターに行《い》き、面会《めんかい》するにはどうすればいいのかを聞《き》いて、言《い》われた通《とお》りにした。

それによれば、まず入院棟《にゅういんとう》の受付《うけつけ》で翼《たすく》の名前《なまえ》を言《い》って、医師《いし》の許可《きょか》と本人《ほんにん》の同意《どうい》が出《で》ているかどうかを確認《かくにん》してもらい、両方《りょうほう》が出《で》ていれば、面会申込用紙《めんかいもうしこみようし》に記入《きにゅう》して提出《ていしゅつ》し、それでようやく建物内《たてものない》に入《はい》ることができるのだった。

でも受付《うけつけ》を無視《むし》して勝手《かって》に入《はい》っていく人《ひと》たちもいたから、この手続《てつづ》きって形骸化《けいがいか》してるんじゃないのかなぁ。

「お、アーヤが来《き》たぞ。」

病室《びょうしつ》のドアを開《あ》けると、壁際《かべぎわ》にあるベッドの中《なか》に翼《たすく》がいて、点滴中《てんてきちゅう》だった。

その脇《わき》に置《お》かれた車椅子《くるまいす》に若武《わかたけ》がいて、2人《ふたり》の周《まわ》りに皆《みんな》が座《すわ》っている。

「翼《たすく》、大丈夫《だいじょうぶ》？」

そばまで行《い》ってのぞきこむと、翼《たすく》は白《しろ》い枕《まくら》に埋《う》もれたまま、コクンと頷《うなず》いた。

サラサラの髪《かみ》が枕《まくら》の上《うえ》に散《ち》っていて、顔《かお》は蒼白《そうはく》、唇《くちびる》も蠟《ろう》のように白《しろ》くて、まるで瀕死《ひんし》の美少女《びしょうじょ》、痛々《いたいた》しいっ！

昨日《きのう》の暴《あば》れ方《かた》が信《しん》じられないほどの弱《よわ》りようで、私《わたし》は本当《ほんとう》に心配《しんぱい》になった。

翼《たすく》はこちらに目《め》を上《あ》げ、かすかな笑《え》みを浮《う》かべる。

「大丈夫《だいじょうぶ》だよ。こっちが殴《なぐ》った分《ぶん》より多《おお》く殴《なぐ》られたから、くやしいだけ。」

若武《わかたけ》が舌打《したう》ちした。

「あの連中《れんちゅう》、ここに入院《にゅういん》してんだぜ。今朝《けさ》、診察室《しんさつしつ》で、5人《にん》そろって俺《おれ》の前《まえ》にいやがった。車椅子《くるまいす》の車輪《しゃりん》で轢《ひ》いてやろうかと思《おも》ったけど、あいつらの怪我《けが》の方《ほう》がひどかったから許《ゆる》した。」

黒木君《くろきくん》が溜《た》め息《いき》をつく。

「やられた分《ぶん》は、その場《ば》でやり返《かえ》したんだろ。どっちが被害者《ひがいしゃ》かわかりゃしない。喧嘩両成敗《けんかりょうせいばい》に近《ちか》いんだから、復讐《ふくしゅう》なんてやめとくんだな。事件《じけん》の調査《ちょうさ》オンリーにしようぜ。」

私《わたし》は小塚君《こづかくん》と顔《かお》を見合《みあ》わせ、サッと手《て》を上《あ》げた。

「賛成《さんせい》！」

上杉君《うえすぎくん》も、吊《つ》ってない方《ほう》の手《て》を上《あ》げる。

「俺《おれ》も。」

よし、過半数《かはんすう》で復讐方針《ふくしゅうほうしん》は、消《き》えたっ！

私《わたし》がほっとした瞬間《しゅんかん》、翼《たすく》がガバッと身《み》を起《お》こす。

「俺《おれ》は、やられた分《ぶん》まだやり返《かえ》してないっ！」

若武《わかたけ》が、無念《むねん》そうな目《め》で翼《たすく》を見《み》た。

「今《いま》、多数決《たすうけつ》で決《き》まっちまったろ。くやしいが復讐《ふくしゅう》は諦《あきら》めるんだ。やり返《かえ》せなかったのは、自分《じぶん》がマヌケだったせいだと思《おも》っとけ。」

翼《たすく》はムッとしたらしく、枕《まくら》を摑《つか》んで若武《わかたけ》に放《ほう》り投《な》げた。

それが若武《わかたけ》の顔《かお》を直撃《ちょくげき》。

「きっさまっ！」

勢《いきお》いよく立《た》ち上《あ》がろうとした若武《わかたけ》は、痛《いた》みに顔《かお》を歪《ゆが》めてダウン。

一方《いっぽう》、翼《たすく》も、胸《むね》を押《お》さえてベッドに倒《たお》れ伏《ふ》した。

点滴台《てんてきだい》が揺《ゆ》れて倒《たお》れそうになり、小塚君《こづかくん》があわてて押《お》さえる。

黒木君《くろきくん》が笑《わら》いながら上杉君《うえすぎくん》を見《み》た。

「一番《いちばん》くやしがってないのは、上杉先生《うえすぎせんせい》だね。どうして？」

上杉君《うえすぎくん》は眉《まゆ》を上《あ》げる。

「俺《おれ》は、連中《れんちゅう》に借《か》りを作《つく》ってない。プラマイ0《ゼロ》にしといた。ややプラス気味《ぎみ》かも。」

つまり、相当《そうとう》、殴《なぐ》り返《かえ》したんだよね。

私《わたし》は半《なか》ばあきれ、半《なか》ば感心《かんしん》しながら思《おも》った。

大丈夫《だいじょうぶ》、KZ《カッズ》メンバーはどこまでも強《つよ》い、って。

ちょっと我武者羅《がむしゃら》すぎる気《き》もしないじゃないけど・・・。

「アーヤ座《すわ》れ。」

気《き》を取《と》り直《なお》した若武《わかたけ》が、空《あ》いている椅子《いす》に視線《しせん》を流《なが》す。

「始《はじ》めるぞ。」

私《わたし》はあわててそこに腰《こし》を下《お》ろし、事件《じけん》ノートを出《だ》して膝《ひざ》に置《お》いた。

「ではKZ《カッズ》会議《かいぎ》を始《はじ》める。」

若武《わかたけ》が、いつもよりいっそう重々《おもおも》しく宣言《せんげん》する。

「まず昨日《きのう》までの調査状況《ちょうさじょうきょう》の報告《ほうこく》を。」

私《わたし》は立《た》ち上《あ》がり、事件《じけん》ノートを読《よ》み上《あ》げようとして、はっとした。

若武《わかたけ》や翼《たすく》がいなかった昨日《きのう》、状況《じょうきょう》はかなり動《うご》いている。

それについてまず話《はな》しておかないとわかりにくいんじゃないかと思《おも》ったんだ。

それで自分《じぶん》が話《はな》そうと思《おも》っていた順番《じゅんばん》を、逆《ぎゃく》にすることにした。

「報告《ほうこく》の前《まえ》に提案《ていあん》したいんですが、2チームに分《わ》かれて調査《ちょうさ》することになっていましたが、メンバー2人《ふたり》が入院《にゅういん》した後《あと》、動《うご》けるメンバーで調査《ちょうさ》を続《つづ》けていたので、状況《じょうきょう》が変《か》わってきています。それについてはこれから報告《ほうこく》しますが、2チーム制《せい》はやめ、動《うご》けるメンバー中心《ちゅうしん》にチームを組《く》み直《なお》すのはどうでしょうか。」

小塚君《こづかくん》と黒木君《くろきくん》が賛成《さんせい》の手《て》を上《あ》げ、上杉君《うえすぎくん》が言《い》った。

「俺《おれ》も、動《うご》けるうちだからな。」

それを賛成《さんせい》と見《み》なして、全部《ぜんぶ》で4票《ひょう》、獲得《かくとく》っ！

若武《わかたけ》がしかたなさそうにうめいた。

「じゃ、それでいいよ。」

よしっ！

「チーム編成《へんせい》は、後《あと》で決《き》める。さっさと報告《ほうこく》しろ。」

私《わたし》は意気《いき》ごんでノートに視線《しせん》を落《お》とした。

「まず昨日《きのう》はっきりしたことや、状況《じょうきょう》について報告《ほうこく》します。」

そう前置《まえお》きして、図書盗難事件《としょとうなんじけん》に関《かん》して、悠飛《ゆうひ》が調《しら》べてくれた不良《ふりょう》たちの窃盗《せっとう》の動機《どうき》や、怪我《けが》が治《なお》るまで再犯《さいはん》はないと思《おも》われること、盗難図書《とうなんとしょ》の保管《ほかん》にリサイクルショップが関《かか》わっている可《か》能性《のうせい》が高《たか》いこと、そのリサイクルショップについては今朝《けさ》調査《ちょうさ》が行《おこな》われたこと、またヒーロー若《わか》武和臣暗殺未遂事件《たけかずおみあんさつみすいじけん》に関《かん》しても調査《ちょうさ》が進《すす》んでいることなどを話《はな》した。

「おお諸君《しょくん》、しっかりやってるじゃないか、結構《けっこう》だ。」

若武《わかたけ》は、かなり満足《まんぞく》した様子《ようす》だった。

「じゃそのリサイクルショップの調査《ちょうさ》について、報告《ほうこく》してもらおうか。」

若武《わかたけ》に言《い》われて、上杉君《うえすぎくん》と小塚君《こづかくん》が視線《しせん》を交《か》わす。

「上杉《うえすぎ》、どうぞ。」

「いや、おまえに譲《ゆず》る。」

2人《ふたり》で遠慮《えんりょ》し合《あ》っていて、若武《わかたけ》ににらまれ、しかたなさそうに小塚君《こづかくん》が口《くち》を開《ひら》いた。

「実《じつ》は、何《なに》も調査《ちょうさ》できなかったんだ。」

は？

「リサイクルショップの裏手《うらて》には、確《たし》かに倉庫《そうこ》があったんだけど、鍵《かぎ》が複雑《ふくざつ》でさ、上杉《うえすぎ》でも歯《は》が立《た》たなかった。」

上杉君《うえすぎくん》にも開《あ》けられない鍵《かぎ》って、すごい！

逆《ぎゃく》に、そんなものすごい鍵《かぎ》を付《つ》けてること自体《じたい》が怪《あや》しい気《き》がするけど・・・。

「敷地内《しきちない》には、他《ほか》に不審《ふしん》なものは何《なに》もなかった。で、成果《せいか》ナシ。」

上杉君《うえすぎくん》が、忌々《いまいま》しそうにつぶやく。

「合《あ》い鍵《かぎ》を作《つく》って、再《さい》チャレンジするさ。」

若武《わかたけ》は先《さき》ほどまでの上機嫌《じょうきげん》を吹《ふ》き飛《と》ばし、失意《しつい》も露《あらわ》に2人《ふたり》を見《み》すえた。

「おまえたち、てんでダメじゃん。」

上杉君《うえすぎくん》は不貞腐《ふてくさ》れて横《よこ》を向《む》き、小塚君《こづかくん》は項垂《うなだ》れて、その場《ば》の空気《くうき》はすごく悪《わる》くなってしまった。

私《わたし》は、雰囲気《ふんいき》を変《か》えたかったけれど、今《いま》は調査会議《ちょうさかいぎ》の最中《さいちゅう》だから、関係《かんけい》ないことを持《も》ち出《だ》せば、若武《わかたけ》はよけいに機嫌《きげん》を損《そこ》ねるに決《き》まっている。

でもこのままだと会議《かいぎ》も進《すす》まないし、悪《わる》くすると上杉君《うえすぎくん》が、帰《かえ》ると言《い》い出《だ》す危険《きけん》があった。

今《いま》までもよく、途中《とちゅう》で帰《かえ》ってしまったことがあるもの。

私《わたし》は必死《ひっし》で考《かんが》え、そして、いい話題《わだい》を思《おも》いついた。

それは、昨夜《さくや》の電話《でんわ》で高宮《たかみや》さんから聞《き》いたことと、忍《しのぶ》がライブハウスで砂原《すなはら》と話《はな》していたにもかかわらず砂原《すなはら》はシリアにいたこと、の2つだった。

これらは事件《じけん》と直接《ちょくせつ》の関係《かんけい》はないけれど、まぁつながりはあるから、ここで持《も》ち出《だ》しても不自《ふし》然《ぜん》じゃない。

京本《きょうもと》の素性《すじょう》と危《あぶ》なさについて話《はな》しておけば、誰《だれ》かが街《まち》のどこかですれ違《ちが》っても、うまくスルーできてトラブルに巻《ま》きこまれずにすむだろうし、忍《しのぶ》はKZ《カッズ》メンバーだから、KZ会議《カッズかいぎ》を休《やす》んでの行動《こうどう》は、議題《ぎだい》にしてもいいはずだった。

皆《みんな》の気分《きぶん》を変《か》えるのに、まさにピッタリ！

「私《わたし》から報告《ほうこく》したいことがあります。」

そう言《い》うと、若武《わかたけ》は不機嫌《ふきげん》な顔《かお》をこちらに向《む》けた。

どうせ大《たい》したことじゃないだろと言《い》わんばかりだったけれど、私《わたし》は無視《むし》。

「日曜日《にちようび》に調査《ちょうさ》に行《い》ったあのライブハウスですが、経営者《けいえいしゃ》は京本《きょうもと》といい、安田《やすだ》プロダクションの元《もと》マネージャーです。今《いま》は、危《あぶ》ない組織《そしき》の一員《いちいん》になっているのではないかと高宮《たかみや》さんが言《い》ってました。」

皆《みんな》の顔《かお》が、一気《いっき》に真剣《しんけん》になる。

「京本《きょうもと》の特徴《とくちょう》は、年齢《ねんれい》30代後半《だいこうはん》、いつも派手《はで》な服装《ふくそう》、頬《ほお》には傷《きず》があるそうです。」

小塚君《こづかくん》が、あっと叫《さけ》んだ。

「僕《ぼく》、見《み》かけたよ。」

そう言《い》いながら私《わたし》の方《ほう》に向《む》き直《なお》る。

「ほら昨日《きのう》、皆《みんな》が病院《びょういん》に行《い》ってから、恋《こい》する図書館《としょかん》の敷地内《しきちない》にワンボックスカーが入《はい》ってきたって言《い》ったろ。2人《ふたり》の男性《だんせい》が降《お》りてきて、倉庫《そうこ》からパソコンが入《はい》っているらしい段《だん》ボール箱《ばこ》を大量《たいりょう》に運《はこ》び出《だ》してたって。そのうちの1人《ひとり》が、30代後半《だいこうはん》で派手《はで》な格好《かっこう》で、頬《ほお》に傷《きず》があった。」

じゃ京本《きょうもと》だっ！

「話《はなし》がつながってきたじゃん。」

上杉君《うえすぎくん》の目《め》に、興味深《きょうみぶか》げな光《ひかり》がきらめく。

「おもしれえ。」

その場《ば》の空気《くうき》が変《か》わり、私《わたし》はほっとしながら、小塚君《こづかくん》の証言《しょうげん》をノートに記録《きろく》した。

でも、恋《こい》する図書館《としょかん》の倉庫《そうこ》から京本《きょうもと》がパソコンの箱《はこ》を運《はこ》び出《だ》してたって・・・いったいどーいうことなんだろ。

「ああそうか。」

突然《とつぜん》、黒木君《くろきくん》がつぶやく。

「読《よ》めた。」

静《しず》かにしていることの多《おお》い黒木君《くろきくん》がそんな声《こえ》を上《あ》げるのは珍《めずら》しかったので、皆《みんな》が注目《ちゅうもく》した。

「何《なに》がだ、黒木《くろき》。」

若武《わかたけ》に聞《き》かれ、黒木君《くろきくん》は不敵《ふてき》な感《かん》じのする笑《え》みを浮《う》かべる。

「後《あと》でまとめて話《はな》す。先《さき》をどうぞ、リーダー若武《わかたけ》。」

リーダーと形容《けいよう》された若武《わかたけ》は、まんざらでもない表情《ひょうじょう》になり、自分《じぶん》の指導力《しどうりょく》を見《み》せつけようとして切《き》りこむような視線《しせん》で小塚君《こづかくん》を見《み》た。

「箱《はこ》を運《はこ》び出《だ》していた1人《ひとり》は、ライブハウス経営者《けいえいしゃ》の京本《きょうもと》だな。もう1人《ひとり》は誰《だれ》だ?」

小塚君《こづかくん》は考《かんが》えこむ。

「見《み》たことない顔《かお》だった気《き》がする。でも鍵《かぎ》で倉庫《そうこ》を開《あ》けてたのは、京本《きょうもと》じゃなくてその男《おとこ》だったんだ。鍵《かぎ》を持《も》ってるってことは、図書館《としょかん》の職員《しょくいん》かもしれない。すごく影《かげ》が薄《うす》い感《かん》じで、目立《めだ》たないタイプだったけど。」

今度《こんど》は私《わたし》が、あっと声《こえ》を上《あ》げた。

「思《おも》い出《だ》したっ！」

それまでどこかで見《み》たような気《き》がしていながら思《おも》い出《だ》せなかった顔《かお》、ライブハウスで京本《きょうもと》と一緒《いっしょ》に階段《かいだん》を降《お》りてきた印象《いんしょう》の薄《うす》い中年男性《ちゅうねんだんせい》をどこで見《み》たのか、その時《とき》ようやく思《おも》い出《だ》したんだ。

22　最《もっと》も重要《じゅうよう》な人物《じんぶつ》

それは、恋《こい》する図書館《としょかん》に調査《ちょうさ》に行《い》った日《ひ》、２階《かい》から見下《みお》ろした時《とき》に、大久保商会《おおくぼしょうかい》の人《ひと》が差《さ》し出《だ》した伝票《でんぴょう》に印鑑《いんかん》を押《お》していた男性《だんせい》だった。

「その人《ひと》、たぶん私《わたし》が見《み》た人《ひと》と同《おな》じだ。図書館職員《としょかんしょくいん》に間違《まちが》いないよ。大久保商会《おおくぼしょうかい》の伝票《でんぴょう》に印鑑《いんかん》を押《お》してたもの。それにライブハウスで京本《きょうもと》と一緒《いっしょ》だった。何《なに》かを頼《たの》んでたんだ。」

皆《みな》が、いっせいに色《いろ》めき立《た》つ。

「その職員《しょくいん》の名前《なまえ》、知《し》りたいとこだな。」

黒木君《くろきくん》が言《い》うと、上杉君《うえすぎくん》が使《つか》える方《ほう》の手《て》を伸《の》ばし、私《わたし》の膝《ひざ》からノートを取《と》り上《あ》げてバサッと翼《たすく》の前《まえ》に置《お》いた。

「似顔絵《にがおえ》、描《か》けよ。」

それで私《わたし》と小塚君《こづかくん》がその男性《だんせい》の特徴《とくちょう》を話《はな》し、翼《たすく》が痛《いた》みに耐《た》えながらほとんど死《し》に物狂《ものぐる》いでクロッキーを描《か》き上《あ》げたんだ。

そっくりに描《か》けていた。

「事件《じけん》のカギを握《にぎ》る重要人物《じゅうようじんぶつ》だ。全員《ぜんいん》、これ、スマホに入《い》れろ。」

撮影会《さつえいかい》が行《おこな》われる。

「黒木《くろき》、こいつの名前探《なまえさぐ》っとけよ。じゃ次《つぎ》、」

若武《わかたけ》は、すっかり機嫌《きげん》を直《なお》していた。

「ヒーロー若武和臣暗殺未遂事件《わかたけかずおみあんさつみすいじけん》に関《かん》しての調査《ちょうさ》は、誰《だれ》が報告《ほうこく》すんだ？」

黒木君《くろきくん》が片手《かたて》を上《あ》げながらスマートフォンを操作《そうさ》し、長《なが》い睫《まつげ》を伏《ふ》せて画面《がめん》に見入《みい》る。

「謎《なぞ》2、テトロドトキシンをいつ仕《し》かけたのか。謎《なぞ》5、犯行《はんこう》の目的《もくてき》は何《なに》か、謎《なぞ》6、誰《だれ》を狙《ねら》ったのか。この3つを調査《ちょうさ》した。まず謎《なぞ》2だが、来館者用《らいかんしゃよう》の魔法瓶《まほうびん》の湯《ゆ》は、図書館《としょかん》から委託《いたく》を受《う》けている清掃会社《せいそうがいしゃ》の従業員《じゅうぎょういん》が入《い》れることになっている。前日《ぜんじつ》は、帰《かえ》る際《さい》に魔法瓶《まほうびん》の湯《ゆ》を捨《す》てて空《から》にし、殺菌剤《さっきんざい》を投入《とうにゅう》、当日《とうじつ》の朝《あさ》、職員《しょくいん》たちの出勤前《しゅっきんまえ》に魔法瓶《まほうびん》を洗《あら》って殺菌剤《さっきんざい》を流《なが》し、新《あたら》しい湯《ゆ》を入《い》れるんだ。よってテトロドトキシンが入《い》れられたのは、当日《とうじつ》の湯《ゆ》が魔法瓶《まほうびん》に入《はい》った後《あと》だ。」

よし、謎《なぞ》2は、解決《かいけつ》だ。

「次《つぎ》、謎《なぞ》5、犯行《はんこう》の目的《もくてき》は何《なに》か、謎《なぞ》6、誰《だれ》を狙《ねら》ったのか。これらについては、テトロドトキシンの入《はい》っていた魔法瓶《まほうびん》が来館者用《らいかんしゃよう》だったことから、不特定多数《ふとくていたすう》を対象《たいしょう》にしたテロではないかという意見《いけん》が出《で》ていた。だが調《しら》べたところ、来館者用《らいかんしゃよう》の魔法瓶《まほうびん》をいつも使《つか》う職員《しょくいん》が1名《めい》いることがわかった。」

あ！

「これは館内《かんない》では有名《ゆうめい》な話《はなし》で、決《き》まって一番端《いちばんはし》に置《お》かれている魔法瓶《まほうびん》を使《つか》っているそうだ。」

それ、佐竹館長《さたけかんちょう》だ。

「朝《あさ》、来館者《らいかんしゃ》がまだ来《こ》ない時《とき》に、来館者用給湯室《らいかんしゃようきゅうとうしつ》から魔法瓶《まほうびん》を持《も》っていき、職員用《しょくいんよう》の給湯室《きゅうとうしつ》で自《じ》分用《ぶんよう》のお茶《ちゃ》を作《つく》るらしい。この職員《しょくいん》の名前《なまえ》は佐竹《さたけ》、ポストは館長《かんちょう》だ。犯人《はんにん》は佐竹館長《さたけかんちょう》のその習慣《しゅうかん》を知《し》っていて、一番端《いちばんはし》の魔法瓶《まほうびん》にテトロドトキシンを入《い》れた可能性《かのうせい》がある。ところがあの日《ひ》は、俺《おれ》たちが開館《かいかん》と同時《どうじ》に入《はい》った。佐竹館長《さたけかんちょう》はまだ魔法瓶《まほうびん》を持《も》っていってなくて、そいつを若武先生《わかたけせんせい》がゲットしちまったんじゃないかな。」

若武《わかたけ》は、ガックリと肩《かた》を落《お》とした。

「俺《おれ》の暗殺未遂《あんさつみすい》って、ただの取《と》り違《ちが》いだったのか。」

あーあ。

「これらの事実《じじつ》から犯人《はんにん》を絞《しぼ》りこむと、佐竹館長《さたけかんちょう》の習慣《しゅうかん》を知《し》っていた人間《にんげん》で、当日《とうじつ》、早《はや》くに来館《らいかん》者用給湯室《しゃようきゅうとうしつ》に出入《でい》りした者《もの》ということになる。おそらく図書館職員《としょかんしょくいん》の誰《だれ》か、清掃会社従業員《せいそうがいしゃじゅうぎょういん》だね。だが、これ以上《いじょう》は絞《しぼ》れない。この図書館《としょかん》にはタイムカードがないんだ。出勤《しゅっきん》のチェックは出《しゅっ》勤簿《きんぼ》だけで、誰《だれ》が何時《なんじ》に出《で》てきたのかがわからない。だから時間的《じかんてき》にチェックすることは不可能《ふかのう》。」

うう、解決《かいけつ》が遠《とお》のいていく・・・。

「ねえ、」

翼《たすく》がベッドの中《なか》から声《こえ》を上《あ》げた。

「あの時《とき》、俺《おれ》たち、出入《でい》り口《ぐち》で高宮《たかみや》さんとすれ違《ちが》ったよね。」

私《わたし》たちは、顔《かお》を見合《みあ》わせる。

一瞬《いっしゅん》、あたりに疑惑《ぎわく》が広《ひろ》がった。

テトロドトキシンを入《い》れたのは、もしかして高宮《たかみや》さん？

確《たし》かに、時間的《じかんてき》には可能《かのう》だけれど。

直後《ちょくご》、皆《みんな》がいっせいに首《くび》を横《よこ》に振《ふ》る。

言《い》い出《だ》した翼《たすく》まで、ブンブンしていた。

「ないな。」

「ん、ないでしょ。」

「バイトの友《とも》だちを激励《げきれい》に来《き》たって言《い》ってたけど、バイトじゃ、職員《しょくいん》のそんな習慣《しゅうかん》までわからないと思《おも》うよ。」

「高宮《たかみや》さんがそんなことやったら、失《うしな》うものが大《おお》きすぎね?」

黒木君《くろきくん》が笑《え》みを浮《う》かべた。

「100パー、ありえないだろ。」

私《わたし》はほっと息《いき》をついた、そうだよね。

でも佐竹館長《さたけかんちょう》が狙《ねら》われてるんだったら、同《おな》じことが二度《にど》と起《お》きないように早《はや》く手《て》を打《う》たないと。

「佐竹館長《さたけかんちょう》をめぐって何《なん》らかのトラブルがあるのかもしれないと考《かんが》えて、図書館内《としょかんない》の職員《しょくいん》の人間《にんげん》関係《かんけい》を調《しら》べた。」

う〜ん、いつもながら緻密《ちみつ》な調査《ちょうさ》!

「職員《しょくいん》は、全部《ぜんぶ》で10名《めい》。佐竹館長《さたけかんちょう》以下《いか》、全員《ぜんいん》が和気藹々《わきあいあい》として仕事《しごと》をしている。プライベートでも親《した》しく、対立《たいりつ》やケンカ、揉《も》め事《ごと》などの不協和音《ふきょうわおん》は今《いま》までのところまったくない。他《ほか》の図書館《としょかん》の職員《しょくいん》からも、あそこは珍《めずら》しいほど平和《へいわ》な職場《しょくば》だと言《い》われている。」

他《ほか》の図書館《としょかん》まで聞《き》いて回《まわ》ったんだ、すごいなぁ。

「全員《ぜんいん》が仲良《なかよ》しとなると、トラブルや怨恨《えんこん》の線《せん》は消《き》える。残《のこ》るのは、何《なん》らかの利害関係《りがいかんけい》がある可《か》能性《のうせい》、それと不特定多数《ふとくていたすう》を狙《ねら》ったテロの可能性《かのうせい》だ。」

何《なん》らかの利害関係《りがいかんけい》？

「仲《なか》のいい相手《あいて》でも、自分《じぶん》の利益《りえき》のために陥《おとしい》れるってことが、大人《おとな》の世界《せかい》には時々《ときどき》あるからね。テロの線《せん》も含《ふく》めて、もうちょっと突《つ》っこんで調査《ちょうさ》してみる。で、ラストにもう1つ。」

そう言《い》いながら黒木君《くろきくん》は、自信《じしん》たっぷりな笑《え》みを浮《う》かべた。

「例《れい》のリサイクルショップの経営者《けいえいしゃ》、調《しら》べがついたぜ。誰《だれ》だったと思《おも》う？」

さぁ・・・。

「京本《きょうもと》だ。」

げっ！

ライブハウスだけでなく、リサイクルショップもやってるんだ。

でもきっと本当《ほんとう》の所有者《しょゆうしゃ》は、例《れい》の組織《そしき》だよね。

「つまりリサイクルショップの倉庫《そうこ》には、盗難図書《とうなんとしょ》だけでなく、恋《こい》する図書館《としょかん》の倉庫《そうこ》から持《も》ち出《だ》した大量《たいりょう》のパソコンらしき箱《はこ》も運《はこ》びこまれている可能性《かのうせい》があるってことだ。そしてそれには、あの似顔絵《にがおえ》の図書館職員《としょかんしょくいん》が関《かか》わっている。」

う・・・すごく絞《しぼ》れてきてるっ！

「俺《おれ》からは、以上《いじょう》。」

そう言《い》って言葉《ことば》を切《き》り、黒木君《くろきくん》は改《あらた》めて私《わたし》を見《み》た。

「かなり調《しら》べて回《まわ》ったけど、砂原《すなはら》が帰国《きこく》してるって情報《じょうほう》は、やっぱりどこからも出《で》てこないよ。」

ああそれで夜通《よどお》し動《うご》き回《まわ》ってたのかな、ごめんね。

「実《じつ》は、私《わたし》、昨日《きのう》、砂原《すなはら》に電話《でんわ》かけたの。」

皆《みんな》が、ゴクンと息《いき》を呑《の》んだ。

「まだシリアにいた。本人《ほんにん》は、ロンドンって言《い》ってたけど、電話《でんわ》の向《む》こうでただならぬ物音《ものおと》がしてたから、絶対《ぜったい》シリアだと思《おも》う。」

若武《わかたけ》が我慢《がまん》できないといったようにわめく。

「なんだ、それは。話《はなし》が見《み》えねーじゃん。きちんと話《はな》せよ。」

それで私《わたし》は、初《はじ》めから全部《ぜんぶ》を話《はな》したんだ。

「そりゃ謎《なぞ》だな。」

若武《わかたけ》も首《くび》を傾《かし》げる。

で、しょ！

「だけどさ、」

上杉君《うえすぎくん》が、片手《かたて》でメガネの中央《ちゅうおう》を押《お》し上《あ》げた。

「声聞《こえき》いただけなんだろ。本人《ほんにん》そのものは見《み》てねーんだよな。」

そう言《い》われてみれば、そうだった。

でもあれは、砂原《すなはら》の声《こえ》に間違《まちが》いなかったよ。

「七鬼《なき》に聞《き》くしかないいんじゃない？」

それが・・・欠席《けっせき》してるんだ。

「この事件《じけん》が解決《かいけつ》して、若武《わかたけ》や美門《みかど》も治《なお》ったら、」

小塚君《こづかくん》が、穏《おだ》やかな笑《え》みを浮《う》かべた。

「皆《みんな》で、七鬼《なき》んちに行《い》って話《はなし》をすればいいよ。僕《ぼく》は、ナショナルサイバートレーニングセンターの人材育成《じんざいいくせい》プログラムの様子《ようす》も聞《き》いてみたいな。」

皆《みんな》が賛成《さんせい》する。

忍《しのぶ》がサボっているとか、遊《あそ》んでいるとかいう疑《うたが》いは、誰《だれ》1人《ひとり》として持《も》っていなかった。

それで私《わたし》は、深《ふか》く反省《はんせい》したんだ。

ごめんね、忍《しのぶ》。

「上杉《うえすぎ》、」

若武《わかたけ》が、鋭《するど》い視線《しせん》を上杉君《うえすぎくん》に流《なが》す。

「合《あ》い鍵《かぎ》、いつできるんだ。」

上杉君《うえすぎくん》は、何《なん》でもないといったように眉《まゆ》を上《あ》げた。

「今日《きょう》、秀明終《しゅうめいお》わったら、取《と》りに行《い》く。」

「よし！」

若武《わかたけ》は、決意《けつい》をこめた顔《かお》で全員《ぜんいん》を見回《みまわ》す。

「今夜《こんや》、リサイクルショップの倉庫《そうこ》を探《さぐ》る。これが優先課題《ゆうせんかだい》だ。全員《ぜんいん》で当《あ》たるぞ。現地集合《げんちしゅうごう》だ。」

上杉君《うえすぎくん》が、チッチと人差《ひとさ》し指《ゆび》を横《よこ》に振《ふ》った。

「入院《にゅういん》するほどの怪我人《けがにん》は、除外《じょがい》だ。」

そうだよ、悪化《あっか》したら困《こま》るもの。

「圧倒的《あっとうてき》に、足手《あしで》まといだからな。」

そっちか。

「俺《おれ》と小塚《こづか》、黒木《くろき》、立花《たちばな》でやる。」

よし、やろう！

「やむを得《え》ん。」

若武《わかたけ》は、残念《ざんねん》そうな息《いき》をついた。

「4人《にん》の健闘《けんとう》を祈《いの》る。必《かなら》ず成果《せいか》を上《あ》げろよ。」

23 深夜《しんや》の潜入《せんにゅう》

その日《ひ》、秀明《しゅうめい》では講師《こうし》の集会《しゅうかい》が行《おこな》われることになっていて、最終時限《さいしゅうじげん》の授業《じゅぎょう》がなかった。

それでいつもよりずっと早《はや》く終《お》わったんだ。

私《わたし》はスマートフォンを持《も》っていないので、小塚君《こづかくん》が地図《ちず》をプリントアウトしてくれた。

それを見《み》て1人《ひとり》で行《い》くつもりで、家《いえ》に帰《かえ》って準備《じゅんび》をしていると、黒木君《くろきくん》がやってきたんだ。

「迎《むか》えに来《き》たよ。」

え・・・来《こ》なくてよかったのに。

「お母《かあ》さんの許可《きょか》、取《と》るの、大変《たいへん》なんだろ。」

それはそうかも。

なんて言《い》おうか、悩《なや》んでたんだ。

「あら黒木君《くろきくん》、いらっしゃい。もしかして、これから2人《ふたり》で出《で》かけるの？　まぁうらやましい。

次《つぎ》は私《わたし》も一緒《いっしょ》に連《つ》れてってね。ところで、どこに行《い》くの？」

ママの質問《しつもん》に答《こた》える黒木君《くろきくん》の言葉《ことば》は、魔法《まほう》の鍵《かぎ》みたい。

ママのどんな防壁《ぼうへき》も、スルスル開《あ》けてしまうんだ。

「そう、いいわねぇ。次《つぎ》は私《わたし》のことも忘《わす》れないでね。じゃ行《い》ってらっしゃい。気《き》を付《つ》けて。」

ママに送《おく》られて、私《わたし》は黒木君《くろきくん》と一緒《いっしょ》に家《いえ》を出《で》た。

自転車《じてんしゃ》を走《はし》らせ、京本《きょうもと》のリサイクルショップに向《む》かう。

それは畑《はたけ》や空《あ》き地《ち》が続《つづ》いている郊外《こうがい》にポツンと建《た》っていて、店《みせ》にも看板《かんばん》にも明《あ》かりが灯《とも》っていなかった。

道路《どうろ》に立《た》つ街灯《がいとう》だけで照《て》らされている。

「ここに自転車《じてんしゃ》を停《と》めるのは、目立《めだ》ちすぎるね。途中《とちゅう》にあったコンビニまで戻《もど》ろう。」
2、3分走《ぷんはし》り、コンビニの駐車場《ちゅうしゃじょう》の脇《わき》に自転車《じてんしゃ》を入《い》れた。
歩《ある》いてリサイクルショップまで戻《もど》ると、上杉君《うえすぎくん》と小塚君《こづかくん》が看板《かんばん》の陰《かげ》から姿《すがた》を見《み》せる。

「自転車《じてんしゃ》、どこ置《お》いた？」

黒木君《くろきくん》に聞《き》かれ、上杉君《うえすぎくん》が親指《おやゆび》でコンビニの方《ほう》を指《さ》した。

やっぱ、考《かんが》えることは同《おな》じだ。

「この店《みせ》、誰《だれ》もいないみたいだね。」

黒木君《くろきくん》の言葉《ことば》に、小塚君《こづかくん》が頷《うなず》く。

「昨日《きのう》もこんな感《かん》じだったよ。」

上杉君《うえすぎくん》が、ズボンの後《うし》ろポケットから合《あ》い鍵《かぎ》を出《だ》し、カチャリと揺《ゆ》すった。

「くっそ、あのゴツい鍵《かぎ》、今日《きょう》こそ開《あ》けてやる。」

店《みせ》の横《よこ》を通《とお》り、裏《うら》にある倉庫《そうこ》の前《まえ》まで歩《ある》く。

上杉君《うえすぎくん》が片膝《かたひざ》を地面《じめん》に突《つ》き、片手《かたて》だけで鍵《かぎ》に取《と》り組《く》んでいる間《あいだ》に、黒木君《くろきくん》は倉庫《そうこ》の後《うし》ろの方《ほう》を見《み》にいった。

小塚君《こづかくん》と私《わたし》は、人《ひと》が近《ちか》づいて来《こ》ないかどうか目《め》を光《ひか》らせる。

やがてかすかな音《おと》と共《とも》に、上杉君《うえすぎくん》の声《こえ》が上《あ》がった。

「よし、開《あ》いた。」

やったね！

戻《もど》ってきた黒木君《くろきくん》が扉《とびら》に手《て》をかけ、大《おお》きく押《お》し広《ひろ》げる。

「早《はや》く入《はい》れ。」

急《いそ》いで中《なか》に飛《と》びこむと、そこは大《おお》きな空間《くうかん》で、棚《たな》がいっぱい並《なら》んでいた。

様々《さまざま》なものが置《お》いてあり、隅《すみ》の方《ほう》には、2階《かい》に上《のぼ》る階段《かいだん》がある。

ロフトになっていて、1階《かい》と2階《かい》の間《あいだ》の天井《てんじょう》がなかったので、2階部分《かいぶぶん》にもたくさんの棚《たな》があるのが下《した》から見《み》えていた。

最後《さいご》に黒木君《くろきくん》が入《はい》ってドアを閉《し》める。

あたりは急《きゅう》に真《ま》っ暗《くら》になり、何《なに》も見《み》えなくなった。

「黒木《くろき》、どっかに窓《まど》あった？」

上杉君《うえすぎくん》が聞《き》き、黒木君《くろきくん》がカチッとペンライトを点《つ》ける。

「2階《かい》の裏側《うらがわ》に1か所《しょ》だけ。外《そと》に光《ひかり》が漏《も》れるとヤバいから、室内灯《しつないとう》は点《つ》けられないな。」

小塚君《こづかくん》がナップザックから小型《こがた》ライトを出《だ》し、配《くば》ってくれた。

「窓《まど》の方《ほう》に向《む》けないように気《き》を付《つ》けてね。」

私《わたし》たちは、それで棚《たな》を照《て》らし、そこに置《お》いてある物《もの》を確認《かくにん》した。

私《わたし》のライトが照《て》らしていたのは、立方体《りっぽうたい》の箱《はこ》。

あちらこちらに、龍《りゅう》のついた赤《あか》いラベルの貼《は》られた瓶《びん》の絵《え》が描《か》かれていて、文字《もじ》は漢字《かんじ》ばかり。

でも確《たし》かに漢字《かんじ》なのに、書体《しょたい》が違《ちが》うし、なぜか全然《ぜんぜん》、意味《いみ》がわからない。

おかしい、私《わたし》は国語《こくご》のエキスパートのはずなのに。

あせりながらじいっと見《み》つめていて、それが日本語《にほんご》の法則《ほうそく》に沿《そ》っていないことに気《き》づいた。

漢字《かんじ》だけど、日本語《にほんご》じゃないんだ。

日本語《にほんご》以外《いがい》に漢字《かんじ》を使《つか》う言語《げんご》って・・・中国語《ちゅうごくご》？

「新品《しんぴん》ばっかだな。」

少《すこ》し離《はな》れた所《ところ》で上杉君《うえすぎくん》が、やっぱり棚《たな》を照《て》らしながらつぶやく。

「リサイクルショップって中古品《ちゅうこひん》を扱《あつか》うとこじゃんよ。なのに倉庫《そうこ》に新品《しんぴん》ばっかって、アリか。」

棚《たな》の向《む》こうから黒木君《くろきくん》の皮肉《ひにく》な声《こえ》がした。

「ここ、正規《せいき》の商売《しょうばい》してないのかもな。」

え？

「リサイクルショップっていうのは表向《おもてむ》きで、実《じつ》はヤバい商品《しょうひん》や盗品《とうひん》を買《か》って保管《ほかん》するための場所《ばしょ》かもしれない。」

上杉君《うえすぎくん》が、パチンと指《ゆび》を鳴《な》らす。

「あの鍵《かぎ》の、ハンパない厳重《げんじゅう》さから考《かんが》えれば、それで決《き》まりだ。他《ほか》に考《かんが》えられん。」

ん、そうかも、何《なに》しろ所有者《しょゆうしゃ》はアブない組織《そしき》だし。

「お、ここに図書《としょ》がずらっと並《なら》んでるぜ。」

黒木君《くろきくん》の声《こえ》を聞《き》き、私《わたし》は棚《たな》を回《まわ》ってそばまで行《い》ってみた。

「ほら、全部《ぜんぶ》で２００冊《さつ》くらいありそうだ。」

ペンライトで照《て》らされたその棚《たな》には、真新《まあたら》しい本《ほん》ばかりが並《なら》べられている。

「これが盗品《とうひん》だって証拠《しょうこ》、小塚《こづか》、見《み》つけられる？」

倉庫《そうこ》の端《はし》の方《ほう》から小塚君《こづかくん》の声《こえ》が返《かえ》ってきた。

「全部《ぜんぶ》の本《ほん》についている指紋《しもん》やＤＮＡ《ディーエヌエー》を調《しら》べて、圧倒的《あっとうてき》に図書館《としょかん》の職員《しょくいん》のものが多《おお》ければ、間接《かんせつ》的《てき》な証明《しょうめい》にはなるよ。あと被害《ひがい》にあった図書館《としょかん》から書名《しょめい》を聞《き》いてきて、ここの本《ほん》と突《つ》き合《あ》わせて全部《ぜんぶ》が同《おな》じだったら、これも間接的《かんせつてき》に窃盗《せっとう》の証明《しょうめい》になる。」

直接的《ちょくせつてき》じゃないのね、弱《よわ》そう。

「あ、あった！」

小塚君《こづかくん》が叫《さけ》ぶ。

「ちょっと来《き》て。」

皆《みんな》で走《はし》っていくと、小塚君《こづかくん》のライトはいくつもの棚《たな》を上《うえ》から下《した》まで繰《く》り返《かえ》し照《て》らしていた。

「これだよ、図書館《としょかん》から運《はこ》び出《だ》してた大量《たいりょう》の段《だん》ボール箱《ばこ》って。」

棚《たな》の上段《じょうだん》から下段《げだん》まで、同《おな》じメーカーのロゴがずらっと並《なら》んでいる。

「パソコンだな。」

上杉君《うえすぎくん》が、ざっと見回《みまわ》しながら言《い》った。

「全部《ぜんぶ》で104台《だい》だ。」

すぐ数《かず》を数《かぞ》えるのは、数《かず》の上杉《うえすぎ》の習性《しゅうせい》？

「こっちにプリンタやインク、スキャナ、データ相互変換《そうごへんかん》ソフト類《るい》もあるよ。」

小塚君《こづかくん》と黒木君《くろきくん》が隣《となり》の棚《たな》を照《て》らす。

「すごいなぁ。」

「この棚《たな》だけで、総額《そうがく》1000万《まん》は下《くだ》らないな。」

すぐにお金《かね》に換算《かんさん》するのは、男子《だんし》の習性《しゅうせい》？

「つまりさ、こういうことだよな。」

上杉君《うえすぎくん》が、私《わたし》たちに目《め》を向《む》ける。

「ここは京本《きょうもと》が経営《けいえい》するリサイクルショップだ。あの5人《にん》の不良《ふりょう》が盗《ぬす》んだ図書《としょ》がここにあるってことは、連中《れんちゅう》がそれを京本《きょうもと》に預《あず》けた、いや売《う》ったたって方《ほう》が近《ちか》いか。」

そうだと思《おも》う。

「5人《にん》はおそらく、あのライブハウスに出入《でい》りしてるうちに京本《きょうもと》と知《し》り合《あ》ったんだ。で、北城舞《きたしろまい》香《か》のファンなの？　そうだけど金《かね》がないからグッズとか買《か》うのが大変《たいへん》、というような話《はなし》になって、こういうところにたどり着《つ》いた。」

きっとそうだよ。

お金《かね》がほしかった5人《にん》を、京本《きょうもと》が唆《そそのか》したんだ。

「そして今《いま》のところ名前不明《なまえふめい》の、あの図書館《としょかん》の中年職員《ちゅうねんしょくいん》、目立《めだ》たなくて影《かげ》が薄《うす》いそいつも、自分《じぶん》の図書館《としょかん》のパソコンと周辺機器《しゅうへんきき》をこっそり京本《きょうもと》に売《う》っていた。」

小塚君《こづかくん》が、納得《なっとく》したように大《おお》きく頷《うなず》く。

「だから夜中《よなか》に運《はこ》び出《だ》してたんだ。」

そう言《い》いながら、くやしそうに2つの目《め》を光《ひか》らせた。

「だけど目撃《もくげき》したってだけじゃ、証拠《しょうこ》にならないな。買《か》ったって言《い》われてしまえば、それまでだもん。」

今回《こんかい》の事件《じけん》って、今《いま》までになく証拠《しょうこ》が少《すく》ないよね。

さっきの図書《としょ》にしても、そうだし。

「あのさぁ、」

上杉君《うえすぎくん》が首《くび》を傾《かし》げる。

「北野《きたの》の図書館《としょかん》からは、これだけの数《かず》のパソコンが消《き》えてるわけだろ。だったら警察《けいさつ》に届《とど》けを出《だ》してるんじゃね？」

あ、そうだよ！

「パソコンってシリアルナンバーが入《はい》ってるからさ、ここにあるのと、図書館《としょかん》に納入《のうにゅう》されたのを比《くら》べれば、一発《いっぱつ》じゃん。」

やった、証拠《しょうこ》だっ！

私《わたし》がガッツポーズをしようとしていると、黒木君《くろきくん》がちょっと笑《わら》った。

「たぶんその中年男性《ちゅうねんだんせい》は、図書館《としょかん》で、契約《けいやく》や経理《けいり》の担当《たんとう》をしてるんだ。」

え？

「で、伝票操作《でんぴょうそうさ》をやった。よくあるケースで、水増《みずま》し発注《はっちゅう》って呼《よ》ばれてるんだけどね、」

はぁ・・・。

「図書館《としょかん》でパソコンを購入《こうにゅう》する時《とき》、必要《ひつよう》なのが1台《だい》でも、それを増《ふ》やして10台《だい》とか20台《だい》を注文《ちゅうもん》する。出入《でい》りの業者《ぎょうしゃ》である大久保商会《おおくぼしょうかい》がそれらを持《も》ってきたら、1台《だい》だけを図書館《としょかん》に運《はこ》ばせて、残《のこ》りは理由《りゆう》を付《つ》けて倉庫《そうこ》に入《い》れさせるんだ。つまり隠《かく》すわけ。」

あ、倉庫《そうこ》に入《い》れてる現場《げんば》、見《み》たよ。

「パソコンの本当《ほんとう》の数《かず》とその金額《きんがく》が書《か》かれた大久保商会《おおくぼしょうかい》の納品書《のうひんしょ》と請求書《せいきゅうしょ》は握《にぎ》り潰《つぶ》し、代《か》わりにパソコン1台《だい》、金額《きんがく》だけ本当《ほんとう》の台数分《だいすうぶん》にした納品書《のうひんしょ》と請求書《せいきゅうしょ》を用意《ようい》して、図書館《としょかん》の支払《しはら》い担当《たんとう》に回《まわ》し、金《かね》を払《はら》わせる。1台《だい》の割《わり》に金額《きんがく》が高《たか》いとか、そういった点検《てんけん》は契約《けいやく》や経理《けいり》の担当者《たんとうしゃ》がするから、自分《じぶん》がその職《しょく》についていればごまかせるだろ。」

そうか。

「で、隠《かく》した分《ぶん》を京本《きょうもと》に売《う》り飛《と》ばし、手《て》に入《い》れた金《かね》を着服《ちゃくふく》する。」

許《ゆる》せん。

「つまりこれらのパソコンは所属先《しょぞくさき》がなく、宙《ちゅう》に浮《う》いてる状態《じょうたい》なんだ。」

小塚君《こづかくん》がのんびりと言《い》った。

「でも何《なん》のためだろ。図書館職員《としょかんしょくいん》で中年《ちゅうねん》になるまで勤《つと》めてきたんなら、給料《きゅうりょう》だけで生活《せいかつ》できていたんだよね。今《いま》さら、アブないことに手《て》を出《だ》す理由《りゆう》は？」

黒木君《くろきくん》が改《あらた》めて棚《たな》にライトを向《む》け、たくさんのパソコンを照《て》らす。

「急《きゅう》に金《かね》が必要《ひつよう》になったんだろうけど・・・動機《どうき》は謎《なぞ》だね。」

それで私《わたし》は思《おも》わず想像《そうぞう》してしまった。

きっと愛《あい》する妻《つま》か子供《こども》、あるいは大事《だいじ》な両親《りょうしん》が難病《なんびょう》になって、手術《しゅじゅつ》にお金《かね》が必要《ひつよう》だったんじゃないかって。

うう・・・かわいそうかも。

「おいっ！」

上杉君《うえすぎくん》の鋭《するど》い声《こえ》が響《ひび》く。

「図書館《としょかん》なら、最高責任者《さいこうせきにんしゃ》は館長《かんちょう》だろ。」

いつも冷《ひ》ややかなその目《め》がライトの光《ひかり》を反射《はんしゃ》し、氷《こおり》のように光《ひか》っていた。

「じゃ館長《かんちょう》は、定期的《ていきてき》に契約《けいやく》や経理《けいり》の書類《しょるい》に目《め》を通《とお》して点検《てんけん》すんじゃないのか？」

たぶん、する。

「点検《てんけん》されれば、水増《みずま》し発注《はっちゅう》が発覚《はっかく》する。それを恐《おそ》れた中年職員《ちゅうねんしょくいん》が、点検前《てんけんまえ》に館長《かんちょう》を殺《ころ》そうと考《かんが》えたって、アリだよな。」

あるっ！

佐竹館長《さたけかんちょう》は、きっとそれで狙《ねら》われたんだ!!

謎《なぞ》の5と6、犯人《はんにん》の目的《もくてき》は何《なに》か、誰《だれ》を狙《ねら》ったのか、この2つは、それで解決《かいけつ》だ。

つまり全《ぜん》6つの謎《なぞ》は、これですべて解明《かいめい》されたんだ、やったね！

「けど、やっぱり証拠《しょうこ》がない。」

ああ残念《ざんねん》。

「推察《すいさつ》だけじゃダメだよ、確証《かくしょう》を摑《つか》まないと。」

そう言《い》いながら黒木君《くろきくん》がズボンの後《うし》ろポケットに手《て》を入《い》れ、スマートフォンを出《だ》した。

「ああ来《き》てる。」

え？

「潜入調査《せんにゅうちょうさ》だから着《ちゃく》メロ切《き》っといたんだ。さっき美門《みかど》が描《か》いた中年職員《ちゅうねんしょくいん》の絵《え》、若武《わかたけ》から名前《なまえ》を調《しら》べとけって言《い》われたからさ、図書館《としょかん》の職員《しょくいん》に送《おく》っといたんだ。返事《へんじ》が来《き》てた。」

おお、ついに最重要人物《さいじゅうようじんぶつ》の名前《なまえ》がわかるっ！

「えっと男《おとこ》の名前《なまえ》は、《神《かみ》》に《立《りつ》》だ。これカミダテかな、カンダツかな。」

瞬間《しゅんかん》、私《わたし》の頭《あたま》に、あの職員用給湯室《しょくいんようきゅうとうしつ》の光景《こうけい》がよみがえった。

聞《き》いたっ、あの時《とき》、私《わたし》、確《たし》かに聞《き》いたっ！

「カンダツ！」

私《わたし》は、ほとんど叫《さけ》ぶように言《い》った。

「土曜《どよう》の朝《あさ》、給湯室《きゅうとうしつ》で職員《しょくいん》がお菓子《かし》を分《わ》けながら話《はな》してたんだ。神立《かんだつ》さんは実家《じっか》が蒲郡《がまごおり》だから、帰省《きせい》するとこれを買《か》ってきてくれるって。」

小塚君《こづかくん》が、すっと青《あお》くなる。

「じゃ蒲郡《がまごおり》に行《い》ってたの？」

え・・・なんだろ、この反応《はんのう》。

「小塚《こづか》、何《なに》？」

不審《ふしん》そうにする上杉君《うえすぎくん》に、小塚君《こづかくん》は答《こた》える余裕《よゆう》もなくアタフタと自分《じぶん》のスマートフォンを取《と》り出《だ》した。

「僕《ぼく》の記憶《きおく》が確《たし》かなら、確《たし》か、蒲郡《がまごおり》のスーパーだった。」

は？

私《わたし》たち3人《にん》はキョトンとしたまま、スマートフォンを操作《そうさ》する小塚君《こづかくん》を見《み》つめる。

「あった、やっぱ蒲郡市内《がまごおりしない》だ！」

上杉君《うえすぎくん》が、持《も》っていたライトを横《よこ》にして口《くち》に銜《くわ》え、空《あ》いた手《て》を伸《の》ばして小塚君《こづかくん》のスマートフォンを奪《うば》い取《と》った。

小塚君《こづかくん》は抵抗《ていこう》もせず、私《わたし》と黒木君《くろきくん》を代《か》わる代《が》わる見《み》る。

「木曜日《もくようび》に、蒲郡市《がまごおりし》のスーパーでフグの肝臓《かんぞう》が売《う》られてたって新聞報道《しんぶんほうどう》があったんだよ。」

ええっ！

「実家《じっか》に帰《かえ》ってた神立《かんだつ》がそれを買《か》って、成分《せいぶん》を抽出《ちゅうしゅつ》、土曜日《どようび》に佐竹館長《さたけかんちょう》の使《つか》う魔法瓶《まほうびん》に入《い》れたと考《かんが》えれば、時間的《じかんてき》にはピッタリだ。」

上杉君《うえすぎくん》がスマートフォンを親指《おやゆび》でスクロールしながら画面《がめん》を読《よ》み上《あ》げる。

「売《う》られたのは、ヨリトフグの切《き》り身《み》と肝臓《かんぞう》。店側《みせがわ》は、ヨリトフグの肝臓《かんぞう》は無毒《むどく》で、売《う》っていいとの認識《にんしき》を持《も》っていた。地元《じもと》ではよく食《た》べられているという。今回《こんかい》、買《か》った客《きゃく》の1人《ひとり》が、たまたまフグ処理《しょり》の免許所持者《めんきょしょじしゃ》で、保健所《ほけんじょ》に連絡《れんらく》したために発覚《はっかく》した。現在《げんざい》、健康被害《けんこうひがい》は確認《かくにん》されていない。フグの肝臓《かんぞう》を食《た》べる所《ところ》は、宮崎県《みやざきけん》など他府県《たふけん》にもあった。専門家《せんもんか》によると、ヨリトフグは人体《じんたい》に影響《えいきょう》が出《で》るほどの毒《どく》を持《も》っていないとのこと。」

小塚君《こづかくん》は考《かんが》えこみながら耳《みみ》を傾《かたむ》け、上杉君《うえすぎくん》が読《よ》み終《お》わると同時《どうじ》に口《くち》を開《ひら》いた。

「確《たし》かにヨリトフグなら、毒性《どくせい》は強《つよ》くないよ。でもまったくゼロってわけじゃない。ヨリトフグの肝臓《かんぞう》の溶液《ようえき》を注射《ちゅうしゃ》したマウスが30分以内《ぷんいない》に死《し》んだという実験結果《じっけんけっか》もあるし。」

ゾッ！

「そもそもフグの毒《どく》って、まだ解明《かいめい》されてない未知《みち》の部分《ぶぶん》が多《おお》いんだ。テトロドトキシンの量《りょう》は、季節《きせつ》や餌《えさ》によっても変《か》わるし、個体《こたい》によっても違《ちが》う。若武《わかたけ》は食物《しょくもつ》アレルギーを持《も》ってるから、それが悪《わる》く作用《さよう》したのかもしれないし、」

ああ「卵《たまご》ハンバーグは知《し》っている」の時《とき》だよね。

「神立《かんだつ》が手《て》に入《い》れたフグが、たまたま毒《どく》の強《つよ》い個体《こたい》だったのかもしれない。あるいは肝臓《かんぞう》の溶液《ようえき》を濃縮《のうしゅく》して魔法瓶《まほうびん》に入《い》れたってこともある。テトロドトキシンは熱《ねつ》に強《つよ》く水《みず》に溶《と》けやすいからね。どうやったんだろ。興味《きょうみ》あるな、聞《き》いてみたい。」

上杉君《うえすぎくん》が溜《た》め息《いき》をつく。

「おい生物《せいぶつ》オタクのアンテナは、とりあえず引《ひ》っこめとけ。問題《もんだい》は、今回失敗《こんかいしっぱい》した神立《かんだつ》が、また佐竹館長殺害《さたけかんちょうさつがい》を試《こころ》みるかもしれないってことだ。」

そうだ、早《はや》く何《なん》とかしないとっ！

黒木君《くろきくん》が、ふっと出入《でい》り口《ぐち》を振《ふ》り返《かえ》る。

「今《いま》、外《そと》で、音《おと》しなかった？」

私《わたし》たちは息《いき》を呑《の》み、耳《みみ》を澄《す》ませた。

すると、カタンと側溝《そっこう》の蓋《ふた》を乗《の》り越《こ》える音《おと》、それに続《つづ》いてエンジン音《おん》が近《ちか》づいてきて、やがて止《と》まったんだ。

「やべっ、誰《だれ》か来《き》たぜっ！」

わっ！

24　危機《きき》、また危機《きき》

「上杉《うえすぎ》、どうする？」

黒木君《くろきくん》に聞《き》かれ、上杉君《うえすぎくん》はどうしようもないといったように天井《てんじょう》を仰《あお》いだ。

「ダメだ。出入《でい》り口《ぐち》の鍵《かぎ》、開《あ》けっ放《ぱな》しだし。」

わわっ！

「誰《だれ》かが入《はい》ったってことは、即《そく》バレる。」

黒木君《くろきくん》は、ちょっと笑《わら》った。

「で、この最悪《さいあく》の状況下《じょうきょうか》での、最善《さいぜん》の方法《ほうほう》は？」

そう言《い》っている間《あいだ》に、外《そと》では車《くるま》のドアを開《あ》け閉《し》めする音《おと》が、続《つづ》けて2回《かい》っ！

アスファルトを踏《ふ》む足音《あしおと》が、近《ちか》づいてくるっ!!

見《み》つかるよ、どーしよっ!?

「侵入者《しんにゅうしゃ》は、1人《ひとり》で充分《じゅうぶん》だ。」

上杉君《うえすぎくん》が、静《しず》かな目《め》で私《わたし》たちを見回《みまわ》す。

「俺《おれ》が残《のこ》る。黒木《くろき》は小塚《こづか》と立花《たちばな》を連《つ》れて逃《に》げろ。」

黒木君《くろきくん》は、ちょっと頬《ほお》を歪《ゆが》めた。

「俺《おれ》が残《のこ》ろうか？」

上杉君《うえすぎくん》は、肩《かた》から吊《つ》った腕《うで》を差《さ》し上《あ》げる。

「これじゃ、2人《ふたり》を援護《えんご》できねーだろ。俺《おれ》が残《のこ》るのがベスト。」

黒木君《くろきくん》は拳《こぶし》を作《つく》り、それを上杉君《うえすぎくん》と突《つ》き合《あ》わせた。

「健闘《けんとう》を祈《いの》る！」

「お互《たが》いにな、早《はや》く行《い》け！」

黒木君《くろきくん》は、私《わたし》と小塚君《こづかくん》に向《む》かって顎《あご》で2階《かい》への階段《かいだん》を指《さ》した。

「行《い》こう。」

私《わたし》はあわててそれを上《のぼ》りながら、振《ふ》り返《かえ》る。

上杉君《うえすぎくん》と目《め》が合《あ》った。

上杉君《うえすぎくん》は、クスッと笑《わら》う。

「まっすぐ前《まえ》、見《み》てろよ。落《お》ちるぜ。」

そう言《い》われた瞬間《しゅんかん》、階段《かいだん》の滑《すべ》り止《ど》めに躓《つまず》いた。

あわてて黒木君《くろきくん》が出《だ》した腕《うで》に、なんとか引《ひ》っかかり、セーフ！

「ほら見《み》ろ、不器用《ぶきよう》な奴《やつ》だな。」

上杉君《うえすぎくん》はクスクス笑《わら》い、私《わたし》にV《ブイ》サインを投《な》げた。

「じゃあな！」

その時《とき》、出入《でい》り口《ぐち》のドアの向《む》こうで叫《さけ》びが上《あ》がったんだ。

「鍵《かぎ》が、開《あ》いてやがるぞ。」

京本《きょうもと》の声《こえ》だった。

「アーヤ、急《いそ》いで！」

黒木君《くろきくん》に言《い》われ、大《おお》あわてで階段《かいだん》を上《のぼ》る。

二階《かい》にいた小塚君《こづかくん》は、高《たか》い窓《まど》の下《した》で懸命《けんめい》に上《うえ》に手《て》を伸《の》ばしていた。

「黒木《くろき》、ダメだ。届《とど》かないよ。」

黒木君《くろきくん》があたりを見回《みまわ》し、近《ちか》くにあった棚《たな》の上《うえ》によじ上《のぼ》ると、そこから窓枠《まどわく》に飛《と》び移《うつ》り、窓《まど》を開《ひら》いてこちらに手《て》を伸《の》ばした。

「摑《つか》まって！」

まず小塚君《こづかくん》が引《ひ》っ張《ぱ》り上《あ》げられる。

次《つぎ》に私《わたし》が引《ひ》き上《あ》げてもらい、窓枠《まどわく》の上《うえ》に立《た》った。

「俺《おれ》が先《さき》に外《そと》に降《お》りて抱《だ》き止《と》めるから。合図《あいず》したら、1人《ひとり》ずつ飛《と》び降《お》りて。」

小塚君《こづかくん》は、オドオドする。

「だって、すごく高《たか》いよ。真《ま》っ暗《くら》だし。」

私《わたし》はハラハラしながら階下《かいか》を見下《みお》ろした。

出入《でい》り口《ぐち》のドアはもう大《おお》きく開《ひら》き、そこから射《さ》しこんだ街灯《がいとう》の明《あ》かりが、1人《ひとり》で立《た》つ上杉君《うえすぎくん》を照《て》らしている。

「このくそガキぁ、俺《おれ》の倉庫《そうこ》で何《なに》してやがんだ。」

ドアから入《はい》ってきたのは、京本《きょうもと》だけではなかった。

図書館職員《としょかんしょくいん》の神立《かんだつ》も一緒《いっしょ》だったんだ。

でも上杉君《うえすぎくん》は、動《どう》じる様子《ようす》もない。

「えっと、なんか金目《かねめ》のものがないかなって思《おも》って、捜《さが》してたんだ。」

直後《ちょくご》、すぐさま殴《なぐ》り倒《たお》された。

「これだけですむと思《おも》うなよ、ガキ。ほら立《た》てや。」

黒木君《くろきくん》が小塚君《こづかくん》の耳《みみ》にささやく。

「上杉《うえすぎ》を見《み》ろよ。」

その時《とき》には上杉君《うえすぎくん》は、京本《きょうもと》に摑《つか》み上《あ》げられていた。

「あいつ、俺《おれ》たちを逃《に》がすために殴《なぐ》られて時間稼《じかんかせ》いでんだぜ。」

小塚君《こづかくん》は息《いき》を吞《の》み、殴《なぐ》られる上杉君《うえすぎくん》を見《み》つめていたけれど、しばらくして頷《うなず》いた。

「わかった。」

黒木君《くろきくん》が空中《くうちゅう》に身《み》を躍《おど》らせる。

暗闇《くらやみ》の中《なか》からストッと音《おと》がした。

「よし、小塚《こづか》。」

小塚君《こづかくん》が飛《と》び降《お》りようとした時《とき》、階下《かいか》で破裂《はれつ》するようなものすごい音《おと》が上《あ》がる。

小《ちい》さく細長《ほそなが》い物《もの》が、あたり一面《いちめん》にパッと飛《と》び散《ち》り、2階《かい》まで飛《と》んできた。

「何《なに》やってんだ、神立《かんだつ》っ！」

京本《きょうもと》が怒鳴《どな》り、あわてた声《こえ》が上《あ》がる。

「すみません、さっき京本《きょうもと》さんが言《い》ってた水銀《すいぎん》と砒素《ひそ》を含《ふく》んでるっていう中国直輸入《ちゅうごくちょくゆにゅう》の漢方薬《かんぽうやく》、捜《さが》してたら棚《たな》に引《ひ》っかかっちゃって。」

「俺《おれ》が出《だ》してやるって言《い》っただろ。そこ、ちゃんと片付《かたづ》けとけよ。」

私《わたし》の足元《あしもと》にも、1本《ぽん》が飛《と》んできて転《ころ》がっていた。

手《て》に取《と》ってよく見《み》れば、直径《ちょっけい》1センチくらいで長《なが》さが5、6センチ、円筒状《えんとうじょう》で白《しろ》く、わずかにクリームがかっている。

黒板《こくばん》に使《つか》うチョークみたいだったけれど、粉《こな》っぽくはなくスベスベしていた。

なんだろ。

「次《つぎ》アーヤ、飛《と》んで。」

黒木君《くろきくん》に言《い》われて、私《わたし》はあわててその白《しろ》い物《もの》をポケットに入《い》れ、窓枠《まどわく》から下《した》を見下《みお》ろした。

黒木君《くろきくん》が両腕《りょううで》を広《ひろ》げていて、隣《となり》には小塚君《こづかくん》が立《た》っている。

かなり高《たか》そうだったけれど、ここは飛《と》ぶしかなかった。

そして早《はや》く上杉君《うえすぎくん》を助《たす》けるんだ！

えーいっ!!

思《おも》い切《き》って空中《くうちゅう》に飛《と》び出《だ》すと、一瞬《いっしゅん》、体《からだ》が空《くう》に浮《う》き、直後《ちょくご》、一気《いっき》に落下《らっか》して、わっと思《おも》った時《とき》には、黒木君《くろきくん》の腕《うで》の中《なか》だった。

「よし、逃《に》げるぞ。」

それで3人《にん》で一目散《いちもくさん》に駆《か》け出《だ》した。

今《いま》にも誰《だれ》かが追《お》いかけてきそうな気《き》がして、必死《ひっし》で走《はし》る。

「今《いま》、停《と》まってた車《くるま》、見《み》た？」

小塚君《こづかくん》が息《いき》を切《き》らせ、あえぎながら言《い》った。

「黒《くろ》いワンボックスだったよ。図書館《としょかん》の倉庫《そうこ》から運《はこ》び出《だ》したパソコンを積《つ》んでた車《くるま》だ。僕《ぼく》が見《み》たってだけじゃ証拠《しょうこ》にならないけど。」

黒木君《くろきくん》がスマートフォンを出《だ》しながら答《こた》える。

「今回《こんかい》は証拠《しょうこ》にならないことだらけだ。とにかく警察《けいさつ》に連絡《れんらく》しよう。上杉先生《うえすぎせんせい》を助《たす》けないと。」

そうだよっ！

「警察《けいさつ》ですか？　友《とも》だちがリサイクルショップの倉庫《そうこ》で殴《なぐ》られてるんです。急《いそ》いでください。あ、救急車《きゅうきゅうしゃ》もお願《ねが》いします。」

住所《じゅうしょ》を告《つ》げ、待《ま》っていると、しばらくしてパトカーが2台《だい》と救急車《きゅうきゅうしゃ》が目《め》の前《まえ》を通《とお》っていった。

「俺《おれ》らも戻《もど》ろう。」

またも走《はし》る。

ああ、どうか無事《ぶじ》でいて！

ところがっ!!

倉庫《そうこ》にたどり着《つ》いてみると、あたりには誰《だれ》もいなかったんだ。

あれ？

黒木君《くろきくん》が指差《ゆびさ》す方向《ほうこう》に、パトカーと救急車《きゅうきゅうしゃ》の赤《あか》いランプが光《ひか》っているのが見《み》えた。

「あっちだ。」

「行《い》こう！」

なんで場所《ばしょ》が移動《いどう》してるんだろう。

そう思《おも》いながら、またまた必死《ひっし》で走《はし》る。

警察官《けいさつかん》や救急隊員《きゅうきゅうたいいん》の姿《すがた》があったのは、コンビニから少《すこ》し離《はな》れた空《あ》き地《ち》だった。

近寄《ちかよ》っていくと、ストレッチャーに乗《の》せられた上杉君《うえすぎくん》が救急車《きゅうきゅうしゃ》に運《はこ》びこまれていくところだった。

酸素吸入《さんそきゅうにゅう》を受《う》け、救急隊員《きゅうきゅうたいいん》に付《つ》き添《そ》われていて、ピクリとも動《うご》かない。

顔《かお》に当《あ》てられた大《おお》きなガーゼは、血《ち》で濡《ぬ》れていた。

私《わたし》は息《いき》を呑《の》み、立《た》ちすくんだまま、出《で》ていく救急車《きゅうきゅうしゃ》を見送《みおく》った。

大丈夫《だいじょうぶ》だろうか、もしものことがあったらどうしよう!?

笑《わら》ってV《ブイ》サインを投《な》げてきた上杉君《うえすぎくん》の顔《かお》が思《おも》い出《だ》され、その笑顔《えがお》が胸《むね》いっぱいに広《ひろ》がって、涙《なみだ》が出《で》てきそうだった。

「電話《でんわ》してきたのは、君《きみ》たちか？」

制服《せいふく》の警官《けいかん》が声《こえ》をかけてくる。

「あの男《おとこ》の子《こ》、ここに倒《たお》れてたんだけどね。事情《じじょう》、聞《き》かせてくれないか。」

私《わたし》は思《おも》わず声《こえ》を上《あ》げた。

「ここですか？　倉庫《そうこ》の中《なか》じゃなくて？　男《おとこ》が2人《ふたり》いたはずですけど。」

警官《けいかん》は首《くび》を横《よこ》に振《ふ》る。

「いや、誰《だれ》もいなかった。」

逃《に》げたんだ！

警察《けいさつ》にあの倉庫《そうこ》の中《なか》を見《み》られるとまずいから、上杉君《うえすぎくん》をここまで運《はこ》んで。

「倉庫《そうこ》の方《ほう》にも行《い》ってみたが、鍵《かぎ》が閉《し》まっていて人《ひと》の気配《けはい》はなかった。持《も》ち主《ぬし》に連絡《れんらく》して話《はな》したら、そんなことはありえないって言《い》ってる。迷惑《めいわく》そうだったよ。君《きみ》、警察《けいさつ》にデタラメ言《い》っちゃダメだよ。」

デタラメじゃない！

「倉庫《そうこ》を調《しら》べてください。殴《なぐ》られたのは、そこなんです。」

警官《けいかん》は顔《かお》をしかめた。

「鍵《かぎ》がかかってるって言《い》っただろ。じゃ逆《ぎゃく》に、そんなとこにどうやって入《はい》ったんだ。それは不法《ふほう》侵入《しんにゅう》だぞ。」

ドキッ！

「最近《さいきん》、市立病院《しりつびょういん》に怪我《けが》をした中学生《ちゅうがくせい》たちが入院《にゅういん》していて、病院側《びょういんがわ》から不審《ふしん》な怪我《けが》だと通報《つうほう》が入《はい》ってる。ケンカじゃないかってね。これも、その流《なが》れなんじゃないのか。」

ま、まぁ、つながってはいるんだけど。

「これがケンカなら、傷害事件《しょうがいじけん》で現行犯逮捕《げんこうはんたいほ》だ。」

逮捕《たいほ》！

「さぁ署《しょ》で事情《じじょう》を聞《き》かせてもらおうか。」

戸惑《とまど》う私《わたし》と小塚君《こづかくん》の間《あいだ》から、黒木君《くろきくん》が進《すす》み出《で》た。

「すべての事情《じじょう》を知《し》っているのは、僕《ぼく》です。警察《けいさつ》で聴取《ちょうしゅ》に応《おう》じますので、後《あと》の2人《ふたり》は家《いえ》に帰《かえ》してもらえませんか。逃亡《とうぼう》の恐《おそ》れもありませんし、いつでも呼《よ》び出《だ》せますから。」

警官《けいかん》が、不本意《ふほんい》そうにしながら頷《うなず》くのを確《たし》かめて、黒木君《くろきくん》はこちらを振《ふ》り返《かえ》る。

両腕《りょううで》を伸《の》ばして私《わたし》と小塚君《こづかくん》を抱《だ》き寄《よ》せ、ささやくような声《こえ》で言《い》った。

「ここは俺《おれ》が引《ひ》き受《う》けた。神立《かんだつ》は、また佐竹館長《さたけかんちょう》を狙《ねら》うかもしれない。」

あ、そういえば、水銀《すいぎん》と砒素《ひそ》を含《ふく》んでるっていう中国《ちゅうごく》の漢方薬《かんぽうやく》を捜《さが》してたよね。最初《さいしょ》に私《わたし》が見《み》ていた棚《たな》にあったのが、それ系《けい》かもしれない、中国語《ちゅうごくご》だったもの。

「今《いま》のところ証拠《しょうこ》が何《なに》もないから、警察《けいさつ》は動《うご》いてくれない。阻止《そし》できるのは俺《おれ》たちだけだ。佐竹《さたけ》館長《かんちょう》を守《まも》るんだ。」

そう言《い》ってパンと私《わたし》たちの肩《かた》を叩《たた》き、警官《けいかん》に向《む》き直《なお》った。

「お待《ま》たせしました。」

左右《さゆう》を警官《けいかん》に囲《かこ》まれ、パトカーに乗《の》りこんでいく。

なんだか犯罪者《はんざいしゃ》みたいに扱《あつか》われている感《かん》じだった。

心配《しんぱい》しながら私《わたし》と小塚君《こづかくん》が見《み》ていると、黒木君《くろきくん》は車《くるま》の後《うし》ろの窓《まど》からこちらを振《ふ》り返《かえ》り、片目《かため》をつぶってV《ブイ》サインを出《だ》した。

「すげぇ黒木《くろき》、余裕《よゆう》だ・・・」

でも私《わたし》は、それどころではなかった。

だって黒木君《くろきくん》は、私《わたし》たちに課題《かだい》を残《のこ》していったんだもの。

「早《はや》くしないと、神立《かんだつ》がいつ佐竹館長《さたけかんちょう》を襲《おそ》うかわからないよ。漢方薬《かんぽうやく》はあの倉庫《そうこ》でもう手《て》に入《い》れてるだろうし。水銀《すいぎん》も砒素《ひそ》も猛毒《もうどく》でしょ。」

小塚君《こづかくん》が頷《うなず》く。

「漢方薬《かんぽうやく》の中《なか》からそれを取《と》り出《だ》して濃縮《のうしゅく》させれば、たぶん殺傷能力《さっしょうのうりょく》を持《も》つよ。」

そう言《い》いながらも、困《こま》ったような顔《かお》で腕時計《うでどけい》に視線《しせん》を落《お》とした。

「でも、この時間《じかん》じゃ図書館《としょかん》はもう閉《し》まってる。神立《かんだつ》の家《いえ》も、佐竹館長《さたけかんちょう》の家《いえ》もわからないから駆《か》けつけることもできないし、どうしよう。」

私《わたし》は、ギリッと奥歯《おくば》を噛《か》みしめた。

上杉君《うえすぎくん》があんな怪我《けが》をしたのは私《わたし》たちを逃《に》がすためだったし、黒木君《くろきくん》が警察《けいさつ》に連《つ》れていかれたのも、私《わたし》たちに時間《じかん》を与《あた》えて佐竹館長《さたけかんちょう》を助《たす》けさせるためだ。

ここで私《わたし》たちが動《うご》かなかったら、２人《ふたり》に恥《は》ずかしい！

「何《なん》とかしよう！」

私《わたし》が意気《いき》ごむと、小塚君《こづかくん》はますます困《こま》ったような顔《かお》になった。

「何《なん》とかって・・・具体的《ぐたいてき》にどうするの？」

私《わたし》は必死《ひっし》で頭《あたま》をめぐらし、以前《いぜん》に小塚君《こづかくん》が言《い》っていた言葉《ことば》を思《おも》い浮《う》かべた。

「テトロドトキシンの付《つ》いた茶碗《ちゃわん》を警察《けいさつ》に持《も》ちこめば、捜査《そうさ》が始《はじ》まるって言《い》ってたでしょ。そうしない？」

小塚君《こづかくん》は、首《くび》を横《よこ》に振《ふ》る。

「時間的《じかんてき》に間《ま》に合《あ》わないよ。そりゃ確《たし》かに捜査《そうさ》は始《はじ》まるけど、でも今《いま》の時点《じてん》で神立《かんだつ》に結《むす》びつく直接的《ちょくせつてき》な証拠《しょうこ》は何《なに》もないし、彼《かれ》が人《ひと》を殺《ころ》してまで金《かね》を手《て》に入《い》れなくちゃならない動機《どうき》もわかってないだろ。そうすると警察《けいさつ》は、まずテトロドトキシンの分析《ぶんせき》から始《はじ》めていく。結果的《けっかてき》に神立《かんだつ》にたどり着《つ》くにしても、かなり時間《じかん》がかかるから、その間《あいだ》に神立《かんだつ》は実行《じっこう》してしまうよ。今夜《こんや》にもするかもしれないんだし。」

ああ・・・。

「一番《いちばん》いいのは、警察《けいさつ》が、今《いま》、あの倉庫《そうこ》を開《あ》けてくれることなんだ。あっ、僕《ぼく》が何《なに》か持《も》ち出《だ》してくればよかったのかもしれない。」

え？

「黒木《くろき》が言《い》ってたみたいに、あそこがヤバい商品《しょうひん》や盗品《とうひん》を買《か》って保管《ほかん》するための場所《ばしょ》だとしたら、違法《いほう》なものがたくさんあるはずだ。それを持《も》ち出《だ》して警察《けいさつ》に届《とど》け出《で》れば、警察《けいさつ》が即《そく》、倉庫《そうこ》の捜査《そうさ》に入《はい》る。そしたらあのたくさんのパソコンを見《み》つけ、倉庫《そうこ》の持《も》ち主《ぬし》の京本《きょうもと》を調《しら》べるだろ。京本《きょう》は自分《じぶん》の罪《つみ》を少《すこ》しでも軽《かる》くしようとして、預《あず》かってるだけだとか理由《りゆう》を付《つ》けて、神立《かんだつ》の名前《なまえ》を出すよ。

そこから神立につながれば、僕らが情況証拠を提供できるし、神立の家にはテトロドトキシンを抽出した痕跡が残ってる可能性がある。ああ僕、なんで何も持ってこなかったんだろう。」

私は、自分のポケットに手を入れた。

「私、持ってきてる。」

あのチョークのような物を出し、小塚君に渡したんだ。

「違法かどうかわからないけど、倉庫の中にあった物だよ。」

小塚君は片手でスマートフォンを出し、その光で、私が渡した物を観察した。いろいろな角度から慎重に見ていて、やがてその目を輝かせる。

「これってすごいよ、アーヤ!」

「え、何だったの?」

「でも違法の年かどうか、調べてみないとわからない。」

違法の年って・・・年によって違ってくるものなの?

「すぐ取りかかるよ。それじゃね。」

そう言って自転車の所まで走っていき、飛び乗ってピュッと走り去った。

319

その速《はや》いことといったら・・・いつもの小塚君《こづかくん》じゃないみたいだった。

後《あと》には、私《わたし》が1人《ひとり》、ポツン。

もう暗《くら》かったけれど、それほど遅《おそ》い時間《じかん》じゃなかったので、あまり恐《こわ》くなかった。

自転車《じてんしゃ》に乗《の》り、家《いえ》に向《む》かう。

でもそうしている間《あいだ》にも、佐竹館長《さたけかんちょう》が神立《かんだつ》の毒牙《どくが》にかかるんじゃないかと思《おも》えて、気《き》が気《き》ではなかった。

ああ館長《かんちょう》か神立《かんだつ》のどちらか片方《かたほう》でいい、家《いえ》がわかれば、今《いま》すぐ止《と》めにいけるのになぁ。

「ただいま。」

玄関《げんかん》を開《あ》けると、三和土《たたき》にお兄《にい》ちゃんの靴《くつ》があり、本人《ほんにん》がダイニングから出《で》てくるところだった。

「お、彩《あや》、」

あっ、口《くち》きいた。

前《まえ》より愛想《あいそ》よくなったかも。

「じゃな。」

そう言《い》ってお兄《にい》ちゃんは出《で》ていき、私《わたし》は玄関《げんかん》を上《あ》がってダイニングに入《はい》った。

「あら、お帰《かえ》り。黒木君《くろきくん》は一緒《いっしょ》じゃなかったの。今度《こんど》は家《いえ》に寄《よ》るように言《い》いなさいよね。」

ママはそう言《い》いながらも、手《て》に持《も》っていた小冊子《しょうさっし》から視線《しせん》を逸《そら》さず、そっちに気持《きも》ちを奪《うば》われているみたいだった。

「何《なに》、それ？」

私《わたし》が聞《き》くと、待《ま》ってましたとばかりにこちらを見《み》る。

「パパがこの間《あいだ》から関《かか》わってる金《きん》の流星事件《りゅうせいじけん》、ついに被害者《ひがいしゃ》の会《かい》ができたんですって。パパの部《ぶ》下《か》じゃない人《ひと》たちも多《おお》いけど、ほとんどが1億円以上《おくえんいじょう》の借金《しゃっきん》を背負《せお》って困《こま》ってるみたい。これがその名簿《めいぼ》。ほら見《み》て。投資《とうし》して儲《もう》けようと思《おも》ったんでしょうけど、まぁ人生《じんせい》って、どこに落《お》とし穴《あな》があるかわからないものねぇ。」

ママが差《さ》し出《だ》したその小冊子《しょうさっし》には、１００人余《にんあま》りの名前《なまえ》が並《なら》んでいた。

気《き》の毒《どく》に思《おも》いながらそれをめくっていて、私《わたし》は、その中《なか》に見《み》つけたんだ、神立《かんだつ》の名前《なまえ》をっ！

25　たった1人《ひとり》のKZ《カッズ》

この借金《しゃっきん》のせいで、大金《たいきん》が必要《ひつよう》だったんだ。

それで不正《ふせい》に伝票《でんぴょう》を操作《そうさ》し、発覚《はっかく》を恐《おそ》れて佐竹館長《さたけかんちょう》の殺害《さつがい》を企《くわだ》てた。

動機《どうき》は、これだったんだ！

ああやっと事件《じけん》の全貌《ぜんぼう》が見《み》えた!!

「おい、彩《あや》、ちょっと。」

玄関《げんかん》で声《こえ》がし、ダイニングのドアからのぞくと、さっき出《で》ていったはずのお兄《にい》ちゃんが戻《もど》ってきていた。

手招《てまね》きしている。

何《なん》だろ。

そう思《おも》いながら近寄《ちかよ》った私《わたし》に、お兄《にい》ちゃんは、ママに聞《き》こえないような小声《こごえ》でささやいた。

「クールボーイの今度《こんど》のツアーの初日《しょにち》、東京《とうきょう》ドームでやるんだけど、高宮《たかみや》がさ、彩《あや》を呼《よ》んだらって言《い》ってるんだ。おまえ、来《く》る？」

その瞬間《しゅんかん》、私《わたし》はすごくいいことを思《おも》いついた。

それは、思《おも》わずブルッと震《ふる》えが出《で》てしまうくらい素晴《すば》らしいことだった。

よし、これで佐竹館長《さたけかんちょう》を助《たす》けられる！

私《わたし》は廊下《ろうか》の電話機《でんわき》に飛《と》び付《つ》き、ものすごい勢《いきお》いで着信履歴《ちゃくしんりれき》を検索《けんさく》、この間《あいだ》かかってきた高宮《たかみや》さんの番号《ばんごう》を見《み》つけた。

よかった、０９０ナンバーだ！

固定電話《こていでんわ》だと、そこにかけてもいない可能性《かのうせい》があるけれど、でも０９０ならモバイルだから大丈夫《だいじょうぶ》だ。

「何《なん》だよ、返事《へんじ》なしか。愛想悪《あいそわる》い奴《やつ》だな。」

ボヤきながら出《で》ていくお兄《にい》ちゃんを無視《むし》し、私《わたし》は夢中《むちゅう》でそのナンバーにかけた。

お願《ねが》い、出《で》て！

「やぁ、立花家《たちばなけ》の、誰《だれ》かな？」

高宮《たかみや》さんの声《こえ》が聞《き》こえてきて、ほっとした。

「彩《あや》です。あの、クールボーイのファンクラブに入《はい》っている人《ひと》の住所《じゅうしょ》や電話番号《でんわばんごう》って、高宮《たかみや》さん、調《しら》べられますか？」

佐竹館長《さたけかんちょう》は、ファンクラブ会員《かいいん》だった。

住所《じゅうしょ》がわかれば、私《わたし》、今《いま》すぐ駆《か》けつけるし、電話《でんわ》がわかれば、かけて事情《じじょう》を話《はな》す。

若武《わかたけ》や翼《たすく》、上杉君《うえすぎくん》も病院《びょういん》だし、黒木君《くろきくん》は警察《けいさつ》、小塚君《こづかくん》は調査中《ちょうさちゅう》、動《うご》けるのは私《わたし》1人《ひとり》しかいなかった。

私《わたし》は今《いま》、たった1人《ひとり》のKZ《カッズ》なんだ。

皆《みんな》の思《おも》いを背負《せお》っている。

皆《みな》の分《ぶん》まで、ここで頑張《がんば》らないとっ！

「訳《わけ》を話《はな》してもらえる？」

高宮《たかみや》さんにそう言《い》われて、私《わたし》は事情《じじょう》を話《はな》し、協力《きょうりょく》を頼《たの》んだ。

高宮《たかみや》さんは黙《だま》って聞《き》いていて、やがて言《い》ったんだ。

「それは見過《みす》ごせないね。君《きみ》たちKZ《カッズ》の活動《かつどう》にはこれまで随分助《ずいぶんたす》けられたし、敬意《けいい》を感《かん》じてるよ。協力《きょうりょく》しよう。」

わーいっ！

「でもファンの住所《じゅうしょ》は個人情報《こじんじょうほう》だから、外部《がいぶ》の人間《にんげん》には見《み》せられないし、漏《も》らせないんだ。」

ダメなのっ!?

私《わたし》は夢《む》中《ちゅう》で言《い》った。

「そこを何《なん》とかしてくださいっ！　事《じ》情《じょう》が事《じ》情《じょう》ですし。」

必《ひっ》死《し》に頼《たの》むと、高《たか》宮《みや》さんはクスッと笑《わら》った。

「じゃ、こういうのはどう？　俺《おれ》なら、ファンクラブの名《めい》簿《ぼ》を見《み》てもいいことになっている。そこに書《か》かれている情《じょう》報《ほう》は誰《だれ》にも話《はな》せないけれど、俺《おれ》がそこに行《い》くのは自《じ》由《ゆう》だ。その俺《おれ》の後《あと》をアーヤがついてくるんだったら、別《べつ》に問《もん》題《だい》ないんじゃないかな。」

おおっ！

「すぐ調《しら》べてみる。連《れん》絡《らく》するから待《ま》ってて。」

それで私《わたし》は、その場《ば》に座《すわ》りこんで、高《たか》宮《みや》さんからの電《でん》話《わ》を待《ま》った。

目《め》の奥《おく》の網《もう》膜《まく》に、電《でん》話《わ》機《き》が貼《は》り付《つ》いてしまいそうなほど、じいいっと見《み》つめながら。

やがてかかってきた時《とき》には、まるで獲《え》物《もの》に襲《おそ》いかかる猛《もう》獣《じゅう》みたいに、電《でん》話《わ》に飛《と》び付《つ》いたほどだった。

「わかったよ。早《はや》い方《ほう》がいいと思《おも》うから、これから行《い》こう。」

高《たか》宮《みや》さんが忙《いそが》しいのは知《し》っているけれど、ごめん、よろしく！

「すぐ迎《むか》えに行《い》くから。あ、お母《かあ》さんに替《か》わってくれる？　アーヤを連《つ》れ出《だ》す許《きょ》可《か》を取《と》っとかないと。」

私《わたし》が高宮《たかみや》さんからだと言《い》ってママを呼《よ》ぶと、ママはものすごく喜《よろこ》んで、前髪《まえがみ》を直《なお》しながら出《で》てきた。

テレビ電話《でんわ》じゃないのに。

で、長々《ながなが》しゃべり始《はじ》めたので、私《わたし》はもうイライラして、ママの足《あし》を踏《ふ》みつけようかと思《おも》ったくらいだった。

でも高宮《たかみや》さんは、さすが！

私《わたし》に電話《でんわ》をかける時《とき》にはすでに車《くるま》に乗《の》ってこちらに向《む》かっていたらしく、まだママが受話器《じゅわき》を握《にぎ》って話《はな》しているというのに、ドアフォンが鳴《な》り、そこから高宮《たかみや》さんの声《こえ》がした。

「お迎《むか》えに上《あ》がりました。」

私《わたし》は、ピュッと家《いえ》を飛《と》び出《だ》す。

車《くるま》の脇《わき》には手袋《てぶくろ》をした運転手《うんてんしゅ》さんが立《た》っていて、私《わたし》や高宮《たかみや》さんが乗《の》りこむとドアを閉《し》め、急《いそ》いで運転席《うんてんせき》に回《まわ》って、すぐ車《くるま》を発車《はっしゃ》させた。

「うまくいくといいけどね。」

高宮《たかみや》さんに言《い》われて、私《わたし》は頷《うなず》く。

これから自分《じぶん》がしなければならないことを考《かんが》え、それを1人《ひとり》でやり遂《と》げねばと思《おも》って緊張《きんちょう》していたので、言葉《ことば》が出《で》てこなかった。

そんな私《わたし》の隣《となり》で、高宮《たかみや》さんはスマートフォンを出《だ》し、タッチパネルを押《お》し始《はじ》める。

どこかに電話《でんわ》をかけるのかなと思《おも》っていると、やがて言《い》った。

「佐竹《さたけ》さんですか？」

わっ！

「僕《ぼく》は、クールボーイのKAITO《カイト》です。」

電話《でんわ》の向《む》こうから、佐竹館長《さたけかんちょう》の大《おお》きな声《こえ》が聞《き》こえた。

「はぁっ!?」

きっとイタズラ電話《でんわ》だと思《おも》ったのに違《ちが》いない。

「ファンクラブのイベントの1つに、クールボーイと密会《みっかい》しよう、という企画《きかく》があるのをご存知《ぞんじ》ですか。今回《こんかい》のラッキーガールは、あなたです。」

カタカタと笑《わら》う声《こえ》がした。

「そんなの、聞《き》いたことないわよ。どうせなら、もっとうまい嘘《うそ》をついたらどう。ああバカだから思《おも》いつかないのか、このアホンダラが。」

あのぅ・・・本人《ほんにん》だからね、あんまりなこと言《い》わない方《ほう》がいいと思《おも》うけど。

「それよりあんた、私《わたし》がFC入《ファンクラブはい》ってるってどこで知《し》ったのよ。この電話番号《でんわばんごう》、どこから手《て》に入《い》れたの。警察《けいさつ》に言《い》うからね。」

高宮《たかみや》さんは、ちょっと笑《わら》った。

「どうしたら信《しん》じてもらえますか。一曲《きょく》、歌《うた》いましょうか？」

それでクールボーイの歌《うた》を、ハミングし始《はじ》めたんだ。

私《わたし》は、聞《き》き惚《ほ》れてしまった。

透《す》き通《とお》るような、でも切《せつ》なげな声《こえ》で、素敵《すてき》だった。

「やめな。」

佐竹館長《さたけかんちょう》は鼻《はな》で笑《わら》う。

「ヘタすぎて聞《き》いてられ、」

そこまでしか言《い》わなかった。

あとは、シ〜ン。

ただひたすら、シーン・・・。

やがて高宮《たかみや》さんが歌《うた》い終《お》わると、佐竹館長《さたけかんちょう》の感極《かんきわ》まった叫《さけ》びが上《あ》がった。

「ほんとだっ！　ＫＡＩＴＯ《カイト》王子《おうじ》に間違《まちが》いないっ!!　信《しん》じられないっ!?　マジでっ!?」

高宮《たかみや》さんは、私《わたし》に片目《かため》をつぶる。

車《くるま》は、ちょうど大《おお》きなマンションの前《まえ》に停《と》まるところだった。

「ご自宅前《じたくまえ》まで来《き》ています。これから伺《うかが》いますが、よろしいですか？」

佐竹館長《さたけかんちょう》は、上《うわ》ずった声《こえ》になる。

「今《いま》、職場《しょくば》の有志《ゆうし》でパーティしてるんです。私以外《わたしいがい》にも何人《なんにん》かいるんですが、構《かま》いませんか？」

私《わたし》は、ドキリとした。

だって、もしかして神立《かんだつ》もいるかもしれないもの。

「構《かま》いませんよ。では伺《うかが》います。」

運転手《うんてんしゅ》さんがドアを開《あ》け、助手席《じょしゅせき》に置《お》いてあった赤《あか》い薔薇《ばら》の大《おお》きな花束《はなたば》を高宮《たかみや》さんに渡《わた》した。

「ありがと。すぐ戻《もど》るから。」

そう言《い》って花束《はなたば》を摑《つか》み、歩《ある》き出《だ》す。

その後《うし》ろを、私《わたし》はついていった。

とにかく佐竹館長《さたけかんちょう》に会《あ》って、事情《じじょう》を話《はな》すんだ。

もし神立《かんだつ》がいたら、口実《こうじつ》を作《つく》って館長《かんちょう》と2人《ふたり》きりにならないと。

マンションの大《おお》きなドアの向《む》こうに広《ひろ》がる玄関《げんかん》フロアには、キーボックスが置《お》かれていた。

高宮《たかみや》さんはその前《まえ》で立《た》ち止《ど》まり、佐竹館長《さたけかんちょう》の部屋番号《へやばんごう》を押《お》す。

「KAITO《カイト》ですが、」

そう言《い》うと、息《いき》を呑《の》むような返事《へんじ》があった。

「皆《みんな》で、お待《ま》ちしていました、どうぞ。5階《かい》の廊下《ろうか》の3軒目《げんめ》です。」

声《こえ》と共《とも》に、奥《おく》にあったドアのロックが外《はず》れる。

そこを通《とお》っていく高宮《たかみや》さんのすぐ後《あと》に、私《わたし》が続《つづ》いた。

エレベーターに乗《の》り、廊下《ろうか》を歩《ある》いて、佐竹《さたけ》と書《か》かれた部屋《へや》のドアフォンを押《お》すやいなや、返事《へんじ》がないままにドアが開《ひら》く。

その向《む》こうでは、佐竹館長《さたけかんちょう》を中心《ちゅうしん》にひと塊《かたまり》になった女性数人《じょせいすうにん》がこちらを凝視《ぎょうし》、息《いき》を呑《の》んだまま固《かた》まっていた。

その前《まえ》で高宮《たかみや》さんは怯《ひる》むこともなく、あでやかな微笑《ほほえ》みを浮《う》かべる。

「クールボーイのKAITO《カイト》です。」

さすがアイドル、慣《な》れているっ！

「突然《とつぜん》に申《もう》し訳《わけ》ありません。すぐ退散《たいさん》しますので。」

そう言《い》って花束《はなたば》を差《さ》し出《だ》すと、佐竹館長《さたけかんちょう》は、見《み》る間《ま》に涙《なみだ》を浮《う》かべた。

「私《わたし》・・・もう死《し》んでもいい。」

その、死《し》ぬって言葉《ことば》を聞《き》いて、私《わたし》は、はっと我《われ》に返《かえ》ったんだ。

集《あつ》まっていたのは女性《じょせい》ばかりで、神立《かんだつ》の姿《すがた》はない。

「ちょっとお上《あ》がりください。ちょっとだけ、コーヒーでも。」

高宮《たかみや》さんにそう言《い》いながら佐竹館長《さたけかんちょう》は、奥《おく》に向《む》かって声《こえ》を上《あ》げた。

「神立《かんだつ》さん、コーヒーもう1つね。」

いるんだっ！

「あら後《うし》ろに隠《かく》れてるのは、この間《あいだ》、図書館《としょかん》に来《き》てた子《こ》じゃない。ははん、あなたもKAITO《カイト》王子《おうじ》のファンなのね。姿《すがた》を見《み》かけて、思《おも》わずついてきちゃったんでしょ。気持《きも》ちはわかる、わかる。神立《かんだつ》さん、コーヒー2つ追加《ついか》ね。」

しかもコーヒー入《い》れてる、危《あぶ》ないっ!!

26 大学《だいがく》に住《す》む?

「すみません、トイレお借《か》りしますっ!」

そう叫《さけ》んで、私《わたし》は中《なか》に飛《と》びこんだ。

「廊下《ろうか》の突《つ》き当《あ》たりよ。」

佐竹館長《さたけかんちょう》の声《こえ》を背《せ》に受《う》けて、廊下《ろうか》を奥《おく》に向《む》かう。

突《つ》き当《あ》たりの手前左側《てまえひだりがわ》にキッチンがあり、男《おとこ》の人《ひと》がこちらに背中《せなか》を向《む》けて何《なに》かをしているところだった。

「わっ!」

大声《おおごえ》を出《だ》すと、男《おとこ》の人《ひと》はビクッとして手《て》を止《と》め、こちらを振《ふ》り返《かえ》る。

その顔《かお》は、私《わたし》が土曜日《どようび》に図書館《としょかん》の2階《かい》から見下《みお》ろし、かつ日曜日《にちようび》にはライブハウスの廊下《ろうか》で見《み》た気《き》の弱《よわ》そうな男性《だんせい》、神立《かんだつ》に間違《まちが》いなかった!

「びっくりした。脅《おど》かさないでくれよ。」

そう言《い》いながら神立《かんだつ》は、再《ふたた》びコーヒーを入《い》れ始《はじ》める。

見《み》れば、5、6個並《こなら》んでいるカップの脇《わき》に、龍《りゅう》のついた赤《あか》いラベルの貼《は》ってある小瓶《こびん》が置《お》いてあった。

こっ、これ、あの箱《はこ》の外側《そとがわ》に書《か》いてあった絵《え》と同《おな》じっ！

怪《あや》しい、怪《あや》しすぎるっ!!

「あのぅ、佐竹館長《さたけかんちょう》が、すぐ来《き》てくれって呼《よ》んでるんですが。」

私《わたし》がそう言《い》うと、神立《かんだつ》はしかたなさそうに手《て》を止《と》め、キッチンから出《で》ていった。

それを見《み》て私《わたし》は素早《すばや》く手《て》を伸《の》ばし、小瓶《こびん》をゲット、ポケットに突《つ》っこんだんだ。

でも、このままここにいたら、私《わたし》が盗《と》ったことはすぐわかってしまう。

それで、そおっとキッチンを出《で》て、素早《すばや》く廊下《ろうか》を通《とお》り、玄関《げんかん》につ！

そこから猛然《もうぜん》ダッシュで飛《と》び出《だ》した。

一目散《いちもくさん》に走《はし》ってエレベーターに駆《か》けこみ、1階《かい》へ。

玄関《げんかん》から走《はし》り出《だ》し、その前《まえ》に停《と》まっていた車《くるま》に駆《か》けこんだ、ハアハアゼイゼイ。

息《いき》を整《ととの》えていると、やがてマンションのエントランスから高宮《たかみや》さんが姿《すがた》を見《み》せる。

あ、よかった、早《はや》く帰《かえ》ろう！

と思《おも》ったその時《とき》、高宮《たかみや》さんの後《うし》ろに、佐竹館長《さたけかんちょう》以下《いか》、全員《ぜんいん》がついてきているのが見《み》えた。

げっ！

私《わたし》はあわてて車《くるま》の床《ゆか》に伏《ふ》せる。

それを見《み》ていた運転手《うんてんしゅ》さんが、私《わたし》の座席《ざせき》と反対側《はんたいがわ》のドアを開《ひら》いて高宮《たかみや》さんを乗《の》せた。

ああどうか、車内《しゃない》をのぞきこむ人《ひと》がいませんように！

祈《いの》るような思《おも》いで目《め》をつぶっていると、やがて車《くるま》が発車《はっしゃ》。

高宮《たかみや》さんが私《わたし》の背中《せなか》を叩《たた》いた。

「オッケ、もう大丈夫《だいじょうぶ》だよ。」

ほっ！

「うまくいったの？」

たぶん。

私《わたし》は姿勢《しせい》を正《ただ》し、高宮《たかみや》さんに向《む》き直《なお》った。

「ありがとうございました。すみません、小塚君《こづかくん》に電話《でんわ》したいんですけど、私《わたし》、スマホ持《も》ってないんです。貸《か》してもらえますか？」

高宮《たかみや》さんが出《だ》してくれたスマートフォンで、私《わたし》は小塚君《こづかくん》に電話《でんわ》をかけた。

「はい、僕《ぼく》ですが。」

小塚君《こづかくん》は、知《し》らない番号《ばんごう》からかかってきたのが気《き》になったらしく、不審《ふしん》げだった。

それで急《いそ》いで言《い》ったんだ。

「今《いま》、高宮《たかみや》さんの電話《でんわ》を借《か》りてるの。佐竹館長《さたけかんちょう》んちに行《い》ったら、神立《かんだつ》がいたよ。」

電話《でんわ》の向《む》こうで息《いき》を呑《の》む気配《けはい》がした。

「あの倉庫《そうこ》にあった龍《りゅう》のラベルの小瓶《こびん》の中味《なかみ》をコーヒーに入《い》れようとしてるみたいだったから、それを持《も》って逃《に》げてきたとこ。」

小塚君《こづかくん》は、大《おお》きな息《いき》をついた。

「アーヤも結構《けっこう》、大胆《だいたん》だね。」

その声《こえ》が聞《き》こえたらしく、私《わたし》の隣《となり》で高宮《たかみや》さんが笑《わら》い出《だ》す。

私《わたし》は、ちょっと赤《あか》くなった。

「その中味《なかみ》、分析《ぶんせき》したいからそっちまで取《と》りに行《い》くよ。どこにいるの？」

小塚君《こづかくん》に言《い》われ、私《わたし》は困《こま》って高宮《たかみや》さんに目《め》を向《む》けた。

「小塚君《こづかくん》が、取《と》りに来《く》るって言《い》ってるんですが、何時頃《なんじごろ》家《いえ》に着《つ》けますか？」

高宮《たかみや》さんは手《て》を伸《の》ばし、私《わたし》から受話器《じゅわき》を取《と》り上《あ》げる。

「やぁ小塚君《こづかくん》、久《ひさ》しぶり。ちょうど車《くるま》だから、そっちに回《まわ》るよ。これからドライバーと替《か》わるから、道《みち》を教《おし》えてやって。」

わ、小塚君《こづかくん》ちに行《い》くんだ。

初《はじ》めてだから楽《たの》しみ。

そう思《おも》っていたんだけれど、車《くるま》が停《と》まった所《ところ》は、なんと大学《だいがく》の校門《こうもん》の前《まえ》だった。

そこに小塚君《こづかくん》が待《ま》っていたんだ。

もしかして、ここが小塚君《こづかくん》ちっ⁉

「俺《おれ》は、ここにいる。行《い》っといで。」

高宮《たかみや》さんに言《い》われて、私《わたし》は車《くるま》を降《お》りた。

門《もん》の向《む》こうには庭園《ていえん》が広《ひろ》がり、その真《ま》ん中《なか》に並木道《なみきみち》が続《つづ》いている。

突《つ》き当《あ》たりには高《たか》い時計台《とけいだい》が見《み》えた。

「小塚君《こづかくん》って、すごいとこに住《す》んでるんだね。」

私《わたし》がそう言《い》うと、小塚君《こづかくん》は、困《こま》ったように笑《わら》った。

「さっきアーヤから預《あず》かった物《もの》、僕《ぼく》んちじゃ調《しら》べられなかったから、父《ちち》の友人《ゆうじん》がいるここに持《も》ってきて、分析結果《ぶんせきけっか》が出《で》るのを待《ま》ってたんだ。」

ああ、そうか。

「さっき終《お》わったとこだよ。」

じゃ正体《しょうたい》がわかったんだね。

「あれは密輸品《みつゆひん》だった。」

うっ！

「印材《いんざい》で、材質《ざいしつ》は象牙《ぞうげ》。」

印材《いんざい》？

「印材《いんざい》っていうのは、印鑑《いんかん》にする材料《ざいりょう》のこと。」

ああ、そう言《い》われてみれば、あれ、ハンコの形《かたち》してたよね。

「象牙《ぞうげ》の国際取引《こくさいとりひき》は、１９８９年《ねん》にワシントン条約《じょうやく》で禁止《きんし》された。だから、その年《とし》以前《いぜん》の輸入《ゆにゅう》や輸出《ゆしゅつ》は問題《もんだい》ないんだけれど、それ以降《いこう》の国際的《こくさいてき》な取引《とりひき》は密輸《みつゆ》になるんだ。」

それで年《とし》を調《しら》べる必要《ひつよう》があったのかぁ。

「この大学《だいがく》の研究室《けんきゅうしつ》で、放射性炭素年代測定法《ほうしゃせいたんそねんだいそくていほう》を使《つか》って調《しら》べてたんだよ。」

は？

「動植物《どうしょくぶつ》が死《し》ぬと、その体内《たいない》にある放射性同位体《ほうしゃせいどういたい》が時間《じかん》の経過《けいか》に従《したが》って規則的《きそくてき》に減《へ》っていくんだ。これを利用《りよう》すると、いつ死《し》んだのかを推定《すいてい》することができる。」

そうなんだ。

「その結果《けっか》、あれは1年以内《ねんいない》に採取《さいしゅ》された象牙《ぞうげ》だとわかった。」

じゃ完全《かんぜん》に違法《いほう》だよね。

「これで警察《けいさつ》に、あの倉庫《そうこ》を開《あ》けさせられるよ。すぐ連絡《れんらく》してみる。あ、その瓶《びん》は、預《あず》かるね。」

私《わたし》から小瓶《こびん》を受《う》け取《と》りながら小塚君《こづかくん》は、ちょっと眉《まゆ》をひそめた。

「この瓶《びん》、1本《ぽん》だけだった？」

私《わたし》は頷《うなず》きながら、ふっと不安《ふあん》になる。

あの場《ば》には、これしかなかったけれど、神立《かんだつ》の家《いえ》にはまだストックがあるかもしれないと思《おも》ったんだ。

今日《きょう》はうまく防《ふせ》げたけれど、明日以降《あしたいこう》またやる可能性《かのうせい》がある。

毎日《まいにち》、見張《みは》ってることなんてできないし、なんとかしないと！

小塚君《こづかくん》も同《おな》じことを考《かんが》えていたらしく、手《て》にしていた小瓶《こびん》をギュッと握《にぎ》りしめた。

「すぐ分析《ぶんせき》して、結果《けっか》が出《で》たら若武《わかたけ》に連絡《れんらく》する。今後《こんご》どう動《うご》くかを相談《そうだん》してみるよ。」

わかった、よろしく！

「それにしても高宮《たかみや》さん、よく同行《どうこう》してくれたよね。何《なに》かマズいことが起《お》きたり、そういう噂《うわさ》が立《た》ったりするだけでも、アイドル生命《せいめい》を絶《た》たれる危険《きけん》があるのに。」

きっと正義派《せいぎは》で、面倒見《めんどうみ》のいい人《ひと》なんだよ。

「KZ《カッズ》を代表《だいひょう》して、よくお礼言《れいい》っといてね。」

もちろん！

27　恋《こい》するKZ《カッズ》

私《わたし》は高宮《たかみや》さんに送《おく》ってもらい、家《いえ》の前《まえ》でサヨナラした。

「全国《ぜんこく》ツアーの初日《しょにち》、よかったらおいで。裕樹《ゆうき》もいいパフォーマンスしてるし、ご両親《りょうしん》もご一緒《いっしょ》に、家族《かぞく》でどう？」

私《わたし》はお礼《れい》を言《い》って返事《へんじ》を保留《ほりゅう》し、頑張《がんば》ってくださいと伝《つた》えた。で、車《くるま》を見送《みおく》って、家《いえ》に入《はい》ったんだ。

もう遅《おそ》かったので、さっさと明日《あした》の準備《じゅんび》をし、復習《ふくしゅう》だけして予習《よしゅう》はカット、明日《あした》の授業前《じゅぎょうまえ》にすませることにして、お風呂《ふろ》に入《はい》った。

ふうっ、今日《きょう》はすごく頑張《がんば》ったぞ、私《わたし》、偉《えら》いっ！

そう思《おも》いながら湯船《ゆぶね》に浸《つ》かり、満足《まんぞく》してベッドに行《い》った。

今夜《こんや》、小塚君《こづかくん》が分析《ぶんせき》し、若武《わかたけ》に連絡《れんらく》したら、明日《あした》、どこかに集合《しゅうごう》することになるかもしれない。

それに備《そな》えて、さっさと寝《ね》た方《ほう》がよさそう。

そう思《おも》ったのは、実《じつ》に正解《せいかい》っ！

翌朝《よくあさ》ものすごく早《はや》く、小塚君《こづかくん》から電話《でんわ》があったんだ。

「おはよ。あれ分析《ぶんせき》したら、砒素《ひそ》が出《で》たよ。」

やっぱり！

「神立《かんだつ》は同《おな》じ物《もの》を持《も》っている可能性《かのうせい》があるし、いつ使《つか》うかわからない。」

危険《きけん》だよね。

「若武《わかたけ》は、今朝《けさ》、早々《そうそう》に図書館《としょかん》に行《い》って佐竹館長《さたけかんちょう》に警告《けいこく》するって言《い》ってるんだ。」

ん、それがいいと思《おも》うよ。

「で、自分《じぶん》が行《い》くって言《い》い張《は》ってる。」

はあ・・・。

「この警告《けいこく》は、いわば事件《じけん》のハイライトだから、リーダーがするのが当然《とうぜん》だって。」

ああ両脚《りょうあし》折《お》れてても、目立《めだ》つとこは絶対《ぜったい》、人《ひと》に譲《ゆず》らないのね。

「僕《ぼく》も行《い》くよ。黒木《くろき》も行《い》くって。アーヤはどうする？」

私《わたし》だって行《い》く。

「じゃ図書館《としょかん》出入《でい》り口《ぐち》に集合《しゅうごう》だ。そこで佐竹館長《さたけかんちょう》の出勤《しゅっきん》を待《ま》ち受《う》ける。」

それで私《わたし》は、猛然《もうぜん》と朝《あさ》の支度《したく》をし、朝食《ちょうしょく》もそこそこに家《いえ》を飛《と》び出《だ》そうと、玄関《げんかん》に出《で》た。

その時《とき》っ！

「ちょっとドキドキだな。」

玄関《げんかん》ドアの向《む》こうから、声《こえ》がしたんだ。

「気《き》に入《い》ってもらえるといいけど。」

それは、確《たし》かに砂原《すなはら》の声《こえ》だった。

あのライブハウスのトイレから聞《き》こえてきた砂原《すなはら》の声《こえ》っ！

今《いま》また、なんでここにっ!?

よし、今度《こんど》こそ確《たし》かめる!!

私《わたし》は大《おお》きく息《いき》を吸《す》いこみ、ドアに近寄《ちかよ》って、一気《いっき》にそれを開《あ》けた。

そこに立《た》っていたのは・・・なんと、忍《しのぶ》だった。

私《わたし》を見《み》て、ニッコリする。

「あ、おはよ。」

おはよ、じゃないっ！

私《わたし》は、あたりを見回《みまわ》したけれど、砂原《すなはら》の姿《すがた》はまったく、どこにもなかった。

「今《いま》ここに、砂原《すなはら》いたでしょ。いたよねっ!?」

にらみつけると、忍《しのぶ》は再《ふたた》びニッコリした。

「ちゃんと砂原《すなはら》の声《こえ》に聞《き》こえたんだ、よかった。」

そう言《い》いながら自分《じぶん》の制服《せいふく》の前《まえ》ボタンを開《あ》ける。

「実《じつ》は、これ。」

首《くび》に銀鎖《ぎんぐさり》をかけていて、その先《さき》にはピンク色《いろ》のハートがぶら下《さ》がっていた。

直径《ちょっけい》10センチくらいの陶器《とうき》で、なんだか子供《こども》の玩具《おもちゃ》みたいだった。

「中《なか》に、人工知能《じんこうちのう》が入《はい》ってるんだ。砂原《すなはら》の記憶《きおく》データを元《もと》にして、その人格《じんかく》を完全《かんぜん》に再現《さいげん》したんだぜ。」

は・・・。

「人間《にんげん》のあらゆる記憶《きおく》は、デジタル情報化《じょうほうか》できるんだ。それを元《もと》にすれば、その記憶《きおく》を持《も》っていた人間《にんげん》と同《おな》じように考《かんが》える人工知能《じんこうちのう》を作《つく》れる。これがそれ。砂原《すなはら》の脳波《のうは》を機能的磁気共鳴画像法《fMRI》で測定《そくてい》して、そのパターンを解析《かいせき》するところから始《はじ》めたんだ。超大変《ちょうたいへん》だった。なんとかまとまってからは、いろんな場所《ばしょ》に持《も》ち出《だ》して反応《はんのう》を見《み》て、本人《ほんにん》と比《くら》べて調整《ちょうせい》したりしたんだ。人材育成《じんざいいくせい》プログラムの研修《けんしゅう》もあったし、すっげぇ忙《いそが》しかったよ。でもやっと山場《やまば》を越《こ》えたから、見《み》せとこうと思って。今はこんな容器に入ってるけど、人間型のアンドロイドに入れることもできる。砂《すな》原《はら》の顔《かお》をした等身大《とうしんだい》のアンドロイドを作《つく》って入《い》れたら、砂原《すなはら》になるぜ。」

そう言《い》いながら、そのハートを両手《りょうて》で持《も》ち、私《わたし》の方《ほう》に差《さ》し出《だ》した。

よく見《み》ると、その上《うえ》の部分《ぶぶん》には、まるで目《め》のようにレンズが2個《こ》ついている。

私《わたし》は顔《かお》を近《ちか》づけ、のぞきこんだ。

すると、そのハートが声《こえ》を出《だ》したんだ。

「おい、そんな近《ちか》づくなよ。照《て》れるじゃん。」

げっ、砂原《すなはら》そのものっ！

「久《ひさ》しぶりだな。会《あ》えてうれしいよ。」

私《わたし》は息《いき》を呑《の》んで、そのハートを見《み》つめた。

これは砂原《すなはら》じゃない、でも砂原《すなはら》だ！

砂原《すなはら》と同《おな》じように考《かんが》える頭脳《ずのう》なんだもの。

これで顔《かお》と体《からだ》があったら、もう本人《ほんにん》と変《か》わらないかも。

でも、なんか・・・不気味《ぶきみ》。

「おい七鬼《なnext》、見《み》ろよ。立花《たちばな》、引《ひ》いてんじゃん。だからピンクのハートなんかに入《い》れるなって言《い》ったんだ。ブルーの方《ほう》がいいって。」

それ、あんま変《か》わってないから・・・。

「なんで、こんな物作《ものつく》ったの。」

私《わたし》がそう言《い》うと、ハートがボヤいた。

「俺《おれ》って、こんな物《もの》、かよ。人格《じんかく》なのに・・・」

忍《しのぶ》はそっとハートを撫《な》でながら、窘《たしな》めるような目《め》で私《わたし》を見《み》る。

「ダメじゃん、傷《きず》つけちゃ。こいつ、意外《いがい》に繊細《せんさい》なんだぜ。」

あ、ごめん、なんだか慣《な》れなくって。

「なんでこれを作《つく》ったかっていうと、突然《とつぜん》、砂原《すなはら》から電話《でんわ》がかかってきて、こう言《い》われたんだ。今《いま》、片山《かたやま》から電話《でんわ》もらったって。」

え?

「片山《かたやま》が、砂原《すなはら》に電話《でんわ》をかけたらしいんだ。」

そう言《い》えば悠飛《ゆうひ》は、黒木君《くろきくん》に砂原《すなはら》の番号《ばんごう》を聞《き》いてたんだっけ。

「で砂原《すなはら》は、片山《かたやま》から、立花《たちばな》と別《わか》れろって言《い》われたらしい。」

うっ!

「そばにもいないし、相談《そうだん》にも乗《の》ってやれない奴《やつ》の、どこが彼氏《かれし》なんだって。何《なに》もしてやれないのに関係《かんけい》を引《ひ》きずるなって言《い》われたんだ。立花《たちばな》がかわいそうだって。」

悠飛《ゆうひ》・・・そんなこと言《い》ったんだ。

「それで砂原《すなはら》は、すっごく落《お》ちこんでさ、確《たし》かにその通《とお》りだよなぁって俺《おれ》に言《い》うんだ。俺《おれ》、黙《だま》って聞《き》いてるしかなかったよ。で、最後《さいご》にこう言《い》った。おまえに電話《でんわ》したのは、実《じつ》は、俺《おれ》をもう1人《ひとり》作《つく》って、立花《たちばな》のそばにおいてほしいからだって。」

ああ、ようやく、わかった！

「もっとも砂原《すなはら》も、片山《かたやま》に言《い》われる前《まえ》から、考《かんが》えてはいたみたいなんだ。自分《じぶん》はいつ死《し》ぬかわからないから、その時《とき》に立花《たちばな》が悲《かな》しまないようにしておいてやりたいって。そこに片山《かたやま》から電話《でんわ》があって、ついに決心《けっしん》して、俺《おれ》にかけてきたんだ。」

そうだったのか。

「人格《じんかく》を作《つく》るっておもしろそうだったから、俺《おれ》、乗《の》ったんだけどさ、ここまでくるには本当《ほんとう》に大変《たいへん》だったよ。まだ完成《かんせい》ってわけじゃないから、今後《こんご》も大変《たいへん》だけどさ。でも一段落《いちだんらく》した感《かん》じだから、報告《ほうこく》しとこうと思《おも》って。これで俺《おれ》も、KZ《カッズ》活動《かつどう》に戻《もど》れるよ。」

本当《ほんとう》にごめん、疑《うたが》ったりして・・・。

黒木君《くろきくん》や皆《みんな》みたいに、忍《しのぶ》の気持《きも》ちを信《しん》じてなくちゃいけなかったんだね。

私《わたし》は深々《ふかぶか》と頭《あたま》を下《さ》げ、心《こころ》から謝《あやま》りながら、はっと思《おも》いついた。

「これから事件《じけん》のハイライトなんだよ。一緒《いっしょ》に行《い》こっ！」

*

それで忍《しのぶ》と2人《ふたり》、ああハートの砂原《すなはら》も一緒《いっしょ》に、恋《こい》する図書館《としょかん》に向《む》かったんだ。

図書館《としょかん》の出入《でい》り口前《ぐちまえ》には、メンバーが全員《ぜんいん》そろっていた。

「あ、七鬼《ななき》も来《き》たぜ！」

車椅子《くるまいす》の若武《わかたけ》、包帯《ほうたい》の数《かず》の増《ふ》えた上杉君《うえすぎくん》、真《ま》っ青《さお》な顔色《かおいろ》の翼《たすく》、一晩中分析《ひとばんじゅうぶんせき》していて疲《つか》れた様子《ようす》の小塚君《こづかくん》、そして警察《けいさつ》の事情聴取《じじょうちょうしゅ》に応《おう》じていた黒木君《くろきくん》。

かなり無理《むり》して皆《みんな》がやってきたのは、やっぱりKZ《カッズ》メンバーとして、事件解決《じけんかいけつ》の現場《げんば》に立《た》ち会《あ》いたいからに違《ちが》いなかった。

「七鬼《なき》、おまえさぁ、」

上杉君《うえすぎくん》に咎《とが》めるような目《め》で見《み》られて、忍《しのぶ》が理由《りゆう》を説明《せつめい》し出《だ》す。

それを聞《き》きながら翼《たすく》が、はっとしたように言《い》った。

「もしかして職員《しょくいん》の通用口《つうようぐち》って、正面玄関《しょうめんげんかん》じゃないんじゃない？」

黒木君《くろきくん》と小塚君《こづかくん》が手分《てわ》けして捜《さが》しに行《い》き、どうもここらしいという所《ところ》を見《み》つけてきて、皆《みんな》でそちらに移動《いどう》した。

そこで待《ま》つこと、10分《ぷん》ほど。

ようやく佐竹館長《さたけかんちょう》が姿《すがた》を見《み》せたんだ。

でも、その隣《となり》には、神立《かんだつ》の姿《すがた》がっ！

げっ、一緒《いっしょ》だ!!

「見《み》ろよ、館長《かんちょう》の片手《かたて》。」

上杉君《うえすぎくん》の声《こえ》を聞《き》いて、私《わたし》は目《め》を向《む》け、佐竹館長《さたけかんちょう》があの小瓶《こびん》を持《も》っていることに気《き》づいた。

うわっ、危機一髪《ききいっぱつ》だ。

「あら、あなたたち、」

佐竹館長《さたけかんちょう》が足《あし》を止《と》める。

「どうしたの、いったい。」

黒木君《くろきくん》が、年上《としうえ》の女性好《じょせいごの》みの、品《ひん》のある笑《え》みを浮《う》かべて進《すす》み出《で》た。

「おはようございます。手《て》に持《も》っていらっしゃるそれって、何《なん》の瓶《びん》ですか。」

佐竹館長《さたけかんちょう》は自分《じぶん》の手《て》の小瓶《こびん》を見《み》、その視線《しせん》を隣《となり》にいた神立《かんだつ》に流《なが》す。

「これ、今《いま》、神立《かんだつ》さんからもらったのよ。中国製《ちゅうごくせい》の秘薬《ひやく》。疲労回復《ひろうかいふく》にきくんですって。」

神立《かんだつ》は落《お》ち着《つ》きを失《うしな》い、狼狽《うろた》え始《はじ》めた。

「それは疲労回復《ひろうかいふく》というより、疲労《ひろう》を感《かん》じなくなる秘薬《ひやく》ですよ。」

黒木君《くろきくん》は皮肉《ひにく》な口調《くちょう》で言《い》いながら、佐竹館長《さたけかんちょう》の手《て》からそれを取《と》り上《あ》げる。

「疲労《ひろう》だけでなく何《なに》もかもを感《かん》じなくなり、そのまま死《し》への階段《かいだん》を降《お》りていく薬《くすり》です。」

佐竹館長《さたけかんちょう》は、ギョッとしたようにその小瓶《こびん》を見《み》た。

「神立《かんだつ》さん、本当《ほんとう》っ!?」

その時《とき》、サイレンを鳴《な》らしてパトカーがやってきたんだ。

とたん神立《かんだつ》は、サッとその場《ば》から逃《に》げようとした。

とっさに黒木君《くろきくん》が忍《しのぶ》に視線《しせん》を流《なが》し、2人《ふたり》で両脇《りょうわき》から飛《と》び付《つ》いて、見事《みごと》に取《と》り押《お》さえる。

停《と》まったパトカーのドアが開《ひら》き、警官《けいかん》が2人《ふたり》降《お》りてきて、忍《しのぶ》に腕《うで》を摑《つか》まれている神立《かんだつ》の前《まえ》に立《た》った。

「神立博之《かんだつひろゆき》さんですか。リサイクルショップを経営《けいえい》する京本《きょうもと》が密輸《みつゆ》で逮捕《たいほ》された件《けん》に関連《かんれん》し、あなたのお話《はなし》を伺《うかが》いたいんですが、同行《どうこう》してもらえますか。」

私《わたし》の隣《となり》で小塚君《こづかくん》が、ほっとしたような息《いき》をついた。

「昨日一晩《きのうひとばん》、大学《だいがく》で分析《ぶんせき》してて、父《ちち》の友人《ゆうじん》の教授《きょうじゅ》から警察《けいさつ》に連絡《れんらく》してもらったんだ。僕《ぼく》より信用《しんよう》されると思《おも》って。それですぐ倉庫《そうこ》の捜索《そうさく》が始《はじ》まって、今朝方《けさがた》、京本《きょうもと》が逮捕《たいほ》された。在庫《ざいこ》について素直《すなお》にしゃべったみたいで、あの不良《ふりょう》たちも今頃《いまごろ》、警官《けいかん》の訪問《ほうもん》を受《う》けてるよ。」

そう言《い》いながら黒木君《くろきくん》の手《て》から小瓶《こびん》を取《と》り上《あ》げ、警官《けいかん》に渡《わた》す。

「メールで分析結果《ぶんせきけっか》を送《おく》った漢方薬《かんぽうやく》の現物《げんぶつ》です。後《あと》でテトロドトキシンのついた茶碗《ちゃわん》も届《とど》けます。」

警官《けいかん》は、敬礼《けいれい》して受《う》け取《と》った。

「その件《けん》は、これから立件《りっけん》し、厳《きび》しく取《と》り調《しら》べる予定《よてい》です。ご協力《きょうりょく》に感謝《かんしゃ》します。」

神立《かんだつ》は、警官《けいかん》に促《うなが》されてパトカーに乗《の》りこんでいく。

パトカーは赤《あか》いランプをつけ、バックして方向《ほうこう》を変《か》えると風《かぜ》のように走《はし》り去《さ》った。

あたりに静《しず》けさが戻《もど》ってきて、若武《わかたけ》がうめくような声《こえ》を上《あ》げる。

「小塚《こづか》、バカ野郎《やろう》っ！　いいとこ全部《ぜんぶ》、持《も》っていきやがってっ!!」

いかにもくやしそうだったので、私《わたし》は笑《わら》ってしまった。

確《たし》かに若武《わかたけ》はまるで目立《めだ》てなかったよね、せっかくのハイライトだったのに。

「しかも警察《けいさつ》に連絡《れんらく》するなんて、どーゆーことだ。俺《おれ》はテレビ局《きょく》に連絡《れんらく》しろって言《い》ったんだぜ。」

小塚君《こづかくん》が、助《たす》けを求《もと》めるように私《わたし》たちを見回《みまわ》す。

「でも教授《きょうじゅ》が、今後《こんご》の危険《きけん》があるからすぐ警察《けいさつ》に連絡《れんらく》をって言《い》ったんだよ。僕《ぼく》もそう思《おも》ったから。」

私《わたし》は、片手《かたて》を上《あ》げた。

「小塚君《こづかくん》の判断《はんだん》が正《ただ》しかったと思《おも》う人《ひと》、挙手《きょしゅ》してください。」

たちまち皆《みんな》の手《て》が上《あ》がり、若武《わかたけ》が叫《さけ》ぶ。

「てめーら、ちっきしょう！」

ふっふっふ。

「あの、訳《わけ》がわからないんだけど。」

佐竹館長《さたけかんちょう》が、途方《とほう》に暮《く》れた顔《かお》で言《い》った。

「説明《せつめい》してくれないかしら。ああ、なんか目眩《めまい》してきそう・・・」

黒木君《くろきくん》が、そばにあった出入《でい》り口《ぐち》のドアを開《あ》け、私《わたし》を見《み》る。

「アーヤ、連《つ》れていってやりなよ。」

私《わたし》は頷《うなず》き、佐竹館長《さたけかんちょう》を支《ささ》えてその出入《でい》り口《ぐち》を潜《くぐ》った。

目《め》の前《まえ》に広《ひろ》がっている庭《にわ》を突《つ》っ切《き》って図書館《としょかん》に向《む》かう。

背後《はいご》で、翼《たすく》の声《こえ》がした。

「ところで砂原《すなはら》そっくりのAI《エーアイ》なんて、いらないでしょ。」

「同感《どうかん》だ。砂原《すなはら》が2人《ふたり》いたら、不愉快《ふゆかい》さも2倍《ばい》だ。」

「すぐさま捨《す》てろ。」

「わっ、何《なに》すんだ、苦労《くろう》したんだぞ。」

「構《かま》わん、壊《こわ》せ。」

「ダメだっ！」

「僕《ぼく》の上《うえ》に乗《の》らないでよ。潰《つぶ》れる。」

「小塚《こづか》じゃなくてAI《エーアイ》を潰《つぶ》せ。」

「貸《か》せ、池《いけ》ん中《なか》に放《ほう》りこむ。」

「マジやめろっ！」

振《ふ》り返《かえ》ると、6人《にん》が、まるで試合中《しあいちゅう》のラグビー選手《せんしゅ》みたいに1つの固《かた》まりになって、ピンクのハートを取《と》り合《あ》っていた。

もうしょうがないな、せっかく忍《しのぶ》が作《つく》ったのに。

そう思《おも》いながら私《わたし》は恋《こい》する燕《つばめ》の像《ぞう》の脇《わき》を通《とお》りかかり、何気《なにげ》なくそのハートの空間《くうかん》をのぞきこんだ。

すると、その向《む》こうに、6人《にん》が見《み》えたんだ。

1人《ひとり》も欠《か》けることなく、ハートの中《なか》にきちんと納《おさ》まっていた。

その瞬間《しゅんかん》、私《わたし》にはわかった気《き》がした、自分《じぶん》が運命《うんめい》の恋《こい》に落《お》ちる相手《あいて》は、KZ《カッズ》なんだって。

だって何《なに》よりKZ《カッズ》が好《す》きだし、大事《だいじ》なんだもの。

私《わたし》の恋人《こいびと》は、きっとKZ《カッズ》なんだよ。

28 終《お》わりよければ、すべてよし！

佐竹館長《さたけかんちょう》が落《お》ち着《つ》くのを見届《みとど》けて、私《わたし》は自分《じぶん》の学校《がっこう》に向《む》かおうとした。

若武《わかたけ》と上杉君《うえすぎくん》、翼《たすく》は病院《びょういん》に戻《もど》り、小塚君《こづかくん》と黒木君《くろきくん》は学校《がっこう》へ。

「じゃあ、またね。」

そう言《い》って、忍《しのぶ》と一緒《いっしょ》に図書館《としょかん》を出《で》ようとしていると、翼《たすく》に止《と》められた。

「あのさ、京本《きょうもと》が逮捕《たいほ》されたとなると、あのライブハウスもしばらく休業《きゅうぎょう》だよね。」

ん、たぶんそうなると思《おも》うよ。

「俺《おれ》、小谷《こたに》のこと心配《しんぱい》してるんだけど、出演《しゅつえん》できなくなったら、ヘコまないかな。」

きっと相当《そうとう》、落《お》ちこむよ。

あれが生《い》きがいだったんだから。

「考《かんが》えたんだけどさ、あいつ、合唱部《がっしょうぶ》だろ。部活《ぶかつ》で注目《ちゅうもく》を集《あつ》められれば、ある程度《ていど》満《み》たされて、自分《じぶん》を支《ささ》えられるんじゃないかな。」

ん、私《わたし》も、そう思《おも》ったことはあった。

学校《がっこう》で過《す》ごす時間《じかん》が一番長《いちばんなが》いんだから、そこで自分《じぶん》の存在価値《そんざいかち》を見出《みいだ》せれば、それがベストだって。

だけど合唱部《がっしょうぶ》って合唱《がっしょう》するとこだから、1人《ひとり》で目立《めだ》つのは難《むずか》しいんじゃないかな。

「合唱曲《がっしょうきょく》にはいろいろあるし、中《なか》には独唱《どくしょう》のパートが入《はい》ってる曲《きょく》もあるよ。合唱《がっしょう》で始《はじ》まって、途《と》中《ちゅう》の一部分《いちぶぶん》が独唱《どくしょう》になってるやつ。そういう曲《きょく》を選《えら》んで、独唱部分《どくしょうぶぶん》を小谷《こたに》に歌《うた》わせてやればいいんだ。」

だって部活《ぶかつ》の選曲《せんきょく》について、部外者《ぶがいしゃ》があれこれ言《い》えないでしょ。

「俺《おれ》、もうすぐ転校《てんこう》するだろ。」

えっ、決《き》まりなのっ!?

「まだこれから試験《しけん》だけどさ、」

ほっ！

「俺《おれ》としては、必《かなら》ずキメるつもりなんだ。」

ああ決意《けつい》は固《かた》いんだよね、なんか寂《さび》しい・・・。

「そしたら送別会《そうべつかい》を開《ひら》いてくれるでしょ。当然《とうぜん》、合唱部《がっしょうぶ》も参加《さんか》するよね。その時《とき》、合唱部《がっしょうぶ》に独唱《どくしょう》パートのある歌《うた》をリクエストするんだ。独唱《どくしょう》パート部分《ぶぶん》に小谷《こたに》を指名《しめい》してね。皆《みんな》の前《まえ》で小谷《こたに》がきちんと歌《うた》えれば、本人《ほんにん》の自信《じしん》にもなるし、合唱部《がっしょうぶ》も小谷《こたに》を認《みと》めて、コンクール曲《きょく》に小谷《こたに》の独唱《どくしょう》の入《はい》ったものを選《えら》ぶかもしれない。そしたら小谷《こたに》にとってすごくいいでしょ。」

微笑《ほほえ》んだ翼《たすく》は、本当《ほんとう》に天使《てんし》そのものに見《み》えた。

外見《がいけん》も、心《こころ》も、完璧《かんぺき》エンジェル！

時々《ときどき》は過激《かげき》になりすぎるけれど、ほんとはすっごくかわいい子《こ》なんだよね。

「じゃ俺《おれ》、病院《びょういん》に戻《もど》るから。」

早《はや》くよくなってね！

翼《たすく》と別《わか》れ、私《わたし》は忍《しのぶ》と一緒《いっしょ》に学校《がっこう》に向《む》かった。

遅《おく》れるんじゃないかと心配《しんぱい》だったけれど、なんとか5分前《ふんまえ》には昇降口《しょうこうぐち》に入《はい》ることができたんだ、ほっ！

「今日《きょう》は、朝《あさ》のホームルームなしって聞《き》いてる。1時間目《じかんめ》、体育《たいいく》だから、俺《おれ》こっちね。」

忍《しのぶ》が手《て》を振《ふ》って、男子更衣室《だんしこういしつ》に足《あし》を向《む》ける。

私《わたし》は、女子更衣室《じょしこういしつ》に急《いそ》いだ。

ところがっ！

廊下《ろうか》の途中《とちゅう》に、マリンが立《た》っていたんだ。

その前《まえ》を通《とお》らないと、更衣室《こういしつ》に行《い》けない。

私《わたし》は一瞬《いっしゅん》、立《た》ちすくんだけれど、そのまま止《と》まっていたら、授業《じゅぎょう》が始《はじ》まってしまう。

進《すす》まないわけにはいかなかったんだ。

今度《こんど》は、何《なに》を言《い》われるんだろう。

そう考《かんが》えると、すごく嫌《いや》な気分《きぶん》だったけれど、どうしようもなかった。

えーい、頑張《がんば》れ、私《わたし》っ！

ほとんど決死《けっし》の覚悟《かくご》で近寄《ちかよ》っていくと、マリンは、くるっとこちらを向《む》いた。

「立花《たちばな》、おまえなんか大《だい》っ嫌《きら》いだ！」

その顔《かお》は真《ま》っ赤《か》で、ものすごく恐《おそ》ろしかった。

「大《だい》っ嫌《きら》いだけど、」

そう言《い》うなり、2つの目《め》から一気《いっき》に涙《なみだ》をあふれさせる。

私《わたし》は愕然《がくぜん》っ！

何《なに》、どーしたのっ!?

「知《し》ってるのは、おまえだけだから、やむを得《え》ん。」

両腕《りょううで》を投《な》げかけるようにして、私《わたし》にしがみついてきた。

「翼《ツバサ》が転校《てんこう》すんだよ。今《いま》、職員室《しょくいんしつ》で担任《たんにん》が、他校《たこう》に出《だ》す書類作《しょるいつく》りながら話《はな》してるとこを立《た》ち聞《ぎ》きしたんだ。美門君《みかどくん》は優秀《ゆうしゅう》だから、間違《まちが》いなく編入試験《へんにゅうしけん》に受《う》かるでしょうって。翼《ツバサ》、行《い》っちまうんだよ。一緒《いっしょ》の教室《きょうしつ》にいられるだけで幸《しあわ》せだったのに、行《い》っちまうんだ。これからはもう顔《かお》も見《み》れない、声《こえ》も聞《き》けない。もうこの世《よ》に絶望《ぜつぼう》した。グレてやる。」

私《わたし》は、笑《わら》い出《だ》しそうになってしまった。

翼《たすく》、幸《しあわ》せだね、こんなに慕《した》ってもらって。

「立花《たちばな》、おまえ、」

マリンが、ふっと顔《かお》を上《あ》げる。

「黙《だま》ってんじゃねーよ。さっさと私《わたし》を慰《なぐさ》めろ！」

はいはい、よしよし。

《完《かん》》

あとがき

皆様《みなさま》、いつも読《よ》んでくださって、ありがとう！

この事件《じけん》ノートシリーズは、KƵ《カッズ》、G《ジェニ》、KƵD《カッズディー》、KƵU《カッズユー》の、４つの物語《ものがたり》に分《わ》かれて、同時《どうじ》に進《しん》行《こう》しています。

これらの違《ちが》いをひと言《こと》でいうと、彩《あや》の妹《いもうと》が主人公《しゅじんこう》になっているのがG《ジェニ》、KƵ《カッズ》を深《ふか》めてキャラクターの心《こころ》の深層《しんそう》を追求《ついきゅう》しているのがKƵD《カッズディー》、高校生《こうこうせい》になったKƵ《カッズ》メンバーの恋《こい》や活動《かつどう》、その心《しん》理《り》と現実《げんじつ》を描写《びょうしゃ》しているのがKƵU《カッズユー》です。

本屋《ほんや》さんでは、KƵ《カッズ》とG《ジェニ》は青《あお》い鳥文庫《とりぶんこ》の棚《たな》にありますが、KƵD《カッズディー》とKƵU《カッズユー》は、一般文芸書《いっぱんぶんげいしょ》の棚《たな》に置《お》かれています。

またこれらに共通《きょうつう》した特徴《とくちょう》は、そのつど新《あたら》しい事件《じけん》を扱《あつか》い、謎《なぞ》を解決《かいけつ》して終《お》わるので、どこからでも読《よ》めることです。

冊数《さっすう》も多《おお》くなってきたので、ここでまとめてご紹介《しょうかい》しますね。

《青《あお》い鳥文庫《とりぶんこ》の棚《たな》にある作品《さくひん》》 ※タイトルの一部《いちぶ》を省略《しょうりゃく》しています

KZ《カッズ》

「**消《き》えた自転車《じてんしゃ》**」人間《にんげん》とは思《おも》えない怪力《かいりき》で壊《こわ》されたチェーン。若武《わかたけ》の自転車《じてんしゃ》はどこへ!?

「**切《き》られたページ**」図書館《としょかん》の、貸《か》し出《だ》されたことのない本《ほん》のページが切《き》り取《と》られた。なぜ!?

「**キーホルダー**」謎《なぞ》の少年《しょうねん》が落《おと》したキーホルダーの中《なか》には、とんでもない物《もの》が!

「**卵《たまご》ハンバーク**」あのハンバーグには、何《なに》かある! 大騒《おおさわ》ぎする若武《わかたけ》と初登場《はつとうじょう》の砂原《すなはら》。

「**緑《みどり》の桜《さくら》**」1人暮《ひとりぐ》らしの老婦人《ろうふじん》が消《き》えたと言《い》う黒木《くろき》。KZ《カッズ》はその家《いえ》の調査《ちょうさ》を始《はじ》めるが・・・。

「**シンデレラ特急《とっきゅう》**」KZ《カッズ》初《はつ》の海外遠征《かいがいえんせい》。フランス人《じん》の少女《しょうじょ》に雇《やと》われて有名《ゆうめい》な芸術家《げいじゅつか》の家《いえ》へ!

「**シンデレラの城《しろ》**」謎《なぞ》の事故死《じこし》に遭遇《そうぐう》するKZ《カッズ》。ピンチに次《つ》ぐピンチで、この先《さき》どうなる!?

「**クリスマス**」不可解《ふかかい》で恐《おそ》ろしい事件《じけん》に見舞《みま》われる砂原《すなはら》。ピュアな心《こころ》は、ついに折《お》れるのか!?

「**裏庭《うらにわ》**」学校《がっこう》の裏庭《うらにわ》で、いったい何《なに》が起《お》こったのか。彩《あや》を励《はげ》ます上杉《うえすぎ》のKZ《カッズ》脱退宣言《だったいせんげん》の意味《いみ》は?

「**初恋《はつこい》 若武編《わかたけへん》**」若武《わかたけ》の初恋《はつこい》の相手《あいて》は、彩《あや》のライバル! 純粋《じゅんすい》な恋《こい》が、いつの間《ま》にか大事件《だいじけん》に。

「**天使《てんし》が**」スイスに渡《わた》った上杉《うえすぎ》。そこで出会《であ》った1人《ひとり》の少女《しょうじょ》は、国際《こくさい》テロの関係者《かんけいしゃ》!?

「バレンタイン」誰《だれ》にチョコを渡《わた》すか悩《なや》む彩《あや》。そんな時《とき》、不良《ふりょう》グループの中《なか》に砂原《すなはら》の姿《すがた》を発見《はっけん》。

「ハート虫《むし》」事件《じけん》がないので探偵《たんてい》チームＫＺ《カッズ》は方向変換《ほうこうへんかん》。だがそれが怪事件《かいじけん》の発端《ほったん》となる。

「お姫《ひめ》さまドレス」密《ひそ》かに進行《しんこう》していく恐怖《きょうふ》の事態《じたい》。それは捨《す》て猫《ねこ》から始《はじ》まった。

「青《あお》いダイヤが」小塚《こづか》に大《おお》きな影響《えいきょう》を与《あた》えた美青年早川《びせいねんはやかわ》。燕《つばめ》とダイヤ盗難《とうなん》に絡《から》む事件《じけん》の行方《ゆくえ》は。

「赤《あか》い仮面《かめん》」翼《たすく》が襲撃《しゅうげき》される。それが砂原《すなはら》に繋《つな》がるＫＺ《カッズ》最大《さいだい》の事件《じけん》に発展《はってん》するとは！

「黄金《おうごん》の雨《あめ》」彩《あや》が翼《たすく》と急接近《きゅうせっきん》。あせるＫＺ《カッズ》メンバーが遭遇《そうぐう》したのは、黄金《おうごん》の雨《あめ》？

「七夕姫《たなばたひめ》」妖怪《ようかい》が住《す》むという噂《うわさ》の屋敷《やしき》を調査《ちょうさ》するＫＺ《カッズ》。そのフンから始《はじ》まる驚《おどろ》きの事件《じけん》とは。

「消《き》えた美少女《びしょうじょ》」ＫＺ名簿《カッズめいぼ》を調《しら》べる謎《なぞ》の少女《しょうじょ》。それを知《し》った上杉《うえすぎ》の動揺《どうよう》。２人《ふたり》の関係《かんけい》は!?

「妖怪《ようかい》パソコン」上杉《うえすぎ》のパソコンにウィルスが侵入《しんにゅう》。ＫＺ《カッズ》は泊《と》まり込《こ》みで格闘《かくとう》する。七鬼登場《ななきとうじょう》。

「本格《ほんかく》ハロウィン」ハロウィンパーティを企画《きかく》したＫＺ《カッズ》が出会《であ》った事件《じけん》とは。感涙《かんるい》の１冊《さつ》。

「アイドル王子《おうじ》」ＫＺ《カッズ》がアイドルデビューすることに？芸能界《げいのうかい》を舞台《ぶたい》に事件《じけん》が発生《はっせい》。

「学校《がっこう》の都市伝説《としでんせつ》」学校《がっこう》に伝《つた》わる都市伝説《としでんせつ》の真相《しんそう》を探《さぐ》るうちに、いつの間《ま》にやら大事件《だいじけん》に！

「危《あぶ》ない誕生日《たんじょうび》ブルー」忍《しのぶ》がサッカーゴールの下敷《したじ》きに。これは事故《じこ》か事件《じけん》か!?

「コンビニ仮面《かめん》」いつも同《おな》じ場所《ばしょ》に停《と》まっている車《くるま》。中《なか》には、マニキュアを塗《ぬ》る不審《ふしん》な男《おとこ》が。

「ブラック教室《きょうしつ》」担任《たんにん》の教師《きょうし》が次々《つぎつぎ》倒《たお》れるブラック教室《きょうしつ》。その真相《しんそう》は!?　謎《なぞ》また謎《なぞ》の1冊《さつ》。

「恋《こい》する図書館《としょかん》」図書館《としょかん》の本《ほん》が大量《たいりょう》に盗《ぬす》まれる。その調査中《ちょうさちゅう》に若武《わかたけ》が倒《たお》れる緊急事態《きんきゅうじたい》に！

G《ジエニ》

「クリスマスケーキ」彩《あや》の妹《いもうと》で超天然《ちょうてんねん》の奈子《なこ》が、天才《てんさい》たちとケーキを作《つく》りつつ事件《じけん》を解決《かいけつ》。

「星形《ほしがた》クッキー」送別会《そうべつかい》に使《つか》う星形《ほしがた》クッキーを作《つく》るよう命《めい》じられたその時《とき》、新《あら》たな事件《じけん》が。

「5月《がつ》ドーナツ」今度《こんど》の使命《しめい》はドーナツ作《づく》り。そんな折《おり》、奈子《なこ》はコンビニで謎《なぞ》の少年《しょうねん》と出会《であ》う。

《一般文芸書《いっぱんぶんげいしょ》の棚《たな》にある作品《さくひん》》

KZ《カッズ》D《ディー》

「青《あお》い真珠《しんじゅ》は知《し》っている」伊勢志摩《いせしま》で起《お》こった怪事件《かいじけん》。消《き》えた真珠《しんじゅ》の謎《なぞ》に挑《いど》む小塚《こづか》とKZ《カッズ》。

「桜坂《さくらざか》は罪《つみ》を抱《かか》える」北海道《ほっかいどう》函館《はこだて》に姿《すがた》を消《け》した若武《わかたけ》。行方《ゆくえ》を追《お》う上杉《うえすぎ》たちが辿《たど》り着《つ》く真実《しんじつ》。

「いつの日《ひ》か伝説《でんせつ》になる」古都《こと》長岡京《ながおかきょう》に伝《つた》わる呪《のろ》いと犯罪《はんざい》。明《あき》らかになる黒木《くろき》の過去《かこ》とは。

「断層《だんそう》の森《もり》で見《み》る夢《ゆめ》は」数学《すうがく》トップの座《ざ》を失《うしな》った上杉《うえすぎ》が、南《みなみ》アルプス山中《さんちゅう》で発見《はっけん》した白骨《はっこつ》の謎《なぞ》。

KƵU《カッズユー》

「失楽園《しつらくえん》のイヴ」高校生活《こうこうせいかつ》を送《おく》る上杉《うえすぎ》に降《ふ》りかかった事件《じけん》と恋《こい》。KƵ《カッズ》との友情《ゆうじょう》を描《えが》いた1作《さく》。

もう全部《ぜんぶ》、読《よ》みましたか？
まだの人《ひと》は、ぜひ全巻読破《ぜんかんどくは》にチャレンジしてみてね。
読《よ》み終《お》えた時《とき》には、きっとKƵ《カッズ》のスペシャリストになっています！
著者《ちょしゃ》や編集者《へんしゅうしゃ》より、詳《くわ》しくなるかも。
どうぞ、ご意見《いけん》ご感想《かんそう》など、お寄《よ》せくださいませ。

＊

藤本《ふじもと》ひとみです。

燕《つばめ》が大好《だいす》きで、毎年《まいとし》、日本《にっぽん》に渡《わた》ってくるのを楽《たの》しみにしています。

今年《ことし》、初《はじ》めてその姿《すがた》を見《み》たのは、3月《がつ》27日《にち》のこと。

すらっとした尾《お》を伸《の》ばし、凜《りん》として電線《でんせん》に留《と》まっていました。

ああカッコいい！

「青《あお》いダイヤが知《し》っている」の中《なか》にも書《か》きましたが、燕《つばめ》は、あの小《ちい》さな体《からだ》で、1日《にち》に300キロ以上《いじょう》を飛《と》びます。

しかも白鳥《はくちょう》や雁《がん》などと違《ちが》って群《む》れを作《つく》らず、たった1羽《わ》で、海《うみ》を渡《わた》るのです。

ああカッコいい!!

燕《つばめ》LOVE《ラブ》が、止《と》まらない藤本《ふじもと》です、トン！

住滝《すみたき》です。
体力《たいりょく》アップと体重《たいじゅう》の増加防止《ぞうかぼうし》のため、会社《かいしゃ》から帰《かえ》った深夜《しんや》、日《ひ》によっては出勤前《しゅっきんまえ》の早朝《そうちょう》に、ラ

ンニングをしています。

とてもいい気分《きぶん》で、頑張《がんば》る自分《じぶん》に満足《まんぞく》です。

でも成果《せいか》は、・・・なぜか出《で》ない。

どうして？

もしかして、ランニングの帰《かえ》りにコンビニに寄《よ》って、シュークリームを２つ、食《た》べるせい？

「事件《じけん》ノート」シリーズの次作《じさく》は、2018年《ねん》12月《がつ》発売《はつばい》予定《よてい》のＫＺ《カッズ》事件《じけん》ノート『消《き》えた黒猫《くろねこ》は知《し》っている』です。お楽《たの》しみに！

＊原作者紹介

藤本《ふじもと》ひとみ

長野県生まれ。西洋史への深い造詣と綿密な取材に基づく歴史小説で脚光をあびる。フランス政府観光局親善大使をつとめ、現在AF（フランス観光開発機構）名誉委員。著作に、『皇妃エリザベート』『シャネル』『アンジェリク　緋色の旗』『ハプスブルクの宝剣』『幕末銃姫伝』など多数。青い鳥文庫の作品では『三銃士』『マリー・アントワネット物語』（上・中・下巻）がある。

＊著者紹介

住滝《すみたき》　良《りょう》

千葉県生まれ。大学では心理学を専攻。ゲームとまんがを愛する東京都在住の小説家。性格はポジティブで楽天的。趣味は、日本中の神社や寺の御朱印集め。

＊画家紹介

駒形《こまがた》

大阪府在住。京都の造形大学を卒業後、フリーのイラストレーターとなる。おもなさし絵の作品に「動物と話せる少女リリアーネ」シリーズ（学研教育出版）がある。

この物語《ものがたり》はフィクションです。ＫＺ《カッズ》メンバーが、子《こ》どもには好《この》ましくない行動《こうどう》に出《で》ることがありますが、読者《どくしゃ》のみなさんは、けっしてまねしないでくださいね。（編集部《へんしゅうぶ》）

この作品は書き下ろしです。

講談社　青い鳥文庫

探偵《たんてい》チームＫＺ《カッズ》事件《じけん》ノート
恋《こい》する図書館《としょかん》は知《し》っている
藤本《ふじもと》ひとみ　原作
住滝《すみたき》　良《りょう》　文

2018年７月15日　第１刷発行

（定価はカバーに表示してあります。）

発行者　渡瀬昌彦
発行所　株式会社講談社
　　　　東京都文京区音羽2-12-21　郵便番号112-8001
　　　　電話　編集（03）5395-3536
　　　　　　　販売（03）5395-3625
　　　　　　　業務（03）5395-3615

N.D.C.913　366p　18cm

装　　丁　久住和代
印　　刷　図書印刷株式会社
製　　本　図書印刷株式会社
本文データ制作　講談社デジタル製作

ISBN978-4-06-512265-5

「講談社《こうだんしゃ》 青《あお》い鳥文庫《とりぶんこ》」刊行《かんこう》のことば

太陽《たいよう》と水《みず》と土《つち》のめぐみをうけて、葉《は》をしげらせ、花《はな》をさかせ、実《み》をむすんでいる森《もり》。小《こ》鳥《とり》や、けものや、こん虫《ちゅう》たちが、春《はる》・夏《なつ》・秋《あき》・冬《ふゆ》の生活《せいかつ》のリズムに合《あ》わせてくらしている森《もり》。森《もり》には、かぎりない自然《しぜん》の力《ちから》と、いのちのかがやきがあります。

本《ほん》の世界《せかい》も森《もり》と同《おな》じです。そこには、人間《にんげん》の理想《りそう》や知恵《ちえ》、夢《ゆめ》や楽《たの》しさがいっぱいつまっています。

本《ほん》の森《もり》をおとずれると、チルチルとミチルが「青《あお》い鳥《とり》」を追《お》い求《もと》めた旅《たび》で、さまざまな体験《たいけん》を得《え》たように、みなさんも思《おも》いがけないすばらしい世界《せかい》にめぐりあえて、心《こころ》をゆたかにするにちがいありません。

「講談社《こうだんしゃ》 青《あお》い鳥文庫《とりぶんこ》」は、七十年《ねん》の歴史《れきし》を持《も》つ講談社《こうだんしゃ》が、一人《ひとり》でも多《おお》くの人《ひと》のために、すぐれた作品《さくひん》をよりすぐり、安《やす》い定価《ていか》でおおくりする本《ほん》の森《もり》です。その一さつ一さつが、みなさんにとって、青《あお》い鳥《とり》であることをいのって出版《しゅっぱん》していきます。この森《もり》が美《うつく》しいみどりの葉《は》をしげらせ、あざやかな花《はな》を開《ひら》き、明日《あす》をになうみなさんの心《こころ》のふるさととして、大《おお》きく育《そだ》つよう、応援《おうえん》を願《ねが》っています。

昭和《しょうわ》五十五年《ねん》十一月《がつ》

講談社